超棒推理小說這樣寫

從人性、動機、情節出發，建構偵探與兇手的頂尖對決

A Practical Step-by-Step Guide from Inspiration to Finished Manuscript

詹姆斯・傅瑞——著　蘇瑩文——譯

How
to
Write
a
Damn
Good Mystery

James N. Frey

緬懷雷蒙・錢德勒（Raymond Chandler，一八八八年——一九五九年）

超棒推理小說這樣寫——目錄

作者序

為什麼世上每個推理作家都該讀這本書？

坊間教人寫推理小說的書，大多充斥著天南地北的建議，告訴你什麼該做什麼該避，線索如何布置，讀者的注意力要怎麼轉移，毒蕈菇上哪兒摘，採指紋要用到哪種精密技術。讀了那些書，你可能會以為寫推理小說就是將審慎計量好的材料一股腦仝倒進大碗裡，拿木杓攪拌均勻，再將麵團放入烤箱以三百五十度烤幾個月就大功告成，偉大的推理鉅著就此誕生！

可惜了，事實並非如此。

《超棒推理小說這樣寫》不是這類「該或不該」的教戰守則大全，而是指引你如何激盪腦力、計畫、布局、起草、修改及潤飾你的推理小說。這本基礎指南會引導你按部就班寫出超棒的推理小說：先設計出迷人、立體、生龍活虎又戲劇感十足的角色——如果你下足了功夫，他們會為你營造出錯綜複雜又讓人心服口服的一流情節，而超棒的故事情節一定要有謎團、威脅、懸疑和高潮迭起的衝突。

本書還會教你如何寫出引人入勝的場景和生動的敘述，而文稿經過修改潤飾後又該怎麼呈現在編輯面前。（編按：原文為經紀人，美國作家一般會先將完成的書稿提供經紀人參考，再透過經紀人聯繫適合的出版社出版作品。經紀人也負責處理版稅、海外授權等合約事宜。）

所以說，只要研讀本書、確切遵循書中的原則就能寫出超棒推理小說嗎？抱歉，不是的，成敗與否還是要看你的個人造化。但若你謹慎運用《超棒推理小說這樣寫》提供的技巧，讓筆下的人物大顯身手，並且持續地寫、寫、寫，再將故事改、改、改到人人喝采，你就很可能一舉奏捷。許多推理作家都是如此，你又何嘗成為例外？

學寫推理小說和學溜冰沒有兩樣，要先放膽一試跌個四腳朝天，然後努力爬起來，一而再、再而三地嘗試。總有一天，當你把成果拿給別人看時，對方會說：「嘿，這稿子讀起來和真正的推理小說沒兩樣！」

不要把推理小說的寫作和構思當作沈悶無趣的苦工，創作推理小說是一場冒險犯難，你理當本著探險家的精神進行。所謂「作家都是瞪著白紙直到前額出血」這種說法純屬胡言亂語，那是文學作家的事；對推理作家而言，創作過程應該要讓你，嗯……樂在其中。想想看，你可以創造有趣的角色、虛構一個城鎮甚或整個社會體系，還可以策畫謀殺——像是做掉惹人厭的前夫、暴躁的老闆、難搞的丈母娘，並在事成後順利脫身——還有什麼比這更好玩的？

我們會在第一章開啟這場大冒險，討論讀者為什麼要讀推理小說、推理小說在當代文學的地位，以及推理小說如何化身為文化神話，這些都是你在擬定寫作計畫時，該知道的重要事項。

1

推理讀者為何而讀，以及推理作家非知不可的幾件事

如果你的目標是寫出超棒的推理小說，就要先瞭解讀者為何而讀。

一個常見的答案是：讀者想藉由推理小說來「逃避現實」，以此當作娛樂。花幾個小時靜靜閱讀推理小說，可以轉移注意力，躲避一下繁瑣喧囂的真實生活。能分散注意力的方式不少，但多半沒有閱讀推理小說來得受歡迎，像是在泥漿裡摔角就不怎麼熱門。

「八十七分局警探」（87th Precinct）系列的作者艾德．麥可班恩（Ed McBain）在某次訪談時曾表示，讀者之所以會讀推理小說，是因為這類小說「讓我們重拾信念，相信法治社會能夠正常運轉。」沒錯，推理小說的確有這個作用。

我們一般認為推理小說的讀者喜歡抽絲剝繭，享受解謎的樂趣。有個說法是，推理小說是精心策畫的謎題，目的就是要挫挫讀者的銳氣；而推理小說作者就像在和讀者鬥智，故意藏起顯而易見的線索，拱手送上最不可能犯下謀殺案的嫌犯，再讓這些嫌犯展現各種可疑的言行，藉此誘導讀者做出錯誤的推測。在這場尋找兇手的推理遊戲中，最後獲勝的通常是書中偵探，不是讀者。

然而，倘若多數人閱讀推理小說的主要原因是出於熱愛解謎，那麼這個文類的發展早該在一九三〇、四〇年代的「密室殺人」推理出現之後便宣告終結。要知道，密室推理是經過嚴謹計算所創作出來的完美謎題，兇案現場常是反鎖的密閉空間，裡頭只有一具屍體；案件也可能是其他高深莫測、看似不可解的謎團，例如找不到子彈的槍傷，或是從屋頂上憑空消失的屍體。能推敲出答案的讀者絕對有自豪的理由。

不過，超棒的推理小說絕不是只有巧妙的謎團而已。

針對讀者為何閱讀推理小說，知名作家瑪麗・羅岱爾（Marie Rodell）在一九四三年的大作《推理小說》（Mystery Fiction）中提出了四個非常經典的理由，就算年代已有些久遠，這些見解依然經得起考驗。根據她的說法，讀者閱讀推理小說是為了獲得：

一、追捕嫌犯的刺激感——當然，這個過程必須仰賴書中偵探與讀者的聰明才智。

二、看到罪犯受到制裁的滿足感。

三、對書中人物（主角）和事件的認同感，並且覺得自己變得更英勇。

四、對真實世界的瞭解。

此外，羅岱爾女士也表示：「無法達到上述要求的推理小說，便是失敗的作品。」她當年的說法到了今天依然是真理，說不定還更為真確，因為現在的讀者比從前多疑，對警方辦案程序或法醫科學也更加熟悉，故事是否「真實」會變得比從前更重要。

當代推理小說與古典神話的關聯

芭芭拉．諾維爾（Barbara Norville）在一九八六年出版的《寫作當代推理小說》（Writing the Modern Mystery）中提到，當代的推理作品源自中世紀的道德劇，然而「當今作品中，罪犯攻擊的對象是鄰居……而不是道德劇中的驕傲、懶惰、嫉妒等原罪。」中世紀的道德劇和當代推理小說確實有相同之處，不過我相信推理小說有更古老的源頭：當代推理小說重新詮釋了史上最古老的故事創作——英雄戰士的神話之旅。

我所謂推理小說與「神話」有關聯，指的是推理小說與神話相呼應，並以現代手法來重新闡述這種極為古老的文學形式。古代神話中的英雄既屠龍（威脅社會群體的怪物），也拯救無助的少女；當代推理小說的主角則是逮捕殺人兇手（威脅社會群體的怪物），也拯救無助的少女。兩者有許多共同的特質，諸如英勇、忠誠、誓言打敗邪惡力量的決心、願意為理想犧牲的氣魄等等，不勝枚舉。

暢銷推理小說家羅勃．派克（Robert B. Parker，私探史賓瑟系列〔the Spenser series〕的作者）曾說，推理小說是「英雄人物最後的庇護所」。然而對我們這些推理小說家來說，這個領域正好是最寬闊的容身處，因為推理小說在出版市場吸引了無數讀者，銷售量在英語世界的所有小說中佔了超過三分之一。

我在二〇〇〇年出版的《關鍵：如何用神話的力量創作超棒小說》（The Key : How to Write Damn Good Fiction Using the Power of Myth，以下簡稱《關鍵》）中，曾經指出當代作家可以藉助神話的力量，善用這些古典的文學形式和主題，讓讀者不知不覺產生強烈的情緒反應。神話學者稱這些形式與主題為「功能」（function），在世界各地的文化當中，相同的「功能」竟然在不同的時代反覆出現。這些「功能」可能是某些角色原型，例如「術士」或「智者」；也可能是某種設定，例如「出身與眾不同的英雄」或「遭囚禁的英雄」。反覆出現的「功能」架構出所有文化中都看得到的神話和傳奇，舉例來說，曾有神話學者指稱，無論是在美洲、歐洲、亞洲、非洲、大洋洲，甚至是在長不出豌豆的地方，都找得到不同版本（而且辨識度極高）的「傑克與豌豆」故事。

另外，英國神話學者拉格蘭男爵（Lord Raglan）也在他一九五六年的《英雄》（The Hero）中表示，「英雄王者的神話」（亦即故事中的英雄先成為統治者，然後失勢，最後遭到殺害）普遍存在於世界上所有的文化，無一例外，而且讀者一眼就能認出來。

神話和傳說通常會以神話學者約瑟夫．坎伯（Joseph Campbell）的「英雄之旅」形式呈現，他在一九四八年出版的著作《千面英雄》（Hero with a Thousand Faces）中有詳細的論述。克里斯多夫．佛格勒（Christopher Vogler）在一九九二年出版的《作家之路》（The Writer's Journey）中，將坎伯的見解應用到劇本創作，這本書雖然是針對編劇而寫，但小說作家同樣必讀。根據坎伯的說法，英雄之旅是神話故事最常見的型態，也是多數古典文學與現代文學的基礎。而當代推理小說可說是神話英雄之旅的轉世化身。

對推理作家而言，「英雄之旅」之所以重要，是因為當中的神話型態和功能足以牽動讀者的情緒。瑞士心理學家榮格（Carl Jung）認為，神話的功能跟人類與生俱來的心智結構（亦即所謂的「原型」）息息相關。換句話說，神話型態的吸引力代代相傳，是人類心靈的一部分，因此才會普遍存在於世界各地。榮格的論點讓人折服，若以推理作家的角度來看，我更是受益匪淺。在古代神話中，英雄追求的是金羊毛或長生不老的靈丹妙藥，中世紀騎士追殺的是惡龍，到了今天，偵探追尋的是正義。

英雄之旅最常見的模式大致如下：英雄回應召喚，通常是為了他所處的社會去冒險犯難；接著英雄無畏地走向一片陌生之地，必須學習新的規則，接受試煉，遇到各種不同的角色原型（娼妓形象的女性、女神形象的女性、守門人、具有神奇魔法的幫手等等），然後死而復生，面對邪惡的敵人並打敗對方，最後帶回能讓社會受益的「恩賜」。

這個基本設定可以發展出許多變形。舉例來說，有些英雄在出發前多所猶豫，還會因為拒絕徵召而備受折磨；有些像是被趕鴨子上架，在百般抗拒中，又吵又鬧地踏上英雄之旅；有些英雄則根本無力擊敗邪惡的敵人，最後甚至慘遭殺害。

在當代推理小說中，偵探英雄的任務是找出殺人兇手，勇往直前走進充滿謊言與欺騙的場域（完全不是什麼神祕魔幻的大地，這點和神話不同）和邪惡的敵人（亦即殺人兇手）交手，並且靠著機智、勇氣和理性判斷來打敗萬惡的敵人，再帶著正義的「恩賜」回到原來的社會。

在推理小說中，英雄使用的武器絕對不是運氣、機會或直覺（雖然這些全都舉足輕重），而是理性判斷。堪稱所有推理小說共通的「前提」是：「理智戰勝邪惡」。（譯註：作者認為「前提」是一句簡短的聲明，旨在敘述書中人物在經歷故事中的核心衝突後，會產生什麼變化；所有優秀的小說都應該根據「前提」發展情節。詳細說明可參考《超棒小說這樣寫》第三章，以及《超棒小說再進化》第四章。）「邪惡」的本質會因故事而不同，但相通的故事前提是所有超棒推理小說的根基，而透過理性判斷，偵探英雄會將邪惡的殺人兇手繩之以法。

推理小說的文化價值

在當代推理小說中，有待解決的犯罪事件幾乎全是謀殺案。你難道不能寫個完美竊案，例如皇冠上的寶石在密室遭竊，然後讓偵探和讀者一起來解謎，找出竊賊？對大多數的讀者來說，找出竊賊並不是一件特別有趣的事。你一定想問為什麼？這是個好問題。

死亡一般在我們看來既無常又無理可循，但是到了推理小說中，反而成了可以用邏輯推論來龍去脈的事物；故事中的偵探可以透過理性判斷，象徵式地打敗死亡。推理小說之所以能夠觸動我們的心，就是因為故事中的死亡都有合理的交代，所以讀完一本超棒推理小說，我們會鬆一口氣，覺得人類的境況並非完全任憑非理性的力量擺佈。我相信，透過精采絕倫的手法來呈現理智如何戰勝邪惡，可以為讀者帶來深切的滿足感。

當代推理小說的功能並非只有娛樂和解謎，對我們的文化生活也帶來莫大的貢獻。神話是文化的基礎，而神話英雄之於文明，正如同酵母之於麵包。神話中的英雄不只是為小孩子帶來歡樂的漫畫人物，還是我們所有人的行為典範。正如羅岱爾在超過半世紀之前所言，閱讀推理小說能讓讀者「覺得自己變得更英勇」。

與推理小說密不可分的還有其他幾種文化價值，我們就從一九二〇年代首見於美國推理文壇的冷硬派說起吧。那個年代是通俗推理和小說雜誌的全盛時期，最有名的一個例子是《黑面具》（Black Mask）雜誌，連載過很有英雄漫畫風格的《魅影俠》（The Shadow）和《蜘蛛俠》（The Spider）小說。美國當時剛打贏第一次世界大戰沒多久，正努力適應世界領導者的新角色，整個社會因此經歷急遽的轉變。於此同時，工業上的蓬勃發展導致美國中西部農場面臨了嚴苛的挑戰；遭受戰火蹂躪的歐洲不再向美國進口農產品，而日後被稱為「塵暴事件」的乾旱問題也已然浮現，於是大批農民從農莊湧入工廠林立且早已過度擁擠的城市，這些私酒橫流（美國當時實施禁酒）的大城市則充斥著追求迅速致富和道德撇一旁的次文化。（譯註：美國於一九一九年通過憲法第十八條修正案，從一九二〇年起國內全面禁酒，直到一九三三年的憲法第二十一條修正案才正式廢除這項禁令。）

置身於這些變化當中，人往往會覺得自己迷失在成長快速、污穢又擁擠的城市裡，徬徨無助，再加上一九三〇年代的經濟大蕭條接踵而來，無助感更是嚴重惡化。以上條件造就了百家爭鳴的冷硬派推理時代，同期作家以達許．漢密特（Dashiell Hammett）與雷蒙．錢德勒為代表。

冷硬派推理主打的硬漢偵探成為最廣為人知的美國文化英雄。他通常是獨行俠，個性強悍，但就是非常在乎小老百姓。他的言詞冷酷直白，若為情勢所迫，會毫不猶豫地揮拳或開槍，為自己殺出一條血路。

硬漢偵探最令人讚嘆的，莫過於儘管外表硬如生鐵，內心柔軟卻直逼羽絨。舉個精采例子來說好了，《馬爾他之鷹》（The Maltese Falcon）的山姆．史貝德是獨行俠，形象冷硬，而且該死的就是在乎小老百姓。他挺身對抗強勢的警察和惡徒，不巧偏愛上了布麗姬．歐香奈西，最後才發現這女人就是幕後真兇，因此不得不揭發她——這是他的職責。但是聽好了，他說他會等著她，即使要等二十年也不變。真是個多愁善感的傢伙。

羅勃．派克筆下的史賓瑟是山姆．史貝德的現代化身，只不過內外顛倒，史賓瑟柔和的外表隱藏了內在的強硬。

到了一九七〇、八〇年代，美國女性走出家門進入職場，於是講話不留情面的硬漢偵探這類文化英雄典範，便逐漸喪失了合宜性，強硬派的女英雄就此崛起，成為新的文化英雄。

以派翠西亞．康薇爾（Patricia Cornwell）的法醫系列主人翁凱．史卡佩塔為例，她是典型的當代女性文化英雄，早早就走入職場叢林，成為頂尖的法醫病理學家。對於所有努力對抗性別歧視、並終於在工商百業掙得一席之地的女性來說，史卡佩塔就是文化英雄。

這位典型的美國文化女英雄自主獨立、強悍、聰明、受過高等教育，若有必要，會毫不猶豫地揮拳或開槍為自己殺出一條路，因此贏得上百萬女性（和男性）的認同。

這種現象並不僅限於美國。由英國女作家琳達．拉普朗特（Lynda La Platne）在一九八一年打造的電視影集《頭號嫌犯》（Prime Suspect），於一九九三年贏得了愛倫坡獎的殊榮（這個獎可是美國推理作家協會創辦的）。影集主角是英國警探珍．譚尼森，這名副總督察所服務的單位非常沙文主義，造成雙方之間衝突不斷，她確實是我們這個時代的文化英雄。

文化英雄是文化價值的表徵，會隨著時代而不同，但角色的核心要義不會改變。無論是譚尼森副總督察、派翠西亞．康薇爾的凱．史卡佩塔、蘇．葛拉芙頓（Sue Grafton）的金絲．梅芳，或是莎拉．派瑞斯基（Sara Paretsky）的維艾．華沙斯基，都是達許．漢密特筆下大陸偵探社的無名探員和山姆．史貝德，以及雷蒙．錢德勒筆下的私探馬羅的現代變化版。

當代神話中的偵探英雄，和我在《關鍵》一書中提及的其他神話英雄有相仿的核心特質。他們同樣勇敢過人，是各自專業領域中的好手，具有獨特長才，受過創傷，而且幾乎一直都是跳脫框架、遊走在法律邊緣的個體。當代推理小說的文化英雄不需要屠龍，他們追求的是正義，在面對嚴重的道德錯誤時，會為了他人（而非自己）伸張正義。推理小說的英雄擁有自我犧牲的特質，而這正是偵探英雄這個角色的關鍵。

在《關鍵》一書中，我以伊恩．佛萊明（Ian Fleming）的詹姆士．龐德做為文化英雄的範例。佛萊明在一九五〇年代創造出龐德這個角色，當時的共產勢力似乎馬上就要征服全世界。龐德代表的當然是中產階級的文化價值，他身穿香港訂製的絲質西服，以賓利轎車代步，而且光用鼻子聞就能知道一杯白蘭地是用哪個品種的葡萄釀造而成——他甚至還領有殺人執照（就某方面而言，這讓他成了不受法律約束的個體）。

阿嘉莎．克莉絲蒂（Agatha Christie）筆下的瑪波小姐同樣是文化英雄，故事的時空背景是一九三〇年代，經歷一次大戰蹂躪後的英國迫切想要回到正常生活，卻得面對日趨嚴重的經濟蕭條和德國納粹的威脅。瑪波小姐是英國仕紳階級，並展現出英國人最重視的美德：對君主與國家的忠誠。她住在風光如畫的英國鄉間，精明卻和善，觀察力強且機智敏銳，從頭頂的帽子到腳上舒適的鞋子都是徹徹底底的英國人。瑪波小姐最愛享受下午茶時光，永遠拎著一把耐用的傘。

小說故事中有許多文化英雄都成了廣受歡迎又歷久不衰的角色——儘管形象都有點刻板，有些甚至太過卡通化。詹姆士．龐德就是廣為人知的例子，而印第安納．瓊斯也是其一，這樣的人物甚少有內心的衝突、疑慮和不安，他們也很難受到罪疚的折磨，卻無損他們長久以來一直深受讀者喜愛。在大受歡迎的偵探英雄中不乏這類角色，派瑞．梅森和他的伙伴黛拉．史崔特與保羅．德瑞克就是很好的例子。儘管以角色而論，他們深度不夠，和信用卡一樣扁平，但他們具體呈現了普世共通的英雄神話價值。

在寫作上，許多人——特別是書評家、大學教授、文學作家和其他自以為是的人士——往往對於以這類人物為主角的小說抱持偏見，慣用「垃圾小說」等言語來嘲弄攻擊。但就算你給這些文人學士二十年的時間獨處，他們多半也無法為超棒推理小說構思出合宜的情節。

在推理作家間有個口耳相傳的理論：淺薄的角色自有吸引讀者的奇特方式。原因是這類角色少有（或沒有）自己的內在生命，所以讀者會把自己的性格投射在他們身上。例如漫畫英雄就是這樣的角色；我們對抽象畫也有類似的評論，觀畫者可以把自己意念中的影像投射到抽象的作品中。大導演希區考克（Alfred Hitchcock）曾經表示自己偏好由不太有（或沒有）個性的金髮女郎擔綱演出女主角，他說這是為了讓觀眾方便投射自己的性格。

論及品味，我自己通常偏愛有內容、具真實感而且完整的角色。我寧可閱讀約翰．勒卡雷（John le Carré）的喬治．史邁利而非佛萊明打造的詹姆士．龐德——但老實說，我的確也讀了不少佛萊明的作品，讀他的書，就像在狹窄的跑道上開跑車疾速過彎。有時候速度會帶來閱讀的樂趣，所以，如果你想寫這一類的推理小說，決定權完全在你自己。書評可能是藐視嘲弄的居多，但說不定這些批評你的人哪天翻開你的書來讀，也會樂得像個吸吮大冰棒的小孩一樣。

一部高潮迭起的優秀劇情小說，就是要透過有意義且充滿戲劇轉折的掙扎，讓書中的角色改頭換面。推理小說是劇情小說中的一個特殊類型，儘管兩者有相同的戲劇性轉變——比方說無神論者突然有了信仰，或是酒鬼戒了酒、無賴惡棍挽回信譽——但推理小說中的英雄通常是單純從困惑轉為肯定、從不知道誰是兇手轉而辨認出對方的真實身分，並確保這個渾球會得到應有的報應。

推理小說的類型

本書對於超棒推理小說的定義，是指所有符合以下公式的故事：壞人犯下謀殺案，英雄將殺人兇手繩之以法。本書的「偵探」指的是破解謀殺案的人，我稱之為「偵探英雄」，無論他是大學生、囚犯、牙醫、工人或是流浪漢，都可以是故事的主角。這名偵探英雄可以是警察或私家偵探一類的職業偵探，也可以是業餘偵探。

一部超棒的推理小說首先要是一部超棒小說。所有超棒小說都有道德上的目的，因為超棒小說講述的是身為人的意義，以及我們該怎麼生活、怎麼對待其他人。推理小說講的是謀殺和追求正義，確實是嚴肅的道德性作品。

但推理小說同時也是通俗小說，而所有通俗小說的目的都是為了娛樂。推理作家必須心懷嚴肅的目的，但是用娛樂他人的態度來創作。

許多推理小說寫作書會將這類書籍區分為幾種類型，包括「警方辦案派」、「私探查案派」、「業餘偵探派」、「閒適推理派」、「冷硬派」、「解謎派」、「詼諧派」、「科幻派」、「奇幻派」、「歷史派」、「浪漫懸疑派」等等，有時候以殺人兇手為主角的犯罪小說也會列入其中，例如詹姆士．凱因（James M. Cain）於一九三四年出版的傑作《郵差總按兩次鈴》。這種分類方式對出版界頗有用處，也可以讓作者知道自己的作品怎麼分類，但是就美學或創作的角度而言，推理小說只有三種：**類型**推理、**主流**推理和**文學**推理。

類型推理小說的焦點完全在推理本身：線索、證人、偵探與兇手之間的貓捉耗子。一般來說，這些作品極為懸疑，有大量威脅恫嚇和跟蹤埋伏的情節，跟驚悚小說也有不少共通的元素，像是隨時可能引爆的炸彈或暗殺等等。一流的類型推理小說角色必須富有戲劇張力，我指的是角色必須多采多姿，有幾分誇張，稍有不同於常人的怪癖，但絕對不能流於荒唐怪誕。類型推理小說通常只有大眾平裝本，販售通路包括了機場、車站、書報攤、美妝藥局、超市與書店。蘇．葛拉芙頓和東尼．席勒曼（Tony Hillerman）的作品都是超棒的類型推理小說。（譯註：美國的大眾平裝本開數極小，尺寸一般落在十公分乘以十七公分左右，印刷、用紙上較為粗糙，但售價低廉。）

主流推理小說都會先推出精裝本，一段時間之後再出大眾平裝本。主流推理和類型推理有許多共通點，像是線索、猜疑、懸疑、威脅等等。然而主流推理的角色通常更「紮實」，比類型推理的角色展現出更豐富的層面。和其他主流小說一樣，主流推理小說的人物更像「真實人物」，面對著「真實世界的問題」，所以小說中通常會有次要情節，比方說與謀殺案完全無關的婚姻或家庭問題。主流推理小說著重描寫案件相關人物的心境與變化，史考特．杜羅（Scott Turow）就是超棒的主流推理小說作者。

文學推理小說同樣也有一些類型推理的元素，像是屍體、線索、懸疑、威脅等等，但筆調通常較為黑暗陰鬱。這些作品帶著陰森的詩意，往往讓人覺得像在黑暗世界漫步。一般來說，書中的主角強悍、冷酷、不受法律約束，是社會的邊緣人。文學推理小說通常也是直接推出平裝本（但是開數與精裝本相同），販售通路以書店為主，而雷蒙．錢德勒是這類推理小說的大師。

無論你打算寫哪種小說，都必須從一個超棒的點子開始，這就是下一章的主題。

2

故事的發想：好的、壞的與討人厭的點子

好點子

什麼是推理小說的好點子？或者更進一步問：什麼是推理小說的超棒點子？

你可能會希望我丟出一些能讓所有大牌編輯陷入狂喜、跌下椅子的超棒點子，來個傾囊相授。畢竟，絕大多數作家都希望能找出讓編輯痴迷到難以自持的好哏。

抱歉了。

我在寫作這行至今也有幾十年經驗了，殘酷的真相是，我從來摸不透哪種故事能稍微引起編輯的興趣，更別說是讓他們跌下椅子。

我聽過其他作家、經紀人甚或編輯說過哪種趨勢正夯或式微；一下子說小鎮推理當道，冷硬派出局；一下子又說跨類型小說會是下一波流行，日後必定引領風騷。理論上，出版社之所以聘請這些編輯，是因為他們理當能抓住讀者善變的胃口。儘管他們信誓旦旦地表示自己很有能耐，彷彿直通天聽，但我認為這些編輯最無法忍受的事實就是，他們根本無法確定自己能否確切指出讀者瞬息萬變的喜好。

真相是這樣的，除非封面上的作者名字印的是羅勃・派克、蘇・葛拉芙頓、迪克・法蘭西斯（Dick Francis）或是派翠西亞・康薇爾這種明星作家，否則出版社每出一本書都像是一場豪賭。

那麼，如果我給不出好點子來，你該怎麼挖掘寫小說的靈感呢？方法其實很簡單，一個超棒的點子一定會緊抓著你不放。莎拉．派瑞斯基在美國推理作家協會於一九九二年推出的文選《推理寫作》（Writing Mysteries）中提過，「放棄自己的興趣，選擇去針對一個假設性的未知市場寫作，最容易寫出平淡無趣的作品。」

我看過學生犯下這種錯誤上百次，數都數不清了。

要知道，超棒點子猶如電光石火，會自己找上門的。「哇，我可以拿這點子架構出超棒推理小說！」至於喬治．卻斯布羅（George C. Chesbro）在《推理寫作》寫的則是：「推理作家的探索之旅，始於構思出一個可以透過腦力揉搓擠壓、拍打塑形、戳刺撫弄（我稱之為製麵流程），然後看能否輸出我們稱之為劇情的實體作品。」

我認為整個過程正是如此。

打個比方好了，你可能在報上讀到古代馬雅人會使用某種沾身即致命的毒藥，使你頓悟到該如何讓自己書裡的受害者葬送小命。你可能有個鄰居養了一隻成天狂吠的惡犬，你不禁要自問：這能不能成為謀殺動機？或者，你的阿姨對剛搬進樓下公寓的怪鄰居有諸多妄想，這讓你動起腦筋：那些怪傢伙會不會真的想殺我阿姨啊？

推理作家的腦袋裡常會有這種念頭。為什麼、為什麼、為什麼，喔，為什麼會有人想殺人？還有，他們究竟打算怎樣逍遙法外？腦力激盪可以帶你找出你有興趣進一步發揮的好點子。

你可能在阿第倫達克山區度假時看到石灰岩洞窟，立刻想到，哇，把屍體藏在裡面不可能有人發現。你的朋友在剛買下的新房子閣樓裡找到一只又大又舊的皮箱，你心裡想的是：說不定裡頭有具屍體？家長聯誼會的餐桌上有一大碗美乃滋，你心想：這可以用來殺人。許多傑出的推理作品都是在靈光乍現之下，瞬間產生的。

唉，多數時候，推理作家腦子裡想的都是如何謀殺。

在《超棒小說這樣寫》中，我把那些會讓你想動手寫小說的點子稱為「故事種子」。這個種子會在你心裡萌芽、生根、成長茁壯，綻放出超棒的推理小說。

而超棒的故事種子觸手可得。

舉例來說，宗教很少在謀殺案中出現，因此這個領域可能值得深掘。以下這個點子怎麼樣：教士殺人，並親自聆聽受害者的臨終告解？我就一度思考過這個點子，日後可能會拿來寫書。說不定，我還可以安排偵探英雄透過教士在臨終祝聖時為受害者塗抹的橄欖油，追查出真兇。我目前還沒決定該由誰來擔任偵探英雄的角色，但由殺人兇手來執行臨終祝聖似乎是超棒的發想。

邪惡繼母自食惡果的故事怎麼樣？邪惡繼母一向和殺人兇手齊名，沒有人喜歡自己的繼母，呃，幾乎沒有吧。

或是以一個在所有人眼裡——她的配偶們除外——完全正常的女人來當主角呢？還是說，我們讓某個一廂情願的年輕人找到失散多年的祖母，結果發現老婦人竟然是個殺人兇手？

又比方說，有人在紐約市找到一具殘屍，但屍體的頭顱卻出現在舊金山？我喜歡這種具有象徵意義的謀殺手法，因為偵探必須找出「頭」緒。我會愛上這類充滿隱喻的謀殺案，一定是體內的詩人細胞作祟。

這麼說來，超棒的故事種子就是任何可以讓你興奮的想法，有可能是非比尋常的謀殺動機、謀殺武器、謀殺地點、有趣的角色、鮮為人知的辦案技巧，或是法律策略等等，重點在於要能燃起你的創作火花。

再來要注意了，若你要寫推理小說，應該是基於你對推理寫作有一股熱情。你應當要喜愛閱讀、喜愛創作推理小說，並且視之為「真正」的小說，是由「真正」的作家所創作出來的嚴肅文學作品；也正因為你對推理寫作的熱愛，你的超棒故事種子應該要像強力膠一樣黏著你不放。你並不需要去尋找或挑選超棒點子，理論上，這些想法會自己找上門來。

如果你完全不知道該從何下手，不知道怎麼構思你的超棒推理小說，連一個讓你著迷的想法都沒有，那表示你和推理作家完全沾不上邊，你應該去學做手工編織。

既然好的發想隨處可見，而且既然任何一個點子——我們馬上就會看到——在發展的過程中都會完全改觀，就像變形金剛的玩具卡車最後「變形」成外星機器人一樣，所以真正重要的是，你對這個引燃創作之火、讓你想全心投入推理寫作的創意發想要有非常強烈的感覺。一旦創作慾熊熊燃起，所有的好事都會跟著出現，故事可能會跳脫預期，發展到你意想不到的地步。

舉例來說，你可能是以某個獨特的主角作為發想。我從前在加州大學柏克萊分校寫作班的學生格蘭特．麥可斯（Grant Michaels）創作出一名偵探英雄，這名同性戀髮型設計師史坦．克雷奇克是《指染之軀》、《愛你至死》、《死亡近在眼前》、《女伶的面具》、《告別時刻》和《死透》這個推理小說系列的主人翁。這位髮型設計師對人性有著獨特的洞見，因為一個人的頭髮會透露一切。麥可斯筆下這些輕鬆的喜劇式推理小說相當具有娛樂價值。

你也可能對某些奇特的場所特別著迷，例如水底實驗室、禪寺或白宮的玫瑰花園。麥可斯創造的髮型設計師偵探走進了波士頓的同志場景，優勝美地國家公園、佛羅里達礁島群，以及許多他的讀者未曾涉足的地點。

我的另一位學生以洛琳．韓尼（Lauren Haney）為筆名，寫了一系列發生在古埃及的推理小說。她筆下的主角巴克是名軍官，生活在人民仍視法老王為神的時代。到目前為止，巴克系列的作品包括了《阿蒙的右手》、《向後看的臉孔》、《邪惡的正義》，以及《來自沉默的詛咒》；這系列故事還沒完結，大家敬請期待新作問市。洛琳本身是業餘的埃及古文物學者，所以對筆下的題材所知甚廣，而且她也積極探求新知。

卡拉．布萊克（Cara Black）也參加了我的寫作班，她筆下的主角是美法混血的私家偵探艾美．勒杜克，故事場景全在巴黎，系列作品包括了《瑪黑區謀殺案》、《貝爾維爾區謀殺案》、《松堤耶區謀殺案》、《巴斯底區謀殺案》等。她哪來的點子寫出這系列的小說呢？據她告訴我的說法，她就是愛巴黎，在某次巴黎之旅時，她想：「天哪，如果……。」

她目前已經賣出四本系列小說，還告訴我她一年要去巴黎兩次做「研究」。唉，真是個傻孩子。

我的另一名寫作伙伴瑪格麗特・卡斯伯（Margaret Cuthbert）醫師在一九九八年發表了《沉默的搖籃》，寫的是醫院裡見不得人的勾當，受害者都是新生兒。卡斯伯抱持極大熱情寫出這本書，內容讀來有趣，還有不少你從來沒有看過的手術房場景，但本書旨在批評大城市的醫療中心向錢靠攏的政策，這才是激勵她全心投入的主因。

說不定你的發想別有創意，例如說，兇手是為了拯救家庭名譽，或是為了阻止收養的棄兒去尋找生身父母而動手殺人。因家庭糾紛而造成的謀殺案可說是無窮無盡，更何況我們現在還有代理孕母和捐精者帶來的問題。

你也許策畫了聰明的犯案手法，可能恰好找到某種能讓受害者「自殺」的化學藥劑或是某種可以用玩具水槍發射的毒藥。在派翠西亞・康薇爾一九九七年的《死亡的理由》當中，謀殺手法是在潛水員的呼吸管裡灌入氫化物，也許這就是康薇爾女士的故事種子，而且還是個創新的好點子。

你的故事種子可以是個令人震撼的開場畫面。雪莉・辛格（Shelley Singer）在傑克・桑森探案系列的某本書中是這樣開場的：她筆下的私家偵探來到犯罪現場，死者是參議員候選人，腳踝被綁在樹幹上，全裸倒掛。要勝過這個序幕不是件容易的事。

你的故事種子也可以是書中的高潮。阿嘉莎・克莉絲蒂在一九七五年的《謝幕》一書中，讓系列主角赫丘勒・白羅在溘然長逝前，策畫了一樁無可非議的謀殺案。以這種衝擊性十足的高潮來作為一個系列的結局豈不妙哉？

卡拉・布萊克則是在《貝爾維爾區謀殺案》的故事開始發展之前，就先想到了全書的高潮。她在報紙上讀到有恐怖分子挾持幼稚園學童，並在學校周遭設置炸彈的報導。她知道自己書中最高潮的情節，就是偵探英雄艾美成功解救學童，至於恐怖分子是什麼身分，有什麼訴求，全都可以日後再去思考。卡拉先找到扣人心弦的結局，再從高潮往前回溯，架構出完整的故事。

「寫你知道的事」是作家通常會收到的建議。卡拉・布萊克對巴黎很熟悉；格蘭特・麥可斯對波士頓、西礁島和優勝美地有相當的認識；洛琳・韓尼對古埃及的歷史如數家珍；而瑪格麗特・卡斯伯醫師對開刀房，就像派翠西亞・康薇爾對解剖室一樣瞭如指掌。

我只能寫我現在知道的事，但我可能會因為所知不夠詳盡而碰到問題，幸好圖書館裡藏書豐富，有什麼不懂的都可以查。我曾經讀過資料說，如果你窩在圖書館裡瘋狂苦讀，只要六十天，你就可以成為幾乎無所不知的專家。沒錯，經過六十天的密集閱讀之後，你的知識會勝過這個國家百分之九十九點九九的人，而且主題任選，不管是核子物理、存在主義哲學、抽象主義或表現主義都可以。不過，我非常善於使用圖書館，所以我自己的經驗是不需要那麼久。

寫你知道的事是很好的建議，但是你永遠可以學習新知。在你花時間研究之後，你就能順利寫出你的所知所學。

後續你會在本書中讀到如何架構情節，偵探英雄將會涉入我從來沒體驗過，甚至沒讀過的事物中。作者有作者的享受，其中一種就是，寫作能帶你去到某些你從沒想過要去的地方。寫作人生就像是一場無止境的探險。

好，所以超棒的故事種子能讓你熱情澎湃，能引燃你的創作慾。那麼壞點子呢？

壞點子

假設你有個很妙的點子，安排書裡的主角是個靈媒，他將殺人兇手繩之以法的方式是靠通靈，而非透過理性思考。這種發想會讓你寫出不符形式的推理小說，不是什麼好點子。

或者你有另一個絕妙的點子，安排殺人兇手是為了保護自己的孩子才殺人，並沒有犯下任何道德上的錯。這同樣與形式不符，是個超爛的點子。

你的創作一定要依循類型小說的傳統，因為讀者會對你的作品有所期待，而你必須充分滿足讀者的期待。

另外還有些人的點子可能不差，但是他們寫推理小說的動機不對。

在我的推理寫作班中，有時候會遇到學生曾經嘗試創作其他形式的小說（通常是文學小說），但是他們在創作自己心目中「真正」的小說時遭遇挫折，於是屈尊俯就來寫推理小說，希望有朝一日能順利出版。每當這種時候，我都會請保全人員將這些學生帶離我的視線範圍，這是為了顧及他們的人身安全，因為這樣的學生會誘發我內在的殺人衝動。

不過，在趕他們出去之前，我會先讓他們知道自己有多傻。寫文學小說不必擔心情節的問題，動機可以不明甚或根本不存在，也毋須考慮故事是否得往前推進，更不必思考主角是否能發揮英雄精神——事實上，讓主角沒反應或是根本沒有採取任何行動會更好。我會告訴這些傻瓜，雖然創作推理小說的過程很有趣，但絕對比創作「文學」小說更有挑戰性。

多數所謂的文學小說甚至稱不上小說，因為書中沒有故事。這些書的作者以，嗯，大約三百頁的篇幅來凌虐讀者，一直等到最後，才大發慈悲殺掉所有角色。這證明了什麼？人生悲慘，然後你死了。這也太悲劇了吧！

的確，缺乏故事性的文學小說幾乎都有優美的文筆，滿溢著對生命和人性的深刻洞見，但既然沒有戲劇效果——沒有對角色的試煉，也沒有道德層面的探討——於是也就少了波折起伏的情緒。而我認為任何的超棒小說，或是以更厲害的「文學」為努力目標的作品，都必須要劇力萬鈞。

任何意圖成為傳世經典的作品當然要有戲劇張力，箇中高手包括了狄更斯、托爾斯泰、哈代、珍·奧斯汀、康拉德、愛倫坡等知名文學大師。要知道，這些我們如今奉為經典的作品，在當年同樣遭到自以為是的文學批評家貶抑為迎合大眾口味的俗作。

幾年前，我有幸在南加州一場作家研習會中見到推理作家伊莉莎白·高芝（Elizabeth George）。她告訴我，常有人問她什麼時候才要開始寫「真正」的小說。據她說，她只是冷冷看著對方（那冰冷的臉色足以讓鐵達尼號滅頂），然後說：「我寫的本來就是『真正』的小說，在『真實』的場景中演出『真』人『真』事給『真正』的讀者看，假道學看不懂的。」

我只能說深有同感。

有人問羅勃．派克為什麼不寫讓人嚴肅看待的小說，而要寫偵探故事。他的回答是：「偵探小說就是嚴肅的小說。」

的確如此。

在教導新手推理作家超過二十年後，我學到一件事，就是推理作家應該要知道，儘管創作推理小說必須抱持冒險犯難的精神，但推理小說是嚴肅的創作形式，你不能懷抱任何降貴紆尊的心態。

艾德．麥可班恩曾說，當代推理小說是「對我們所處時代的實況追蹤報導，也試圖照亮當代，在經過作者的想像過濾之後，藉以啟發他人」。這話形容得真好。既然推理小說是對我們所處時代的實況追蹤報導，它就和任何其他類型的小說同樣嚴肅。蘇．葛拉芙頓在《推理寫作》的序言當中寫道，一本推理小說「是檢視人性黑暗面的方法，而透過這個方法，我們可以間接探究關於犯罪、愧疚、清白、暴力和正義帶來的難解問題。」

討人厭的點子

所謂討人厭的點子，就是創造出窩囊廢主婦和宅男這類我在《超棒小說再進化》中提過的角色（但是在文學小說中經常可以看到）。

推理小說中不乏以業餘偵探為主角的例子，於是有些作者就把「業餘」和「普通人」畫上等號，因此會出現窩囊廢主婦和宅男。實則非也，這是非常要命的嚴重錯誤。

業餘偵探必須和專業人士一樣聰明機智，差別只在業餘偵探對偵探的工作幾乎一無所知，對這行的瞭解多半是從電視、電影裡看來的，因此在追查兇手時會面臨更多的挑戰。除此之外，業餘偵探必須是個能讓讀者認同的活躍角色，在各方面的表現都要夠英勇。要知道，吸引讀者閱讀推理小說的主因，就在於偵探的英勇所帶給人的認同感。

另一種討人厭的點子是那些已經反覆使用到大家都不想再看的陳腔濫調。讀者都是明眼人，只要聽到他們這麼說，你心裡就有譜了：「我在《虎父虎女》裡看過類似的故事耶。」

不過最讓人受不了的事情，還是有人什麼點子也沒有就想寫推理小說。聽起來難以置信是吧，但我認識好幾個幹過這種事的傻子。我自己也試過一兩次，最後只能將整疊稿子當廢紙回收。有個運動鞋品牌的口號是：Just do it，但如果你對寫推理小說也是這樣想的話，我勸你最好別寫了。

有了故事種子以後，你該坐下來好好構思情節。無論你的點子是什麼，你都得構思出「情節背後的情節」，這正是我們下一章的主題。

3

情節背後的情節

專業的創作流程

你在寫推理小說的時候，可以採取兩種策略：

1　有計畫。

2　沒有計畫。

有些作家會在新書發表會的時候說，他們從不訂寫作計畫，因為計畫會傷害創意。根據他們的說法，寫作是一場宛如「發現新大陸」的美好歷程，好像只要遵循心中源源不絕、如有神助的靈感，書就會自己寫好一樣。我認為這些作家這樣講，是不想坦承自己有寫作計畫，怕一旦說破了，讀者就不再把他們當成創作天才。但是我敢打包票，百分之九十九的作家動筆前絕對會先訂好計畫。

對所有我認識的作家而言，隨喜隨興的寫作方法會帶來毀滅性的災難，是創意十足的自殺方式。

你不先訂計畫也是可以，只是日後就得完全根據初稿內容來改寫，要是初稿很亂你可就辛苦了。所以你可以稱這種沒有計畫的寫作策略為「永遠在寫初稿」。

我有好幾個「永遠在寫初稿」的作家朋友，他們的初稿最後全進了字紙簍。為了寫出八萬字的小說，他們通常得寫至少二十到三十萬字，花二到五年（或更長）的時間，寫了一疊又一疊的初稿，才終於完成作品。

這個方式有點像蓋房子不畫藍圖，隨便鋸、隨便釘，拆拆補補到房子有了雛形以後，再繼續東敲西修，直到覺得應該是蓋好了才收手。我是沒聽過有人用這種方式蓋房子，但有的作家會嘗試用這種工法寫小說。

我在本書所建議的創作流程，是先從「發想」開始，接著建構出主要角色的生平，包括殺人兇手在內，而兇手的謀殺計畫就是所謂的「情節背後的情節」。

一旦你架構出「情節背後的情節」，知道殺人兇手的計畫以後，下一個步驟是為超棒推理小說列出詳盡易懂的大綱，幫情節排序。一旦排序完成，接下來便是擬出粗略的草稿，然後再以這份草稿為基礎修訂出二稿，完成後再經過一兩次潤飾，讓你的文字更洗鍊華美。透過如此系統性的方法，全職作家只要三到五個月的時間就可以完成一本八萬字的小說，兼職作家也只要約莫六到八個月的時間。

喬治・卻斯布羅在《推理寫作》是這麼寫的：「我的第一步是擬妥情節的大綱，循序漸進描繪故事發展，而且內容盡可能詳盡，因為我發現事前準備得愈充分，真正提筆寫作時遭遇的困難就愈少——至少對我而言是如此。」

我完全同意。

毫無計畫地放手去寫，聽起來是頗有創意沒錯，但實際上會浪費掉太多時間，因為無論你起草幾次，最後的成品都不可能盡善盡美。如果你願意先仔細為故事擬好大綱，不但可以加快寫作過程，成果的品質還會大幅提升。

什麼？快怎麼可能會好，不是都說欲速則不達嗎？

讓我告訴你，過去十年來我一直在加州大學柏克萊分校、奧勒岡作家聚落（Oregon Writers Colony）以及歐美各地的城市主持「密集寫作班」。我會帶領學生腦力激盪，一起創造小說角色、構思故事情節，然後為幾個場景寫初稿——基本上和本書後續要教的方法是同一套。

所有學生在課程開始之前，要先寄來創作草稿讓我評估程度，而多數人就算還不是超棒作家，表現也稱得上中規中矩。然而幾乎毫無例外，大家參加寫作班之後寫出來的文稿會比以前更好，而且進步的幅度很驚人。

原因何在？首先，我們會討論每個角色的背景和「執念」，所以學生對自己的角色非常熟悉；我們還會站在故事人物的角度寫「日記」，讓自己和這些角色更親近。如此一來，當學生開始寫作時，才能清楚瞭解每個場景的目的、每個角色的內心訴求、如何鋪陳衝突情境，以及這些場景將如何讓故事往前推進。他們完全能夠掌控自己的寫作歷程，而不是像出海探險似地去「發現」自己要寫的是什麼故事，然後再邊寫邊慢慢探索自己筆下的角色。經過反覆的練習，這些學生的文字愈來愈踏實、自信，而且生動活潑，敘述場景的寫作速度也跟著加快。

如果你從未按計畫寫作，一定要試試這個方法，你會對它的成效感到驚訝。掌控寫作流程，正是專業小說家與業餘人士的差別。

好了，我現在要步下講壇，結束這段囉哩叭唆的長篇大論。

我們已經準備好，馬上就要按部就班來創作一本超棒推理小說了，動手吧。

首要之務

在創造出殺人兇手之前，關於推理創作有兩件事你必須先知道：故事會在「什麼時候」發生於「哪個地點」。

我打算把我的推理故事放在「現代」，但你想寫的故事也可能發生在「過去」或「未來」，這是個人主觀的選擇，沒有孰優孰劣。我能提供的最佳建議就是：寫你自己想看的故事。

好，所以我設定的時間是「現代」，那地點呢？

幾年前我在蒙大拿州帶過寫作班，認為那裡很適合作為小說的背景舞台。當地景色美得懾人，民風開放友善而且獨立自主，同時視自給自足為美德。此外，你在蒙大拿不會遇到太多騙子，對我這種住在五光十色又擁擠的舊金山灣區居民來說，走訪蒙大拿就好比重回當年先民開疆拓土的年代。作家贊恩．格雷（Zane Grey）很擅長描寫那個時代的故事，我也從他的書中挖掘出不少生動的角色。

就這麼決定了，這本超棒推理小說的地點就設定在蒙大拿。事實上，一開始讓我想要動筆的故事點子，就是「寫一本關於蒙大拿的書」。

你可能會吐槽說，這點子沒什麼了不起吧？但這點子就是能燃起我的創作慾，對我來說這樣就夠了。

你為推理小說所找的舞台，不只要是故事發生的地點，還要是一個「除了故事本身之外還會發生許多精采事件」的地點。這樣的地點能為故事背景帶入更多衝突，使劇情不單只侷限在案件本身，還可以讓你的故事讀起來更真實、更有深度。

有時候，故事的背景甚至會影響你如何安排筆下的謀殺案。

舉幾個最有戲劇張力的例子來看好了。漢斯・基斯特（Hans Hellmut Kirst）一九六三年的作品《將軍之夜》（Night of the Generals）曾改拍成膾炙人口的電影，由彼得・奧圖（Peter O'Toole）和奧瑪・雪瑞夫（Omar Sharif）主演。電影中的偵探英雄要找出連續殺害妓女的兇手，故事背景是幾名德軍高階將領正在策畫並打算執行暗殺希特勒的行動，但他們同時也是妓女謀殺案的嫌犯。這點子超棒，不是嗎？

《馬爾他之鷹》的故事背景則是尋找一尊價值連城、鑲嵌著珠寶的老鷹雕像。

在卡拉・布萊克的《貝爾維爾區謀殺案》中，在偵探追蹤殺人兇手的同時，恐怖分子佔領了學校，並挾持孩童作為人質。

史考特・杜羅在一九八七年的《無罪的罪人》（Presumed Innocent）中，則是以一場勾心鬥角的競選活動做為背景。

當然了，沒有用戲劇性事件作為故事背景的超棒推理小說也不在少數。不過，設定一個充滿戲劇性的背景會讓故事更曲折、更複雜，你的作品也會更精采刺激。總之，這是你在創作時可以考慮的選擇。

接下來，為了讓我的小說成為名符其實的「虛構」作品，我要在蒙大拿州虛構一個小鎮，姑且把它命名為「無境之北」吧；之所以如此命名，是因為從前有個地方叫做「無境城」，而我們的小鎮就坐落在它北邊。我另外也設定一八九四年的一場大火幾乎將「無境城」摧毀殆盡，唯獨當地的妓院倖免於難。接著我再把故事發生的時間設定在狩獵麋鹿的季節；我有個朋友強烈反對打獵這種嗜血的活動，我覺得對小說背景來說，這不失為一個好點子，於是就在書裡安排了一場反麋鹿狩獵的示威活動。

到目前為止，我知道故事發生的時間（也就是「現代」），設定好地點（蒙大拿州），並且以一場反狩獵麋鹿的示威活動做為背景。至於書名，就用《蒙大拿謀殺案》吧。

接下來，我們要決定讓誰來當殺人兇手。

如何打造一流的殺人兇手

稍早我們提過，推理小說都有「情節背後的情節」，也就是殺人兇手的故事，包括他為什麼殺人、殺的是誰，又準備怎麼脫身。殺人兇手的動機是驅動故事的力量，是所有超棒推理小說的引擎。我們的殺人兇手必須意志堅定，既貪婪又充滿野心，也許還帶點慾念、恨意，或是滿懷復仇的怒火。

殺人兇手是超棒推理小說的軸心角色，也就是推動情節的人物，迫使偵探英雄等其他角色在遭遇事件時作出反應。

當然了，殺人兇手的個性必須要和其他角色一樣鮮活生動。

我在《超棒小說這樣寫》、《超棒小說再進化》和《關鍵》這三本書中多次強調，只有為人物建構完整的傳記才能徹底瞭解這些角色。人物傳記必須包括角色的生理空間（外型、智商、疤痕、談吐、衣著與姿態神情等等），他們的背景或社會空間（出身、早年接受過的訓練和過去的人生經驗，也就是影響或塑造角色個性的事件），以及他們的心理空間（這是生理空間和社會空間的共同產物）。

讓我們來看看範例。A角色是個體型瘦長、笨手笨腳（生理空間）的男人，母親的過度關愛讓他幾乎喘不過氣來（社會空間）；因為天生笨拙與家庭生活帶來的壓抑，他成了自我中心又內向的人（心理空間）。B角色則是個天生的運動好手（生理空間），生長在非常重視運動天分的家庭（社會空間），於是他成了自大又狂妄的傢伙，而且一向是眾人注目的焦點（心理空間）。

根據編劇大師埃格里（Lajos Egri）在一九四六年的著作《戲劇寫作的藝術》（The Art of Dramatic Writing）的說法，生理空間、社會空間和心理空間，構成了一個完整角色的「三度空間」。

埃格里也建議作家要創造有強烈執念的角色，你可以把所謂的「執念」視為驅動角色性格的戲劇性能量，這樣的殺人兇手可能想當總統、藝術家，或純粹就是想主宰一切。這些角色的執念可能讓他廣受歡迎，也可能為他招來殺身之禍，有各式各樣的情況，但總歸一句話，只要是能驅動角色採取行動的戲劇性能量就行。

總而言之，殺人兇手必須是個戲劇性十足、全面又完整的角色，並且有強烈的執念。然而除此之外，我們還有許多其他層面需要顧及。

殺人兇手要是邪惡的人。我們都知道謀殺犯是神話中的「反派惡人」，而反派永遠為一己之私行事，是自身小宇宙中最閃亮的那顆星。我們的殺人兇手一定要自私。當然我們都看過一些小說，裡面的兇手是以「善」為出發點而英勇行兇，但這類動機帶來的結局多半稱不上高潮。羅岱爾在《推理小說》中提過，讀者想要獲得「看到罪犯受到制裁的滿足感」。如果殺人兇手不是為了個人私利動手，而是展現出自我犧牲的英雄氣概，這無疑是剝奪了讀者的滿足感。要知道，追求滿足感是讀者買書來看的主要原因。

殺人兇手的邪惡之氣不能表露在外。原因有兩個，其中之一非常明顯，如果殺人兇手的邪惡之氣表露在外，偵探英雄不必太花工夫就能從嫌犯中找出目標。此外，讓兇手隱藏邪惡的天性還有個心理學上的考量，我們對假冒成好人的惡人會懷抱更深的恐懼。若作者有技巧地隱藏反派惡人的嗜殺天性，到最後才揭露答案，效果會更震撼。

殺人兇手要聰明機智。記住羅岱爾提及讀者為何看推理小說的第一個原因：享受追捕嫌犯的刺激感。唯有殺人兇手聰明機智，追捕的過程才可能刺激。

殺人兇手必須受過創傷。殺人兇手必須受過嚴重的心靈創傷，像是曾經蒙受不白之冤，或是飽受虐待。這類創傷通常會成為他們下手行兇的驅動力，因為這樣的心理創傷可以將犯行合理化。

殺人兇手也會害怕。殺人動機有大半是出於恐懼，而恐懼又會讓另一半的動機（如嫉妒、野心、貪婪與復仇等等）變得更為強烈。

我們剛學會塑造殺人兇手的理論，下一步就是實際操作。

4

創造殺人兇手

殺人兇手的個性要極端

我故事中的殺人兇手會是誰呢？我現在還不知道，一點概念也沒有。不過，一想到我馬上就要從腦海中打造出這個角色，帶給他生命，我便有些興奮。藝術創作確實是讓人讚嘆不已的過程。

如同之前在《超棒小說這樣寫》說過的，我知道這個角色會是個「活躍積極」的極端人物。在我的寫作班上，我們會用另一種方式來思考何謂個性極端的角色：這些角色超脫了常態分布的鐘型曲線。我稱這些人物為「鐘型曲線」角色。

「鐘型曲線」角色究竟是什麼意思？

如果你選擇了某種性格特徵，例如「誠實」，然後把所有人從「最誠實」到「最不誠實」依序排列，你會發現處於兩端的人數最少。虔誠的聖西蒙在路上就算撿到五塊錢，也會見人就問對方是否掉了錢，他會出現在「最誠實」的一端。而另一端的人有多不誠實呢？就算說出真相對自己比較有利，他們還是會說謊。我有個專賣房屋建材的表親就是後者，而且他如果看到你張著嘴睡覺，一定會偷挖出你補牙用的金子。

當然了，在「誠實」的天秤上，多數人會落在鐘型曲線的中間段落。我們可能會為了逃稅動一點手腳，可能會向老婆謊報離開酒吧的時間，但平均來看，我們多半都落在中間，所以不會是太有趣的小說人物。

真正吸引人的角色會落在鐘型曲線的兩端，也就是極端的人物。

有了以上的認知，現在讓我們從殺人兇手的背景開始著手。我得要知道他為什麼會來到「無境之北」這個荒僻的蒙大拿小鎮；他一定有自己的動機，絕對不是作者我說了算。我們要塑造一個有血有肉的真人來當軸心角色，這個人會推動情節，而且言行舉止都以個人私利為出發點。這個角色要擁有虛構人物的三度空間，有強烈的執念、聰明機智、心靈受過嚴重創傷、邪惡之氣完全不顯露於外，內心則可能藏著病態的恐懼或類似情緒。

接下來讓我們為殺人兇手想個好名字，就叫他「佛瑞斯特」吧，很多人取笑他和電影《阿甘正傳》（Forest Gump）中的主角同名。我們還得給他一個姓，就叫作福納好了。

我其實不認識任何姓福納或名佛瑞斯特的人，更不曉得這個名字為什麼會從我腦海中跳出來。雖然原因不明，但我蠻喜歡這個名字，所以就決定這麼用。

這下我們的殺人兇手有名有姓了，住在蒙大拿州無境之北的佛瑞斯特．福納。既然他是我們的殺人兇手，那麼理所當然是創造「情節背後的情節」的人。

殺人兇手的誕生

在你創造殺人兇手的時候，要記住這個有趣的過程非常有彈性，可以任意調整。在完稿之前，你在每個階段或多或少都可以調整這個角色。稍後在創作故事情節的時候，我們可能會回頭在角色的背景故事中加入某個事件，甚至改變角色的個性，這些都沒有問題。我們是創作角色的造物主，高興怎麼做，就隨心所欲放手去做。那麼我們就從佛瑞斯特．福納的生理空間開始找出他的生理特徵。

佛瑞斯特．福納是個高大的男人，身高超過六呎，體重直逼三百磅，一邊膝蓋有點問題，偶爾會讓他行動無法自如。他蓄著濃密的鬍子，有雙深色的小眼睛，臉上經常掛著輕鬆友善的笑容，活像個過慣懶散生活的人。佛瑞斯特聲稱自己有吉普賽血統，但其實不然。

我們再把故事設定在他四十三歲那年。

當時佛瑞斯特走路已經要稍微拖著一隻腳了，那是從前打美式足球留下的運動傷害。他缺了好幾顆牙，漸疏的紅髮中略見銀絲，肩膀厚實，走起路來步履笨重。此外，臉上的幾道疤痕都是高中玩美式足球以及在酒吧鬥毆留下的紀念。

到目前為止，我們對他的生理空間已有初步的描繪。

接著我們來看他的社會空間，也就是他的背景。

我們設定他是在俄亥俄州的克里夫蘭近郊長大，父親是焊工，母親是會計，家裡只有他這個獨子。他的父母相處不睦，父親酗酒，母親在教堂的唱詩班擔任次女高音，在教會團契或唱詩班裡結交了不少男友。她是個極具魅力的女子，不但以勾引教友為樂，最後還勾搭上牧師，兩人在佛瑞斯特十三歲那年私奔。這是他的創傷，讓他在極為保守的社區裡抬不起頭，飽受流言蜚語的攻擊。佛瑞斯特痛恨母親四處留情，這件醜事人盡皆知，而且大家都可憐他。他也痛恨父親軟弱無能，於是發誓自己長大後絕不能成為軟弱的人。

儘管他平時待人友善，經常和大家開玩笑，但是他性情暴戾，火氣上來的時候，暴力行為就跟著出現。他曾經為了玩溜溜球和朋友起衝突，打斷了對方的肩膀和六根肋骨。

他父親試圖藉由運動來管束佛瑞斯特，他們會一起練習傳接美式足球，父親也親自接送他參加校隊練習。他的個頭不小（當時已經很高了但不胖），身手又敏捷，在球場上的表現十分傑出，加上投注了不少心力，終於成為當地小有名氣的球員，是俄亥俄州最好的高中邊鋒，隊友都喊他「飛毛腿」。日後他體重飆升，還拿這個綽號當笑話。

美式足球讓他又愛又恨。佛瑞斯特樂於成為眾所矚目的焦點，明星球員的光環讓他成為不少女孩心目中的白馬王子。儘管自覺在性愛上的表現笨拙，他仍和幾位愛慕者上了床，而且還挺享受這些女孩的示好，這讓他覺得自己很重要。佛瑞斯特其實摸不透女孩們的心，搞不懂她們想要什麼——這也是理所當然的，他對母親的恨意造成了他和女性相處上的問題。

現在我們對他的社會空間略知一二，也知道他對母親懷抱恨意，嫌惡父親，接下來我們要進一步探索他的心理空間。

佛瑞斯特也變得愈來愈愛作白日夢了。他雖然聰明，卻對學校課業漠不關心，整天想著要去尋寶，幾乎是走火入魔。他認為自己命中注定會找到寶藏，經常幻想上山下海四處搜奇，然後帶著財寶回到家鄉，向大家證明自己的成就。

儘管俄亥俄州立大學打算招收他進美式足球校隊，但他一想到進大學就害怕，擔心學校的期望太高。他個子高，反應也快，但其他州立大學的校隊選手都好比是銅牆鐵壁，例如聖母大學、阿拉巴馬大學、密西根州立大學等等，都不是好惹的對象。他不知道學校究竟對他的表現有何期待，更害怕自己做不到。

讓他擔心的還不只是校隊而已，兄弟會等社交活動也嚇到了他。交朋友對他來說不是什麼難事，但那些大學生是他無法企及的對象，佛瑞斯特自覺格格不入，就連女大學生也讓他難以招架，她們好……世故。

佛瑞斯特在高中最後一年的球賽中傷了膝蓋。動過手術之後，醫生認為傷勢不影響打球，但他以傷處疼痛為藉口，回絕了俄亥俄州立大學的邀請。那一陣子，他還會故意拖著腳走路以博取同情。

佛瑞斯特老愛耍小聰明，青少年時期就懂得找更小的孩子幫他送報紙，自己負責輕鬆領薪水；他也曾經自製鞭炮和煙火賣給其他孩子，不但賺了一大筆錢，在警察來抓人的時候還成功嫁禍給別人；他甚至付錢請女同學幫他寫英文作業。

一天晚上，佛瑞斯特去參加派對，聽到有個傢伙說他叔叔在蒙大拿州撈了　海票，如今在邁阿密買下一間超級大豪宅，附設的私人游泳池還是奧運標準規格。這番話讓佛瑞斯特高中一畢業，就立刻向朋友借了錢離開家鄉。

好，到目前為止，佛瑞斯特已經像個擁有立體空間的完整角色了。你可能不會想讓自己的姊妹嫁給這種傢伙，但起碼他非常真實，不致於讓人覺得假。

成年後的經歷

我知道這個步驟看起來很辛苦，更別提我們花了大把工夫編出來的經歷，到最後只有一小部分會寫進小說，但這項前置作業極為重要。你的殺人兇手訂下了「情節背後的情節」，他做什麼事、轉什麼念頭、感覺如何，甚至他在故事開始前或結束後（無論是檯面上或檯面下）會如何轉變，你都必須知道。徹底摸透你的殺人兇手，是你寫出超棒推理小說的關鍵。

那麼，佛瑞斯特・福納前往蒙大拿後碰到了什麼事？

我們就設定他靠打零工過活，像是在大城市當洗碗工、幫農夫修整樹籬、在伐木場當廚師、在餐廳酒吧當清潔工。他休假時會上山去溪流裡淘金，再細再小的砂金也能讓他興奮半天。到了冬天，他會拿出地圖仔細圈出去過的淘金地點，研究是否有模式可循。他還會埋首地理書籍，熱切研究十九世紀末到二十世紀中期那段淘金熱年代的大小事。

某年初春佛瑞斯特遇上冰風暴，為求生存躲進了雪洞，但還是受了凍傷不得不截去兩根腳趾。

他就是在醫院結識了山姆・賀格，後者在一場爆炸意外中失去一隻手掌，兩人可說是同病相憐。山姆似乎知道政府管制的某處禁獵區藏有金礦，但如今受了傷，不得不找個幫手。佛瑞斯特身強體壯，不僅對尋寶滿懷憧憬，又迷戀閃亮亮的金子，是最理想的人選。

於是佛瑞斯特成了山姆的搭檔，兩人一同前往位在荒郊野外的金礦淘金。

無奈礦藏不豐，他們辛勤工作了好幾天，收穫卻乏善可陳。山姆是個惡劣的人，酗酒、卑鄙又常口出惡言，他每次要去七十英里外的小鎮，都會丟下佛瑞斯特，叫他一個人繼續淘金。佛瑞斯特認為山姆之所以不讓他跟，是害怕他會逃跑，並向外人透露金礦所在地。

佛瑞斯特繼續為山姆工作了三年，兩人都懷抱厚望，告訴自己也許再挖個幾呎就能挖到純金礦脈。山姆也掛保證說，如果真的挖到金子，佛瑞斯特可以分到三分之一，這足以讓他致富了。

這條礦脈愈挖愈寬，看來很快就要中大獎了。佛瑞斯特也開始擔心山姆可能會食言，不願分給他說好的酬勞。每次他看到山姆走進林子裡休息，都覺得山姆是在把找到的金子偷偷藏起來──山姆．賀格一定會欺騙他，說不定還會殺了他。

這就是佛瑞斯特的殺人動機，他感到「恐懼」。

佛瑞斯特於是暗中監視對方的一舉一動，結果發現山姆在磨刀，簡直嚇壞了。他心想錯不了，山姆一定是要殺他，否則為什麼每次進城時都不帶他？根本沒有人曉得他在這裡。佛瑞斯特的想像力開始暴走了：山姆大可殺了他然後埋屍荒野，而且不會有人知道，再說山姆也有下手的本事。他不是說過自己有個弟弟正在牢裡服刑？大家都說暴力是一種家族遺傳啊。

佛瑞斯特的恐懼來自貪婪與缺乏安全感，而且這兩種情緒都非常緊繃。

一天晚上，佛瑞斯特從樹林裡砍了木柴回來。山姆正坐在砍斷的樹幹上抽煙斗，一邊欣賞美麗的落日，一邊啜飲威士忌。佛瑞斯特就這麼直接走到他背後，一斧劈向山姆的腦袋，來個一擊斃命。

佛瑞斯特埋好屍體，拿走山姆藏起來的金子，然後用泥土覆蓋住金礦。他開著山姆的吉普車來到距離小鎮不遠的一處深谷，把車子推了下去，接著露營度過幾個星期，才徒步走到另一座小鎮。

他沒有笨到拿著金子到處張揚，反而在酒吧裡討了份雜工的差事，行事保持低調。他投宿於一位名喚露絲的女人家中，這露絲有個女兒叫佩妮蘇，沒多久，佛瑞斯特便開始和樸實害羞的佩妮蘇一起散步、划船。某個夏夜，這對年輕男女跑去裸泳，結果不由自主地在松林裡親熱起來。

他們很快結了婚，不久後佛瑞斯特升任酒保，並且趁生意慘澹的時候，陸續從酒鬼業主手中買下老鷹酒吧的股份，最後成了老闆。

日子一天天過去，福納夫婦生了兩個女兒，佛瑞斯特還當選小鎮議員，並自願兼任副警長。他也陸續入股鎮上的旅館、買下酒行的經營權，甚至成為「無境妓院」握有半數股份的幕後大老闆。

好，以上就是佛瑞斯特．福納四十三歲時的生活概況。這麼多年過去，他改變了不少，不再整天空想做白日夢。他非常疼愛女兒，並嚴格管束妻女。佩妮蘇很怕自己的丈夫，因為她曾在他眼中看到殺意。佛瑞斯特從未對妻子動手動腳，甚至連口頭威脅都沒有，但長久以來她一直心懷恐懼；她知道他偶爾會到山區帶金塊回來，行徑可疑，還感覺到丈夫潛藏的暴力傾向。

這幾年佛瑞斯特不是沒打過架，但他努力克制這方面的問題。他曾經兩度毆打自己監管的人犯，而評議委員會每次都站在他這邊。嘿，要知道，這地方幾乎一切都歸他管。

佛瑞斯特．福納的背景故事大抵如此。

你可能會問，那山姆．賀格的謀殺案呢？這個嘛，警方的確尋獲了山姆的吉普車，但判定為單純的車禍意外，屍體可能是被野獸拖走了。於是乎佛瑞斯特成功逍遙法外，至少當時看來是如此。

到目前為止，這些都是殺人兇手的背景，而且這傢伙馬上要二度逞兇了。不過，我們還要先深入探索佛瑞斯特的想法，再決定到底要不要讓他當書中的殺人兇手。

提醒你，我剛才做的只是簡要版，我建議你用更仔細的方式建立人物傳記，進入他們的世界，深入認識你的角色。日後當他們在書中出現時，你的努力絕對會得到回報，這些角色對你和讀者都會顯得更加真實。

我們打造出殺人兇手了，現在來聽聽佛瑞斯特的心聲，好讓大家可以更熟悉這個傢伙。

5

認識殺人兇手

探索角色內心

如同我在《關鍵》一書提及，作家應該從書中角色的角度和立場寫日記，我和所有教過的寫作班學生都一致認為這是走進人物內心的好技巧。

我鼓勵他們假設這些日記都是殺人兇手特別為作者而寫的，日記內容必須完全坦承、開放，畢竟這只是練習罷了。

佛瑞斯特是這麼寫的：

佛瑞斯特．福納的日記：

因為我是你這個推理作家筆下的虛構人物，所以我得對你坦白說出一切。沒問題，反正我不覺得自己的所作所為有什麼好丟臉的。

讓我從小時候開始寫起。我從來沒喜歡過我老頭和老媽，兩個都不喜歡。很多人都這樣，只是不敢承認。我老覺得自己生錯了家庭，我爸媽都很無趣，不是笨，就只是無趣，而且我老媽還是個賤人。我覺得是俄亥俄州害了她，住在詹堅區這種無聊的市郊住宅區就是有這種影響，把你整個人消磨殆盡，就像頭上蒙著一條毯子，渾渾噩噩過日子。

沒錯，我媽和那個混蛋牧師私奔後的確幫我弄來一點錢，但那不重要，她仍然只是個賤人。我離家時希望自己不會再看到她，到目前為止都還如願。是啊，我老媽就喜歡有人愛。愛是什麼鬼！我沒信過那勞什子鬼扯淡。母愛是什麼東西！我只知道她本來可以好好對待我的。

至於你呢，傅瑞，說什麼要幫我寫傳記，看你寫的，好像我在高中時期怕女生似的。怕的人不是我，是她們，因為我「太強」了，而且是個美式足球明星。當時我不知道她們在追求什麼，但現在我懂了——她們想要的是我他媽的錢。女人腦子裡只有兩件事：她們的孩子和錢。她們要你讓她們生小孩，然後付錢，就這麼簡單。你想要親熱一下，猜她們會怎麼說？頭痛、累了，要不就是月經來，讓她們心情惡劣。去他媽的女人！知道嗎，唯一誠實的女人是妓女，你能百分百相信她們。一塊錢就能買下妓女，而且銀貨兩訖，誰也不吃虧。她們不會假裝愛你。沒錯，她們嘴裡那麼說，但你永遠不可能相信，因為她們對每個恩客都講同樣的話。這無妨，反正就是一場遊戲。

你覺得我不該擔任議員，也不該躲在幕後和愛慕絲夫人一起經營妓院？那又不是什麼大不了的生意，我是在米蘇拉市養四個不能白睡的半老妓女，又不是黑幫老大，我們只是提供服務給那些沒有女人的傢伙，服務業而已。那些傢伙工作很辛苦，不是礦工就是狩獵導遊或牧場打工仔，都只想討口飯吃活下去而已。妓女給他們一點溫暖和慰藉，哪裡有錯。

說到山姆．賀格和金礦那件事，好吧，我殺了人。你在我傳記上的寫法像是要說我懦弱害怕，但情況不是那樣，任何有點腦袋的人都會那麼做，而且那才是聰明的作法。我敢發誓，他當時真的打算殺我，我的作法充其量也只能說是自我防衛。我可以按著聖經發誓。

好了，傅瑞，你想要我說說我老婆佩妮蘇對吧。她還可以，我們還處得來。我們之間沒什麼真正的愛情火花，但話說回來，我從來也沒信過那種事。我愛死我兩個女兒了，但那種愛不一樣，而兩個女兒愛我是因為我是她們的老爸，對我來說這樣就夠了。你膽敢招惹安妮和法蘭西絲，我會打爛你的腦袋。

但誰敢招惹她們？住在無境之北而且事業有成，就是有這個好處，每個人都會尊敬你。

你還想知道我對自己的生活有什麼看法？好吧，我來告訴你，我覺得大致上還不錯。

我一直沒挖到寶藏。我從山姆．賀格那處金礦拿到的金子不超過十五萬美元，我沒騙你。但是我一直很小心，沒幹傻事，沒把錢全花在同一個地方，賣金塊時會說那是酒客帶過來的東西。

我是個滿足、快樂的男人。我擔任義勇副警長時偶爾會失去理智，把犯人打個半死，也曾經在酒吧裡和醉漢單挑，但多數時候，我都能壓下自己的脾氣。我每週日都會帶家人上教堂，偶爾捐錢幫助鎮上的人，一次幾千，每個人都當我是社區的中堅分子。認真想起來其實我還真的是，所以最好不要有人出來搞破壞；為了保護我現在的一切，要我再殺十個山姆．賀格都行。我是說真的，我才不在乎你是誰。

確認角色

看來佛瑞斯特應該挺符合我們的理想，我們再確認看看他是否能通過檢驗：

◆佛瑞斯特．福納的動機是否強烈到足以迫使他採取行動？那是一定的，只要有人威脅到他舒適的生活，他絕對有能力再幹下一樁謀殺案。

◆佛瑞斯特．福納這個角色是否完整？也就是說，依照埃格里的說法，他是否是個擁有三度空間的立體角色？依我看，答案是肯定的。

◆佛瑞斯特．福納是否受過創傷？他遭母親拋棄，膝蓋的傷勢也讓他錯失進入大學校隊的榮耀，可說是受創嚴重。

◆佛瑞斯特．福納出於恐懼是否會採取行動？因為害怕失去目前擁有的一切，要他殺人也願意。

◆佛瑞斯特．福納是否成功隱藏住邪惡的內心？我覺得他藏得相當好，他在無境之北這樣的小地方成了模範人士。他有點脾氣，教育程度不是太高，但是大家都喜歡這個酒吧老闆，而且他還擔任義勇副警長。儘管有傳聞說他是另一個城市的妓院老闆，但在多數小鎮居民的眼裡他是個好人，在地方上有所貢獻。他顯然很疼愛兩個女兒，供養家人衣食無缺，還會上教堂、做公益。

好，我認為我們已經為這部推理小說找到了理想的殺人兇手，現在我們就讓佛瑞斯特去策畫「情節背後的情節」。

情節背後的情節

你一定注意到我們連書中最重要的偵探英雄都還沒有提到，就要開始策畫情節。當然了，我們一定會需要一名負責破案、並將兇手繩之以法的主人翁。偵探英雄是故事裡最重要的角色，但我們在策畫「情節背後的情節」時，一切都是殺人兇手說了算。我們要先知道情節背後有什麼情節，才能決定我們要找誰來當偵探和嫌犯。

許多「情節背後的情節」都發生在「案發點」之前。從讀者的角度來說，「案發點」就是故事開始的那一刻。我們現在還不知道「案發點」是什麼時候，也不知道我們的偵探英雄是誰，但這些都沒有關係。重點是要在「情節背後的情節」中找出佛瑞斯特要殺害的對象是誰，以及他為什麼要殺人。

要記住，我們還沒決定哪些是要讓讀者看到的事件和發展，哪些又不要讓讀者看到，現階段我們是單純討論佛瑞斯特如何在故事中犯下謀殺案。

好，佛瑞斯特認為他的生活富足，自認是個幸運的人。

接下來，卡列柏．賀格走進他的生命，像是溜進伊甸園裡的蛇。卡列柏四十八歲，剛從印第安納州的監獄釋放出來。這傢伙陰險狡猾又惡毒，而且正在尋找他哥哥山姆。佛瑞斯特雖然暗自擔心，但是沒有人能在他和山姆之間找到關聯，所以他冷靜以對。再說，他也從來沒把真名告訴過山姆，當年山姆只曉得他叫「飛毛腿」。卡列柏要找的是一個名叫「快腿小子」或「飛毛腿」的人，但是沒人知道現在體重直逼三百磅的佛瑞斯特曾經能快跑如飛。

警方向卡列柏表示他們在山溝裡找到山姆的吉普車，推斷他已經死亡，屍體可能早被野獸拖走了。

然而卡列柏不買帳，他到荒郊野外找了好幾天，沒有人知道他要找什麼。佛瑞斯特猜測卡列柏要找的是金礦。

某天晚上，卡列柏來到佛瑞斯特的酒吧，表示他曾經收到山姆寄來的一封信。卡列柏告訴佛瑞斯特，山姆在信中表示自己找到了金礦，而且找了幫手來挖，問題是他不信任這個年輕混混，希望卡列柏能早日出獄幫忙。可惜事與願違，卡列柏太愛打架，沒辦法假釋，那封信成了山姆與他最後的聯繫，他認為哥哥應該是為了金子而慘遭殺害。

佛瑞斯特非常震驚。這麼多年來，他辛苦建立了舒適愜意的生活，如果被人查到他和山姆有任何關聯，他可能會失去一切。佛瑞斯特現在不只是害怕而已，根本是膽顫心驚。

隔天，卡列柏又到山裡去尋找金礦，山姆在信上留了一些線索，他很有計畫地依序往下追。佛瑞斯特跟蹤卡列柏，不確定自己會怎麼做，他心知自己遲早會殺掉卡列柏，只是不知道該如何下手。不過好消息是，卡列柏找錯了地區，佛瑞斯特暫時安下一顆心。

幾天後的晚上，卡列柏又回到了佛瑞斯特的酒吧，而且喝得酩酊大醉。一名三十歲上下的陌生人走進酒吧，說要找外頭掛著蒙大拿車牌的小貨車車主，因為他刮到那輛車的擋泥板，想要賠償。這名年輕人是戶外攝影雜誌的攝影師，這家雜誌社經常刊登反狩獵的文章，偏偏無境之北的年度盛事就是麋鹿狩獵，於是酒吧裡幾個本來就是獵人的老主顧狠狠把他辱罵了一頓。攝影師刮傷了卡列柏的小貨車，表示願意賠償五十美元，但卡列柏趁機敲竹槓，開口要價兩百美元，攝影師表示只好請保險公司處理。

個性乖戾的卡列柏朝攝影師揮拳，兩人開打。擅長柔道的攝影師應付得不錯，身為義勇副警長的佛瑞斯特決定逮捕攝影師，把他送進監獄，此舉獲得酒吧裡的麋鹿獵人們大聲喝采。佛瑞斯特覺得自己找到了完美的代罪羔羊，他可以幹掉卡列柏再嫁禍給攝影師。

雖然雪季還沒到，但是當天晚上颳了一場暴風雪。佛瑞斯特搜了攝影師的車子，在行李箱裡面找到一把藏得很隱密的手槍。好極了，他擔任義勇副警長所接受的專業訓練果然有用。

酒吧打烊了，佛瑞斯特把門鎖上，但要卡列柏稍留一會兒，說是有話要談。其實若無必要，佛瑞斯特也不想痛下毒手，於是他先向卡列柏表示自己是當年替山姆挖礦的人，但那場苦工並沒有帶來任何收穫。他自稱是山姆的好朋友，很樂意拿出幾千美元幫助卡列柏重新開始。卡列柏卻說他自己很清楚哥哥當年對「飛毛腿」有什麼看法，更何況山姆一輩子沒交過半個朋友，佛瑞斯特明顯在說謊，所以他猜想山姆必定是被佛瑞斯特幹掉了。他要求佛瑞斯特交出一半的財產，佛瑞斯特直接一槍射向卡列柏的胸口，然後把屍體拖到外面的停車場，就丟在卡列柏那輛小貨車旁邊。

接著他把手槍放回攝影師原來藏槍的行李箱。

現在是凌晨三點，佛瑞斯特釋放了攝影師，聲稱稍早之所以逮捕他，是為了保護他，避免讓酒吧裡的醉漢群起圍毆動保人士。

佛瑞斯特心想，接下來就讓事情順其自然地發展吧。

這下我們知道謀殺案的過程和緣由了，但還沒有結束，我們得計畫更多細節，說不定可以讓案子更詭譎、更神祕一點。寫推理小說是一個循序漸進的過程，所以你後面會學到，這些前置作業的成果隨時可以修改或刪除。

到目前為止，佛瑞斯特·福納讓我很滿意，我特別喜歡他拿反狩獵人士當替死鬼的計畫。多虧了故事中角色彼此對立的價值觀和截然不同的世界觀，我們才能為故事製造出精采的衝突。

你在發展情節的時候，一定要記得藉機製造衝突。

有了殺人兇手和「情節背後的情節」，現在我們終於可以來看我們的偵探英雄，也就是下一章的主題。

6

偵探英雄的必備特質

英雄的重要性

羅岱爾提出的四個閱讀推理小說的理由當中，有一項就是要讓讀者「覺得自己變得更英勇」。這是一種認同感，也是讀者閱讀小說的主要原因之一，而且當英雄的感覺真的不錯，尤其推理小說裡的英雄會主持正義，將殺人兇手繩之以法。偵探英雄是讀者最認同、最熟悉的人物，因此就算「情節背後的情節」並不是出自他的策畫，他仍然是你書中最關鍵的角色。

許多超棒推理小說的作者都會嘔心瀝血塑造出超棒的偵探英雄。例如葛萊葛里·麥唐諾（Gregory McDonald）創作出福萊契系列和警探佛林系列，曾有人如此讚賞：「鮮活的人物率先從書中跳出來，隨之而來的是一連串精采行動和猶如放電一樣的吸引力。」羅勃·派克也說過：「故事的重點是犯罪事件，但主角不是偵察過程，是偵探本人。」偵探英雄在你書裡有舉足輕重的影響力，他必須是生動、完整而且吸引人的角色，會讓讀者想要閱讀他的人生。

蘇·葛拉芙頓則告訴我們「情節有限」，但是「角色無窮無盡」。

因此，塑造偵探英雄必須格外謹慎。如果你寫出了暢銷書，後續還會推出一整個系列，你可能得和你的英雄日夜相處，而且不離不棄，至死方休。

如何創造吸引人的偵探英雄

偵探英雄要是個吸睛的生動角色，必須擁有完整、立體的性格。你得幫他立傳，詳細寫下完整的角色背景、生理空間和社會空間，讓我們得以進一步瞭解他的心理空間。這名主角當然也必須有強烈的執念。

接下來，我們要以偵探英雄的角度來寫日記，以求與他的性格、敘事步調同步，這和演員研究角色姿態和語氣是一樣的道理。

我在《關鍵》一書中提過西方文化數百年來常見的神話英雄特質。我也在本書第一章討論過，推理小說中的主角——也就是偵探英雄——是重要的文化英雄。推理小說是深具影響力的神話故事，我們這位當代偵探英雄要想符合神話英雄的資格，他除了完整、活躍、意志堅定以外，還必須：

- 英勇
- 在賴以維生的領域中是箇中好手
- 有特殊長才
- 聰明機智
- 受過創傷
- 跳脫框架
- 願意犧牲小我

我會逐項解釋這些特質。要注意的是，偵探英雄是推理小說中的主角，但他不一定要是職業偵探；另外，你也要讓讀者能夠認同這個負責追捕兇手的角色。

偵探英雄一定要英勇。如果偵探英雄不勇敢，就不可能去執行必要的調查，找出殺人兇手。偵探英雄即便是面對生命威脅，仍然要能有所行動，這絕對需要勇氣。如果故事中的英雄無法採取行動，那麼故事就不會往前推進。

缺乏勇氣還會造成另一個問題，這與讀者的認同感有關。缺乏勇氣的怯懦角色會讓讀者感到排斥，難以產生認同，這樣一來，他們又怎麼會對故事有興趣？

不過我也知道萬事皆有例外，某些以膽小偵探英雄為主角的搞笑推理小說就頗受歡迎，這也是小說寫作之所以是一項偉大藝術的原因。但一般來說，這些英雄號稱懦弱但其實不然，比方電視影集《外科醫生》（M*A*S*H）中的軍醫鷹眼老是自比懦夫，但在觀眾眼裡卻覺得他英勇無比，遇上危急的情況總有非凡的表現。

文學小說中的英雄有時會是個懦夫（也就是所謂的「反英雄」），非得等到火燒屁股了才有所行動。對多數理智的讀者來說，這種角色就和交響曲或是指甲擦過黑板的噪音一樣「有趣」。

偵探英雄在賴以維生的領域必須是箇中好手。這也與讀者的認同感有關，如果偵探英雄在謀生的行業中不是高手，便得不到讀者的尊敬。舉個例子來說，假設你的姊姊和一個老是遲到、邋遢又漫不經心的工友交往，你一定不會太喜歡這個傢伙。若對方永遠準時上工，心情愉快地做好工作，而且很小心地不讓垃圾亂飛，拖地時連角落都不放過，那這個男人就會贏得你的尊重。

搞笑推理的偵探英雄在自己的行業中當然不必太傑出，通常還有點笨拙，「粉紅豹」

（Pink Panther）系列中的烏龍探長克魯索就是個好例子。就算在正經八百的推理小說中，只要能說服讀者認為偵探的表現之所以乏善可陳，是因為入錯行，你也能安然過關，例如你的偵探英雄是在父親的強迫之下，硬是走上了不適合的職業道路。不過，讓偵探英雄當個標準英雄會比較好，因為讀者對於工作表現優異的角色有更強烈的認同感。

偵探英雄必須擁有特殊長才。任何特殊才能都行，可以與追緝兇手有關，也可以毫無關係。坎伯在《千面英雄》中提到，光是擁有特殊長才就可以讓讀者自動站到英雄這一邊。這個長才真的是什麼都好，以電影《阿拉伯的勞倫斯》（Lawrence of Arabia）為例，勞倫斯第一次出場，就讓我們見識到他的指頭不怕火燒。這當然算不上什麼了不得的才幹，但足以讓觀眾看到勞倫斯是個與眾不同的人，光憑這點就能引起觀眾的共鳴。

這麼說吧，你翻開一本書，發現裡頭的主角只是個在超市生鮮部門工作的尋常人。他人是很勇敢沒錯，但我們看不出來，因為他根本沒機會展現。他對自己的工作很在行，要分辨胡蘿蔔和茄子、蕪菁和甘藍統統難不倒他，讀者可能會覺得這傢伙還不錯，但就是不夠吸引人。如果我們再設定他有過目不忘的能力，甚至背下了整部《大英百科全書》，他的吸引力便會突然倍增。

再假設我們的英雄是個名叫梅莉的護士。她做事很有效率，待人和善，醫生和病人都喜歡她，連讀者也會喜歡她。但我要再說一次，這個角色不夠吸引人，我們看不到她有什麼特色。假設她蒙著眼睛也能打網球呢？你蒙住梅莉的雙眼，發球給她，而她有本事一球不漏地打回來。這才能沒什麼用，卻可以讓她與眾不同，而且就像變魔術一樣，讀者會迷上她並產生認同。

偵探英雄要聰明機智。和殺人兇手一樣，偵探英雄聰明機智是極其重要的特質。還記得吧，羅岱爾提出讀者閱讀推理小說的四個理由，第一條就是「想獲得追捕嫌犯的刺激感——當然，這個過程必須仰賴書中偵探與讀者的聰明才智。」如果兇手和偵探兩者都缺乏聰明才智，故事便不可能精采刺激，你的作品會變得平淡無奇。要知道，沒有任何一本超棒的推理小說是平淡無奇的。

偵探英雄必須受過創傷。在希臘英雄阿基里斯的後腳跟中箭之前，英雄受過創傷的歷史早已淵遠流長。這樣的創傷可以建立起英雄和讀者內心的情感連結，因此成為英雄的重要特質。創傷同時會帶來懸疑，讀者會猜想創傷是否會惡化？在故事過程中會不會得到療癒？到底會完全復元，還是只有部分痊癒？

這個創傷可以是生理上的傷口，也可以是心理上的傷痛。偵探英雄可能遭受過槍擊，或是值勤時發生車禍，要不就是痛失摯愛、遭開除、被誤解，或是曾經鑄成大錯——甚至是犯下滔天大罪，因此心懷愧疚。這創傷可能是發生在過去，也可能是來自你正在創作的故事，但無論創傷是怎麼來的、何時造成的，都能引發讀者的同情。

有趣的是，在以神話為基礎的故事中，英雄的創傷通常會因為犧牲小我的舉動而得到療癒；相反的，反派因為自私自利的惡行，受到的創傷永遠無法復元。

偵探英雄要能跳脫框架。這裡說的是偵探英雄行事不遵循常規，對身為警探的角色來說更是如此。神探可倫坡就是很好的例子，他以不合宜的車子代步，而且完全不遵守洛杉磯警局的服儀規定。

不知道你有沒有注意過，電視裡的偵探通常都沒有結婚也沒有小孩；他們不會住在一般的住宅區，有的住船上，有的住拖車，還有的直接住辦公室；他們也不開一般的車子，《夏威夷之虎》（Magnum, P.I.）的麥格儂不是開跑車就是開直昇機，《推理女神探》（Murder, She Wrote）的潔西卡．佛萊契習慣騎腳踏車或搭計程車，而神探可倫坡則是開一輛老舊的寶獅汽車。這條公式全來自神話故事，昔日的英雄都有特殊坐騎，有些甚至長了翅膀能飛上天。

跳脫框架同時反映了偵探英雄對法律的看法。推理小說中英雄追求正義，但未必等同於把殺人兇手送上法庭，接受法律的審判。在我自己的小說《死貓現身》（Came a Dead Cat）中，偵探英雄奧黛西知道自首的兇手有辦法逃過法律制裁，於是將兇手「關進」自己的車子裡，再把車子推下懸崖直接送進太平洋——此舉讓讀者覺得大快人心（不過倒是惹惱了某些目光短淺的書評家）。

跳脫框架也代表我們的偵探英雄是個局外人，進入了一個與他大不相同的群體。以神探可倫坡為例，他像個藍領階級，喜歡打保齡球和野餐，養了一隻狗，偏偏接觸到的犯罪現場總是上流豪宅或電視攝影棚這類讓他感到彆扭的地方。神話英雄通常就像離水的魚，渾身不自在，但這正是英雄之旅的重點：英雄走進和日常生活迴異的神話森林，必須學習新的規則，歷經考驗，被迫脫胎換骨。在這個神話森林裡，英雄將遭遇不同的人物和挑戰，都是些他在自己的小世界裡碰不到的事。

偵探英雄必須犧牲小我。他追求的是正義，不是替自己出頭。偵探英雄偶爾會出於貪婪（例如賞金）而採取行動，不過當故事發展到某個階段，他仍然會犧牲小我。有時候，犧牲小我的精神會顯現在偵探英雄的專業精神或對工作的好奇上。偵探英雄不一定會參加聖戰，也不一定會親上火線，但光是有主持正義的想法便已經足夠。

其他常見（但非必要）的特質

偵探英雄通常是獨行俠。既然他跳脫框架，遊走在法律邊緣，那麼他是獨行俠便一點也不足為奇了。偵探英雄也可能是受到社會排擠才成為獨行俠的，這或許也是他的某種創傷。

偵探英雄的經濟狀況通常欠佳，甚至到山窮水盡的地步。偵探英雄既然不守常規，只依自己的規矩行事，收入自然不會太好；若不肯配合別人的遊戲規則，想賺錢自然是難事。

到底。

偵探英雄會義無反顧地忠於老友。如果他是你的朋友，你絕對可以相信他一定會挺你到底。

偵探英雄通常深具性魅力，而且性能力高強。雖不見得永遠如此，但這是相當常見的狀況，比方說瑪波小姐儘管年紀不小，但還是追求者眾。

你會發現我完全沒提到「親切」、「惹人愛」或「令人仰慕」等字眼。在一般的推理寫作書中，你會看到討論如何讓偵探英雄親切惹人愛的章節，這完全是在唬爛，英雄一點都不需要「惹人愛」。如果你的英雄有特殊長才，不但聰明機智而且還受過創傷，讀者眼中的他是否可愛根本不是重點。就算你的英雄刻薄、討人厭、卑鄙下流，只要他具備了剛剛提到的幾項特質而且努力追求正義，那麼讀者仍然會認同他、同情他。如果你不信，去看看《緊急追捕令》（Dirty Harry）、《笑面警探》（The Laughing Policeman）或《馬爾他之鷹》就知道了。酗酒、孤僻的偵探多如繁星，這類設定甚至已經成了超級老哏。

類型推理小說中的偵探英雄

大家都想要一個不只超棒，還令人難忘的類型推理英雄。我們這些推理作家，多半也都希望能塑造出一個讓讀者魂牽夢縈，迫不及待想在續集看他再度大顯身手的偵探英雄——赫丘勒·白羅、夏洛克·福爾摩斯、金絲·梅芳、凱·史卡佩塔、派瑞·梅森、菲力普·馬羅、史賓瑟和可倫坡都是業界的頂尖好手。所以你該如何塑造出這樣的人物？除了在一般優秀偵探身上常見的條件之外，他還必須擁有哪些特質？有的推理小說偵探十分具有戲劇性，例如福爾摩斯除了會拉小提琴還會吸毒；白羅睡覺時要幫翹鬍子套上髮網，而且對美食烹調特別講究；叼著臭雪茄的可倫坡永遠穿皺巴巴的風衣。

如果你正在寫推理小說，你應該賦予書中角色（特別是偵探英雄）戲劇化的誇張特性，這是讓他們令人難忘的要件之一。不過他們雖然誇張，也不能妨礙到日常生活，所以最好不要有生病的孩子、酗酒的伴侶或家族遺傳的精神疾病等問題。別忘了，類型小說必須具備娛樂性，因為讀者買書來看，就是為了逃避生病的孩子、酗酒的伴侶和罹患精神疾病的親戚。多數類型小說中的偵探英雄貌似都沒有近親，密友也不會多於兩名，然而他們似乎認識地表上的每一個人，還有成千上萬個泛泛之交。畢竟，偵探作為文化英雄，必須有很強的草根性，能夠與社會群體有非常緊密的關係。

類型英雄必須極端聰明機智。讀者閱讀類型推理小說最主要的原因，就是想看英明神武的偵探英雄一路挖掘線索、反覆推敲，最終揪出兇手。幾乎每本推理小說都一樣，偵探在破案前總是有恍然大悟的一刻。

如果你想讓筆下的推理小說系列大受歡迎，除了讓偵探英雄跳脫框架之外，最好再給他一個怪癖。我自己曾經針對這點做過思考，我認為怪癖的存在不僅讓偵探不受常規約束，還可以讓讀者與書中的恐怖案件保持一點距離，因為謀殺案如果真的發生在我們認識的人身上，那就太恐怖了。推理小說讀者對恐怖事件其實又愛又怕，就像愛在車禍現場逗留的圍觀民眾一樣，雖然深受事件吸引，但倘若真的見血，又會覺得反胃。

想與恐怖事件保持距離的這種感覺，可能是推理小說讀者比一般小說讀者容易接受膚淺角色的原因。這些單薄、誇張，甚至不真實的角色特質，讓讀者可以保持一段安全距離，在閱讀時減低恐懼感。以派瑞．梅森為例，他在小說、廣播和電視走紅超過五十年，光是系列小說便超過百本，很可能是銷售量最大的偵探角色；但派瑞．梅森這個角色單薄得和衛生紙一樣，真實感極低，只能說他是個聰明機智的破案機器。

你在為偵探英雄添加怪癖的時候，可以讓想像力盡情發揮。

比方說你的偵探英雄瑪莎是個安靜、害羞的書呆子圖書館員，但她騎的是哈雷機車，還是飛車隊週末聚會必到的招牌吉祥物。

或者說你的偵探愛涅絲汀是法醫病理學家，既理性又講求科學，到了週末卻搖身一變成為脫口秀演員。

又或者你的偵探路易是個老派的過氣私探，硬漢個性，喝威士忌不加水，常常夜宿在自己的車上。不如安排讓他週末到國家公園蒐集蝴蝶，你覺得怎麼樣？

通常作者做這類安排是想在緊繃的氣氛中加點變化。拿電視影集《紐約重案組》（NYPD Blue）來說好了，硬漢安迪．西波維茨在影集一開始是個沉淪的酒鬼，後來竟開始養起熱帶魚，這看起來就不怎麼真實。

自然而不造作的怪癖必須來自角色的生理空間與社會空間，這部分也要在傳記中交待清楚。以安迪為例，他根本就不是個會對熱帶魚感興趣的傢伙，但編劇竟然把養熱帶魚當成怪癖扔給他。儘管飾演安迪的丹尼斯．法蘭茲演技精湛，還是難以讓觀眾全然信服。

那麼書呆子圖書館員瑪莎怎麼會牽扯上飛車隊呢？這麼說吧，故事要從她哥哥講起，他從前會騎重機載她出去玩，後來受到徵召投入越戰，便把車子留給妹妹。沒想到哥哥一去不回，瑪莎為了緬懷哥哥就開始騎車，也加入了他原來的車隊。這些隊友雖不是罪犯，但全是目無法紀的硬漢，不過他們都把瑪莎當作親人看待。

講求科學態度的愛涅絲汀又為什麼會成為脫口秀演員？我們設定她祖父是老家一帶小有名氣的喜劇演員，曾經帶著小愛涅絲汀一起登場表演，她從此愛上脫口秀，日後也透過演出來釋放工作壓力。

啊，至於頭髮花白的老偵探路易，他怎麼會蒐集蝴蝶標本？我還沒想出來，尚在努力中，請大家密切注意。

總而言之，要塑造一個讓人難以忘懷的角色，怪癖和個性上的矛盾都可以加分，例如腦力過人的福爾摩斯染有毒癮，而神探可倫坡雖然總能逮住聰明絕頂的罪犯，卻似乎不懂得要整理儀容或好好洗車。若你想讓讀者忘不了書中的主角，記住，一定找出這樣的怪癖。

主流推理小說中的偵探英雄

主流推理小說當然也要有娛樂效果，但是這種娛樂性和類型推理小說不同。主流推理小說是主流小說的一種，所以主角會有個生病的兒女，伴侶關係也不見得和睦。主流推理小說的偵探英雄通常會處於進退兩難的道德困境，羅勃·派克筆下的私探史賓瑟對於暴力的拿捏就是很好的例子（雖然包括我在內的某些讀者會覺得好笑）；或是在勞倫斯·山德斯（Lawrence Sanders）一九七三年的《第一死罪》（The First Deadly Sin）中，偵探英雄艾德華·狄雷尼的妻子死於癌症也值得參考。

在主流小說中，詭詐狡猾的兇手和偵探英雄的種種特質都不是重點，書中的焦點是偵探和他的生活，包括破案和其他有待面對的個人問題，例如婚姻狀況、心理包袱，以及與孩子相處的問題。

主流小說講的是人生，讓我們思考自己是怎樣的人，在人生的道德層面該如何應對。小說中的偵探英雄可不只懂得如何將兇手繩之以法，在過程中還會飽受折磨，陷入真正的道德難題，死亡的威脅也是如影隨行。和類型推理小說不同的是，主流推理小說不必出現戲劇化的誇張角色；主流推理很真實，讀者可以從中讀出人性的痛苦掙扎。

文學推理小說的偵探英雄

文學推理小說的偵探英雄像是在陰溝中蹣跚行進，這類小說的故事再怎麼好，也只能說是荒涼悲戚，通常與存在主義的焦慮和模稜兩可的道德糾纏不清。

文學性的偵探英雄活在一個甚少有歡樂或希望的世界，主角面對的是生命在文明廢墟中的空虛道德。我猜，會讀這類書的人，是為了要知道自己的日子沒那麼慘，因為即使我們的世界不完美，也沒悲慘到那種陰鬱無光的地步。

切記，如果你打算寫文學推理小說（我衷心希望你別抱持這種念頭），你的文筆要比超棒更棒，最好是如詩如歌。

既然我們已經勾勒出主角應有的特質，接下來就是要創造出一名這樣的偵探。

7

創造偵探英雄

《蒙大拿謀殺案》的偵探英雄

你在打造偵探英雄的時候要知道，你寫出來的角色可能只出現在一本書裡，也可能會成為日後整個系列的主角，這樣說來你搞不好要和他相處一輩子，所以最好仔細思考。

我們有些什麼選項？腦力激盪一下吧，這可是小說作家最該培養的重要技巧。布萊迪·寇因推理系列的作者威廉·塔普立（William G. Tapply）在一九九五年的《推理小說之要素》（The Elements of Mystery Fiction）中將這個過程形容為「訓練有素的自由聯想」，並且表示「如果有人看到我在動腦，一定會以為我在作白日夢。」

所謂作白日夢或腦力激盪，就是動動你的腦筋，找出好的點子、影像和感覺，在這段期間，對你想到的資訊不要吹毛求疵，也不要加以整理。就像是抓起一把泥巴甩向牆壁，有些沾得住，有些沾不住，儘管寫下你想到的一切就對了，稍後再做編輯或判斷。

在經過腦力激盪後，我幫《蒙大拿謀殺案》想出不少可能人選，包含當地的律師、警長、州警、私家偵探等等，我從其中挑出了最喜歡的一個人。

我就是這樣找到她的。

即將蒙受不白之冤的攝影師賓利·巴克萊特有個妹妹名叫凱西，住在柏克萊（恰好就是我住的城市）。她非常嚮往超脫世俗的心靈生活，於是追隨印度瑜珈大師蒲漢・辛戈修行，而且非常虔誠，落在鐘型曲線的極端。我認為這個角色正好與居住在粗獷中西部小鎮的兇手形成強烈對比，放在這個故事裡非常協調。此外，我認為一名追求靈修、意念經過鍛鍊且心神專一的女人，會是個超棒偵探，專注的意志力就是她的長才。

我為此打電話聯絡一名熟悉東方靈修的朋友，她建議我將偵探英雄命名為夏卡緹，並說明靈修學員為了宣告自己已經脫胎換骨，會在靈修期間改名。我蠻喜歡這名字，所以就讓凱西把自己的名字改成夏卡緹，而且據說這個名字的梵文意思是「女性生命力」，感覺超棒。

她一定會成為理想的超棒偵探英雄。

偵探英雄的誕生

塑造角色一定要從生理空間和社會空間著手，我們就依循創造佛瑞斯特的方式來創造凱西（或夏卡緹）・巴克萊特，她的心理空間和執念會隨著生理特徵和社會背景而慢慢浮現，她一定也會處在鐘型曲線的極端。假設你要塑造一個落在鐘型曲線外的剛正角色，一般來說最好也塑造另一個性格完全相反的角色，以取得故事的平衡與協調，比方說你的一個主角是書呆子，你就可以用另一個文盲街頭霸王來搭配；如果某一個角色外向合群，就讓另一個角色內向又自私。

在塑造主角和其他人物時，請記住鐘型曲線理論，並維持角色之間的平衡。

我剛開始寫推理小說時，對於創造角色只有以下淺薄的概念：「嗯，我想要寫個愛好東方靈修的角色，所以就讓她穿上印度服飾，走路時嘴裡念念有詞，靜下來時有如老僧入定，就像是個女性版的甘地。」但我現在懂了，若只有這樣，你會寫出一個無法跳脫窠臼的平淡角色，這個人物沒有深度，缺乏真實性。

我目前只知道她是賓利．巴克萊特的妹妹，而且鍾情於靈修，所以我要用倒述的方式來補足這個角色。我不會把腦力激盪時的細節全部寫出來，只會把最後的決定告訴你。有關這個過程的詳細討論，你可以參考拙作《超棒小說再進化》。

我在腦力激盪後做了去蕪存菁的取捨，我們直接來看結果。

鉅細靡遺檢視偵探英雄

我們的故事設定在二〇〇二年，這年她二十七歲，所以推算回去，本名凱西・巴克萊特的夏卡緹出生於一九七五年。

長大成人的夏卡緹身高五呎六，體型苗條，喜歡園藝所以曬出健康的膚色，個性非常正直，流露出鎮定從容的氣質。她舉止優雅，有一雙溫暖聰慧的棕色大眼睛，臉上常掛著平和的笑容。她的智商一二九，天資優異。

凱西和賓利的父親布利斯托・巴克萊特是世家子弟，原本的萬貫家產因為投資失利和奢華浮誇的生活方式逐漸散盡。在五、六〇年代，大家稱布利斯托這種人「花花公子」，依現在的說法則是「性愛成癮」。他溫文儒雅，熱愛好酒、美女和阿拉伯駿馬，唯獨不愛妻子珍妮佛。珍妮佛同樣來自世家，但家產後來全讓布利斯托的父親給掏空。巴克萊特夫婦彼此憎惡，除了重要節日之外幾乎不會同時出現，這樣的關係讓凱西和賓利備受折磨。

珍妮佛・巴克萊特常因幻想出來的體重問題跑去就診。年過三十之後，她瘋狂地想留住青春，因此非常不喜歡和自己的孩子相處，覺得他們像在提醒她離死亡愈來愈近。凱西和賓利被送往不同的寄宿學校，除了和父母共度的悲慘假日以外，兄妹倆極少相聚，倒是在哈蒂阿姨家一起度過幾個暑假。哈蒂阿姨是名樸實的非裔婦人，曾在巴克萊特家擔任女僕，後來嫁給事業有成的職棒教練便搬到加州中部，定居在一處大農場裡。凱西和哥哥就是在農場度過最快樂的童年時光。

凱西長大後開始叛逆。她覺得自己的家庭宛如一個大冰庫，雖然物質享受一點也不缺，但絲毫沒有親情溫暖。她在學校裡是一小群不良少女的大姐頭，初中時，老師已經抓到她抽菸喝酒，她還會在店裡偷竊，大呼小叫地反抗師長。進高中不久她便將童貞給了學長，後來又誘惑一名六十一歲的老師上床。她總共換了四所高中，一進大學又立刻輟學跑到歐洲自助旅行。凱西左胸刺有「天生注定來破壞」的字句，還搭配握著榔頭的拳頭圖案。

她在法國遇見反經濟全球化的抗爭人士諾曼．哈克。諾曼是美國人，身體力行對抗他口中「眼裡只有利益的國際企業」。凱西全心信任哈克，狂熱地參與針對國際企業和世界銀行舉行的抗議活動，因為這些企業等同於她那失職父親的化身。她曾經在示威活動中遭到逮捕，在瑞典的監獄待了四個月。

在參加抗議活動之餘，凱西和諾曼不只以吸食安非他命和海洛因為樂，同時也毫無節制地飲酒狂歡。生命對他們來說就像一場派對。

凱西和諾曼最後被踢出歐洲。回到美國時，諾曼需要錢，他表示錢都掌握在大型企業手上，於是計畫綁架某家大企業的執行長來索取贖金。諾曼向來有些不切實際，凱西認為他只是吹噓而已，不覺得他會真的付諸實行，畢竟抗議和綁架是截然不同的兩回事。等她終於明白諾曼是真的打算犯案後，就決定跳船不參與，沒想到諾曼被捕時，竟然聲稱女友也是共犯。原來他早就仔細計畫好要陷害凱西，畢竟她出身世家，嗜血的媒體一定會大感興趣。審判庭上，諾曼指證她共謀，凱西氣得當庭破口謾罵諾曼和法官，在被戴上手銬腳鐐之前還解僱了律師，最後被判處十年徒刑。諾曼只被判處五年徒刑，而且還因為在獄中表現良好，短短三年便順利假釋出獄。

凱西在二十一歲那年進入加州普萊森頓聯邦女子監獄服刑。入獄時她憤世嫉俗，滿口復仇的血誓，一逮到機會便以言語攻擊獄警。她從來沒打算參與綁架案，但沒有人相信她，就連她的父母都不信。她哥哥雖然也不相信，卻還是站在她這邊。

日後回想起來，入監服刑卻是凱西這輩子最美好的遭遇。她在獄中結識了瑜珈大師蒲漢．辛戈的追隨者珍妮．培頓，而珍妮教導凱西如何冥想與祈禱，教她尋找內在的平和與喜悅。服刑四年四個月之後，凱西上訴成功，重獲自由，諾曼的偽證根本站不住腳。

在我們書中故事發生的時間點，她的雙親已經過世，家中財富也早已揮霍殆盡。

夏卡緹的日記：

我的作者要我說出自己的故事，這不容易，因為我這輩子曾經一度是另一個人。過去我個性陰鬱，充滿仇恨，心裡只有自己，只想做讓自己快樂的事。我在冰冷孤獨的牢房裡收到一件大禮，這個轉變讓人震驚，就像是有道靈光淨化了我的靈魂，光明驅走了黑暗。

當年我二十一歲，因為莫須有的罪入監服刑，我對哈克只有憤怒與憎恨，這個我自以為愛上的人背叛了我。我恨整個社會，恨我的家人——包括我哥哥賓利在內。我時常辱罵、詛咒獄警，有時候，他們會在我的食物裡灑鹽，或拿水管沖我的牢房作為報復。我連其他獄友都恨，不是厲聲咒罵就是朝她們吐口水。

其中有個名叫珍妮．培頓的獄友不在乎我一次又一次啐她口水，對我還是很友善。她似乎總是很平靜，而這讓我更恨她。她說，我之所以憤怒，是因為不認識真實的自我，若能透過冥想和祈禱來認識真正的自我，那麼我就能得到自由。她說我可以解放心智，我則笑她蠢。她因為殺了男友被判終身監禁，不得假釋，我說她唯一能重獲自由的方式是越獄，但她聽了只是搖頭。她說我沒辦法越獄，因為監獄是我自己蓋出來的，只有神能帶我出獄。

她喜歡笑話，會寫幽默的詩句，並在用餐或刷地板的時候朗誦出來。她如此熱愛生命，讓我不由得羨慕起來。雖然她人關在牢裡，外面還有獄警看守，但她是自由的。

她散發著某種光輝，這讓我困惑難解。她說，如果我想要自由，就必須釋放自己的貪婪、慾望和仇恨，接著她才能指點迷津。

我抗拒了一段時間，但她很堅持。她拿了些靈修的資料讓我讀，或許是我覺得日子太無聊，也或許是神真的在我耳邊低語，我還真的讀了那些東西。原本我可能是想趁機嘲笑她吧，但不知怎麼著，我開始跟著珍妮吟誦祈禱，甚至在某個晚上自己開始靜坐冥想，調整呼吸。之後，我一遍又一遍地想著最單純的真言進行靜思：神就是愛。

一開始什麼動靜也沒有。我的室友瑪莉亞因為帶著兒子結夥搶了十來家銀行而入獄，我記得某天她大聲嘲笑我，於是我一拳打在她臉上，結果她嘴唇流了血，而我則在禁閉室裡關了三十天。禁閉室寬四呎長八呎，我每天在裡頭關二十三小時，剩下一小時洗澡，與在小運動場散步。到了第二十八天，就在禁閉室裡，事情發生了——一直禁錮我心智的鎖鍊突然斷開。

當時我正依照珍妮·培頓教的方式冥想，但不怎麼相信會帶來任何好處，甚至覺得自己有點蠢。突然間，神的指頭觸動我的心，為我漆黑的靈魂注入一道光芒，讓我改頭換面，成了另一個人。凱西在眨眼之間成了夏卡緹，世界和過去截然不同，充滿了無限的善與美，我第一次看到神的光輝。

我記得自己放聲大笑，這在當時似乎很荒謬。第二天早上，矯正官開門放我去運動的時候，我還親吻了她的手。

離開禁閉室後，我跟著珍妮修習，她開啟我的心智，讓我的心像是在春天裡綻放的花朵。一開始很困難，但我開始能看到時間、空間、地點和短暫人生膚淺表面下的真理。感覺就像是頭罩著袋子走了一輩子的路，如今袋子被扯了下來，突然可以眼見、耳聞，去感受這個世界！

然而憾事隨即發生，珍妮·培頓在同一年過世。一名叫維若妮卡·薩爾斯的受刑人在娛樂室裡以自製刀刃攻擊獄警，珍妮站到獄警面前以肉身擋下這一刀。大家都說她死時面帶微笑，因為獄警和維若妮卡都沒有受傷。後來獄方把維若妮卡移送到另一所監獄，我不斷寫信給她，說若她努力追尋，一定能夠放下內心的折磨，得到釋放。她回信譏笑我是笨蛋，是的，我告訴她，我是個笨蛋。我知道生命中唯一值得追求的，就是能親眼見證神之光。

離開普萊森頓監獄後，我見到了蒲漢・辛戈，他是個非比尋常的導師。我加入他的冥想課程，一年後他要我住進靈修場，如今我在這裡過著踏實的生活，負責教授冥想和瑜珈課程。我在靈修場閱讀、修行、研究神聖的經文，辛戈還將靈修場的花園交給我負責。一開始我對園藝一無所知，但我在三年間學到了如何種植蔬果花草，如何除草施肥，現在鄰居已經會來找我諮詢，想知道怎樣才能不使用化學肥料和殺蟲劑。

經常有人問，什麼是我「轉變信仰」後的最大變化。我不會用這個說法，但我知道他們想表達什麼意思。這個最大的變化其實很好解釋。我過去所在乎的一些事，諸如凡事都想和人爭一口氣、憎恨他人、對兒時遭到父母忽視而發怒，如今看來純粹是浪費時間。我現在清楚看到惡人的所作所為只是為他們自身帶來業障，這讓我莞爾。沒錯，是很好笑。以私利為目標的人都自以為大有斬獲，事實上，他們只是在替自身的地獄火上加油。只要張開眼睛，任何人都看得出來。自己到底處於人間煉獄還是樂園，全都取決於你的一念之間。走出靈修場，我在路上看到各種活在地獄裡的人，他們僵硬扭曲的臉孔像是打了一層以痛苦製成的石膏。

你可能會納悶，既然我哥哥在我遭逮捕時沒能相信我的清白，我為什麼要為他挺身而出。當年我還是凱西，是個不值得信任的人，不但說謊還憎恨包括自己在內的每一個人，他不相信我是很正常的事。散播業障的人——包括當年的凱西在內——就像在傳布流感病毒。

我的作者還要我談談成長過程。我雖然恨母親，但我不恨父親，因為他從不在家，就像個陌生人，我對他沒有任何感覺。我認為母親恨我和哥哥，但是在成長過程中，我一直不明白原因。我現在懂了，她病了，因為她厭惡自己的生命是如此空虛。她一輩子想要的就是青春與美貌，對她而言，看著青春美貌消逝太過難以忍受。她的人生沒有目標，看不到自己的未來。她在我讀中學時因為服用藥物和酒精過量過世，如今，我真心為她難過。但當年我尖酸刻薄，她在世時叫她「賤人」，死後則是「死賤人」，現在這種說法卻讓我羞愧，我當時應該對她寄予同情，而不是恨她。

那段時間唯一能帶來喜悅的只有暑假，你也知道，賓利和我會去哈蒂阿姨的農場度假。我們認識她有一輩子之久，在我們認識的人當中，唯有她最溫暖善良。

我們在農場的暑假過得很特別，不能光顧著玩，還得餵雞、鏟牛糞、整理花園、準備晚餐，餐後還要洗碗盤。這些工作不輕鬆，而且夏天熱得不得了，儘管我們每天晚上累得筋疲力盡，還是很喜歡待在農場的日子。哈蒂阿姨的丈夫傑佛森是個好人，退休前曾經是棒球教練。夏日傍晚，他會坐在屋子的後門廊念書給我們聽，講的不是城堡裡的騎士和公主，就是神奇的魔法故事。他的聲音低沉，雖然有一身黑皮膚，但我從未見過那麼藍的雙眼。哈蒂阿姨和傑佛森叔叔自己沒小孩，但是他們的姪子姪女偶爾會來住幾天，有時候，我們會一起到優勝美地公園玩。有些人看到黑皮膚的哈蒂阿姨和傑佛森叔叔帶著我們這兩個白人小孩，會覺得好笑，但哈蒂阿姨總是說，沒關係，就讓他們看。

然而，哈蒂阿姨再好，我還是會對她發脾氣和搞破壞，例如故意打破東西。遇上這種狀況她會拿棍子教訓我（雖然只會讓她更難過），但我很高興，因為她動手是出於愛我。我告訴她我不介意。

雖然我偶爾會指使賓利搗蛋，但她倒是從來沒修理過我哥哥，我也不知道原因是什麼。不必打雜時，他不是畫圖就是在穀倉裡逗貓，他給貓取了名字，叫作堤可。他圖畫得不怎麼樣，我覺得他可能是因為這樣才走上攝影之路。他是個好攝影師，說不定有朝一日可以看進自己的內心，找到讓他成為傑出攝影師的新視野。

我的作者還希望我談談自己在靈修後，對於性愛的看法。我不希望你們覺得我怪，但我信仰的靈修方式不容許性關係，因為性會讓我們在追尋靈性成長的過程中分心，戀愛可能變成災難。是的，我仍然有慾念，但我努力克制。一般來說，我渴望的是擁抱，但是我知道，只要我能抗拒這種天生自然的慾念，渴望便會隨時間減弱。

我的作者還要我說出自己的靈修進度，我的問題出在意志力不夠堅定。據說印度有些瑜珈修行者可以專注心力，用意志力熔鐵，這我就辦不到。我的心還很煩亂，思緒也不集中，距離摒除外在世界、發現真實自我的境界還很遠。我還在努力，只是進展緩慢就是了。我的導師說，有時候這得花好幾輩子的時間。

出版這本書的聖馬丁出版社編輯約瑟夫·克立曼，透過我的作者來問我現在對諾曼·哈克有什麼想法，若看到他，會不會害我偏離自己的修行之路？我很努力，早就原諒了諾曼·哈克，而且覺得我真的做到了，但我在靈魂深處可能還有一絲恨意，如果再看到他，我真不知道會出什麼事。我知道，對我的靈修而言，和他見面會是嚴苛的考驗，我會盡可能避免。

檢視夏卡緹

在寫出角色之後，你應該先停筆，好好思索剛塑造出來的人物。這個角色有社會空間嗎？換句話說，他的背景夠豐富嗎？在成長階段，有沒有哪個地點讓他有特殊感情？他對雙親的看法呢？你的筆下人物是否有生理空間？你知不知道他的外貌、舉止等等細節？

以夏卡緹來說，她生在一個過度注重物質但不健全的富裕家庭，她不常見到父親，母親則相當神經質，病態迷戀自己的容貌。夏卡緹會去農場過暑假，農場主人是她家的熟人，而且很有愛心。她身材苗條，美麗的臉上有一雙棕色的大眼睛，而胸口的刺青則讓她記住自己還叫作「凱西」時的荒唐歲月。這名女郎舉止從容，腳步流暢優雅，智商很高。

至於從社會背景和生理背景衍生而出的心理空間又是如何呢？在一段叛逆荒唐的歲月後，因為男友的背叛，她入獄服刑，意外在這段期間找到心靈的寄託。

她執著於透過冥想來追尋神。

她的性格極端嗎？是的，她是個極端虔誠的人，落在鐘型曲線的遠端，正符合我們對她的期待。

她和我們的兇手佛瑞斯特・福納是否平衡？他胖，她瘦；他粗暴，她溫柔；他火爆，她平和；他來自小鎮而且邪惡墮落，她是都市人但心靈純潔。她追尋神的腳步，他要的是財富和物質享受。要我來評斷，我會說這兩個人相當協調。

我們再來看看她是否具備英雄特質？她在賴以維生的領域中是好手嗎？是的，她是個很好的冥想老師，對有機園藝也很有一套。她有沒有特殊長才？有，她在冥想時能看到一些影像，我們很快就會寫到這點。她是否受過創傷？她曾被深愛過的男人背叛，但是她努力療傷。她接下來的表現會非常聰明機智，還會為別人犧牲小我。

我在《超棒小說再進化》提過，你筆下的人物非但要充滿戲劇張力，還必須「很棒」。我當初寫的是：「假設你在真實世界的雞尾酒會上遇見一群有趣的傢伙，會後你想跟所有其他朋友討論，那他們就是很棒的人物。同理，很棒的虛構人物也一樣：他們有趣，而你產生了興趣。」我認為夏卡緹就是如此。

但有讀者指出夏卡緹有個問題——她太完美了。有位讀者說「她假正經」，也有人說「她討人厭」。夏卡緹畢竟是追求靈修的人，具備甜美、善良、忠誠的特性很正常，但是讀者說得沒錯，太完美的角色讓人無法信服。

於是我考慮了一大堆不符合人物性格或小說調性的細節，例如讓她對僧侶或轉世的神產生性幻想，或是安排她有幻覺，老覺得有黑狗跟著她等等。最後我終於找到了，我要讓她上「癮」，不是毒癮或菸癮，而是巧克力冰淇淋癮。

巧克力冰淇淋癮對大多數人而言不是什麼問題，但對夏卡緹來說就嚴重了。每當她屈服於誘惑，便覺得自己脫離了靈修之道，跌回世俗的感官世界。

好，下次我們看到夏卡緹時，她會有個擺脫不掉的巧克力冰淇淋癮，這個癮頭來自她的童年，如今成了負擔。

夏卡緹的日記（關於哈蒂阿姨）：

哈蒂阿姨會自製巧克力冰淇淋，而且還有從來不公開的獨家祕密配方。她的冰淇淋裡加了巧克力脆片，但吃起來不會過甜，有時還會加點核桃。在涼爽的夏日傍晚，我們晚餐後會坐在門廊吃巧克力冰淇淋，我們都覺得人生最美好就是那一刻，坐在門廊上，一次舀起一小口，吃得愈久愈享受。

她的巧克力冰淇淋癮顯然來自那個階段。我之後會把她應對問題的方式加進她的傳記裡，也會在她的日記中寫出這個問題如何影響她的靈修。我相信你知道重點在哪裡，所以恕我在此不多加著墨，你在後面的章節就會看到她試著克服這個問題。

既然我們這本超棒推理小說的兩個主要人物——也就是殺人兇手和偵探英雄——都出現了，接下來我們要創造出全體演員。

8

創造次要角色

推理小說的主角是踏上征途的偵探英雄，對於喜愛古典文學和神話故事（或是當代商業和文學作品）的讀者而言，強而有力的神話角色和常見的神話主題也有著令人無法抗拒的吸引力，這些要素對你的超棒推理小說有加分作用，值得牢記在心。所以在你起草故事情節時，不妨回頭檢視以下這張清單，看看你是否能有效利用這些神話角色和主題。不過，這張清單只是重點整理，至少還有好幾百條沒有列進來。接下來，我要提出在偵探英雄和殺人兇手之外，最常見的幾種角色。

推理小說中常見的神話角色類型如下：

◆ **英雄的副手**。這個角色通常個性英勇，但有時候可能是主角的敵人或術士（詳述在後）。依慣例，這名副手會比主角略遜一籌，才能也沒有主角來得特殊。

◆ **英雄的愛人**。英雄的愛人有時候也是副手，甚或同為故事主角。這位愛人可能和英雄一樣勇敢，就各方面來說也都是英雄，而且人物的深度必須足以和主角相匹配。這個角色通常和英雄十分協調，營造出適度的對比。

◆ **智者**，或稱之為「良師益友」。無論是男、是女還是機器人，都得年長又有智慧。

◆ **術士**。好謀略、愛搗蛋的迷人角色，忠誠度通常不高。

◆**守門人**。這個角色會警告英雄別踏上旅程，有時候會由智者或其他角色來扮演。

◆**武器供應者**，顧名思義就是提供武器給英雄的人。在「〇〇七」系列中，提供武器給龐德使用的「Q」便是這個角色。

◆**神奇幫手**。這個角色會帶給英雄魔法或神奇的力量。在古代故事中，所謂的魔法常是個護身符或魔藥；在現代故事中，神奇幫手通常會以電腦天才或是科學家的姿態出現，而魔法則化身為不可思議的高科技產品。

◆**以女神姿態出現的女人**。神聖的女人，一般而言都美麗慈悲又寬宏大量。

◆**以妓女姿態出現的女人**。性生活雜亂，通常是應召女，普遍具有性魅力，一般來說本質良善，但不見得永遠如此。

◆**以大地之母姿態出現的女人**。散發出母性的光輝，長相並不出色，但誠實可靠。

◆**以賤人姿態出現的女人**。性格齷齪，讓人難以忍受。

◆**以仙女姿態出現的女人**。年輕，有吸引力。

◆**摯愛**。摯愛指的不是英雄的愛人，而是英雄在踏上旅程之前會揮淚告別、返家時會含淚相擁的配角，通常是親人。

◆**傻子**。只有英雄覺得他聰明，而且一般來說，都很晚才出場。

◆**易形者**。這個角色似乎常變來變去，讓人難以捉摸。比方說，他可能平時顯得惡毒，但也偶有貼心的一面；或是像《外科醫生》裡的軍醫鷹眼這樣，外表看似閒散但其實醫術高明。

◆**妖姬**。向人獻媚，但散布邪惡的女人。

◆**假想神**。受英雄景仰甚或崇拜、視為神祉的人物，但事實上不堪一擊。

有時候，上面提到的兩個或多個角色會融合在同一個人物身上，例如智者可能會同時扮演守門人的角色，警告英雄別踏上旅途；英雄的副手同時也可能是神奇幫手。

常見的神話主題

神話主題和神話角色一樣，都能引發讀者強烈的共鳴。無論讀者已經看過這些場景或狀況多少次，效果仍然不會打折扣。有些神話主題適合你的故事，有些則否；面對不合適的主題，切勿削足適履。

◆偵探英雄受到召喚，前去冒險，任務是找出殺人兇手。他可以接受也可以拒絕。

◆偵探英雄一開始回絕，隨即因為內在壓力（例如愧疚）和他人的壓力而回應召喚。

◆偵探英雄尋求智者的建議。

◆守門人會阻止英雄出發。這個守門人可能是朋友、同事、親戚，任何人都可以是守門人。

◆除了揭露兇手的真面目之外，偵探英雄還可能得到戰利品，各位可以參照《馬爾他之鷹》。

◆偵探英雄和殺人兇手一決勝負，這是每一本超棒推理小說都會有的場景。

◆在兩人攤牌之前，可以先來個取得武器或魔法（也就是技術支援）的場景。

◆某個與偵探英雄很親近的人可能會送命，通常是他的副手，有時候是愛人。

◆偵探英雄通常會經歷「死而復生」。偵探常在這個階段遭到謀害，但成功挺過難關，或者是經歷了羞辱、驅逐這類象徵性的死亡。在偵探英雄查出兇手真正身分而「恍然大悟」的一刻，便是心理上的死而復生。

◆偵探英雄換裝再出發。這代表心理上的某種變化，通常會在「死而復生」橋段的前後出現。有時候會是偵探英雄放棄或接受警徽等官方權利象徵的場景。

◆副手出面解救英雄也是常見的主題。
◆另一個常見的主題是英雄拯救副手或愛人等其他角色。
◆偵探英雄潛入兇手的巢穴（住家、辦公室、企業總部）。
◆偵探英雄可能必須學習全新的規則，這點特別適用於業餘偵探身上。
◆偵探英雄和不同的女性相遇，例如以大地之母、女神、仙女、妖姬、賤人等面貌出現的女人。
◆偵探英雄陷入愛河。
◆偵探英雄慘遭背叛。
◆偵探英雄解開謎團。
◆偵探英雄發現傻子不是傻子。

不見得每個小說人物都具備神話角色所擁有的吸引力，但他們一定會有大家所熟悉的特色，例如殘酷成性的警長、滑稽的醉漢、膽小的家庭主婦和一板一眼的會計師。有了這些神話角色的類型做為參考，你可以試著讓筆下的人物更複雜，讓他們跳脫窠臼。

在創造次要角色時（也就是在故事中出現不只一次的配角），最好的方法是花點時間為他們寫傳記和日記，這樣你才能進入他們的內心，增加他們的複雜性，讓他們更具真實感。對於一閃即逝的小角色（例如證人之類），傳記和日記並非必要，但我建議你還是得設定他們的身分背景，給他們一些非典型的特色，構思一下他們出場可能是基於什麼需求（例如他們採取某些行動的動機）。換句話說，讓他們有自己的一套行事規則。

《蒙大拿謀殺案》的次要角色列表

以下列表中的角色有些是嫌犯，有些不是。

殺人兇手策畫了「情節背後的情節」，但他不一定是僅次於偵探英雄的重要角色。我知道多數推理寫作書都這樣寫，但我跟你說真的不是。次要角色也可以是偵探英雄的主要對手，例如偵探英雄的上司、其他嫌疑人，或是和《馬爾他之鷹》一樣的難纏警探。以拉普朗特的《頭號嫌犯》為例好了，偵探英雄珍．譚尼森知道謀殺犯是預謀殺人，看在讀者眼裡也一樣，但她無法證實，因為她的同事沒有半點合作的意願。她主要的對手就是部門中這些有性別歧視的蠢才。

你筆下的殺人兇手可能是個十六歲的青少年，但是真正使出渾身解數與偵探較勁的幕後對手，卻是他的母親或女友。

又或者你的殺人兇手是一名警察，結果整個警局都想幫自己人掩飾，「警局」便成了書中偵探最主要的對手。

當然了，所有嫌犯也都想洗清自己的嫌疑，對超棒推理小說的偵探英雄來說，森林裡的惡狼可不少。

你說不定讀過上萬本推理小說，知道偵探和檢察官永遠都要找出嫌犯的動機、手法和時機。當你在計畫情節時，用這三者來構思可能的嫌犯人選就非常有用，「動機」指的當然是嫌犯有殺害被害者的理由；「手法」表示嫌犯能夠取得殺人凶器；而「時機」則表示嫌犯在案發時間有辦法親手幹下殺人勾當。

如果嫌犯對「時機」提出反駁，聲稱自己在案發當時不在現場，這便是所謂的「不在場證明」。有時候，兇手或嫌犯提出來的不在場證明最後會證實是假的，但無論在真實人生或小說中，警方都得費一番工夫去查證。

就某方面而言，你的嫌犯跟兇手相去無幾，唯一的差別是嫌犯沒有殺人。但是，唉，他們其實也幹得出那種事。

進入創作情節的階段以後，我們會學到嫌犯和其他角色在遭受懷疑時，不會只是呆坐在原地，他們會試圖證明自己的清白，或是把嫌疑推到別人身上。不只兇手可以把偵探耍著玩，其他角色也可以加入貓捉耗子的遊戲中。

以下是我們的次要角色列表：

賓利．巴克萊特是偵探英雄夏卡緹的哥哥（也就是前文提到的攝影師），在故事中遭控殺人。他的個性火爆好鬥，警長認定他有罪，但夏卡緹可不這麼想。

賓利生於一九七三年七月四日。他逃離冷漠的家庭（稍早在夏卡緹的日記裡曾描述過這段往事）和沉悶無趣的寄宿學校，全心投入藝術和攝影。他一向桀敖不馴，衝動又性急。這個年輕人高瘦結實，不懂得講好聽的話，喜歡格鬥，曾經加入柔道校隊，在二十五歲時拿到了黑帶四段的資格，而柔道也帶給他自信。

這世上他只愛過兩個人：哈蒂阿姨（記得嗎，就是後來搬到農場的黑人女僕）和妹妹夏卡緹。賓利長大後一心想成為偉大的動物攝影師，他懷抱著理想，最後在動保運動中找到歸屬。動保運動中最吸引他的，就是「為動物爭取與人類同等的權利」這樣大膽的訴求。血腥的獵殺讓他反胃，於是他聯繫上提倡「以攝影取代獵殺」的動保組織，積極投入反狩獵活動。在這個團體裡，他感受到愛與讚賞，這輩子第一次有了歸屬感。能被派到無境之北拍攝麋鹿狩獵的照片，讓他覺得十分光榮。

賓利的日記：

我馬上要遭到逮捕了，罪名是謀殺，地點是這個住滿了殺麋鹿刁民的小鎮。我沒殺人，也從來沒這種想法。我有柔道黑帶四段的資格，熟知鎖喉的手法，隨便鎖住哪個傢伙的喉嚨，只要兩分鐘便足以取命。如果我真想殺人，我會用這招，但是我沒有。我是攝影師，超愛拍照。我自許為藝術家，在二〇〇〇年曾經獲得《自然藝術文摘》頒發的最佳戶外攝影獎，那張驚人的照片是在阿拉斯加拍到的，山邊的一頭大角羊站在雷電交加的風暴中。照片絕對沒有經過後製——我不喜歡印刷轉製或電腦修圖，完全就只透過鏡頭捕捉眼前的景象。

馬紹．迪倫，這真的是他父母取的名字（譯註：馬紹Marshal字意為「聯邦執法官」、「元帥」等職稱），不過認識他的人都喊他「小馬」。他是個愛馬的小鎮律師，最愛看電視影集《荒野大鏢客》，寧可活在十九世紀的西部拓荒時期。我決定讓他成為偵探英雄的愛人，但夏卡緹可能要認識他一段時間後才會意識到這點。當然了，她也會抗拒和他發展出任何羅曼史，因為會影響到她的靈修。

小馬個子高挑，細瘦但強壯，故事發生時他三十四歲。他有一頭又長又亂的金髮，眼眸是淺褐色，左手臂二頭肌有一處舊槍傷留下的疤痕。

他出生於無境之北，喜歡騎馬，是業餘的套繩好手，整個蒙大拿就屬他拔槍最快，槍法也最準，而以上說法有連續三年的比賽成績為證。他的父親賣力工作但也賣力灌酒，是電信公司的架線工，在小馬十歲時死於一場公安意外。小馬很崇敬父親，但因為他是在工作時喝酒送了命，所以小馬滴酒不沾。

小馬由母親扶養長大，他是獨子，但有十來個堂表親戚住在附近。他的母親身強體壯，心地善良，努力經營牧場維持生計，還緊盯著小馬的課業。這孩子坐不住，從來就不是學者型的人，但他也夠聰明，考試總能拿到高分。從前小馬不只吉他彈得好，也會偷偷寫詩，直到現在都有在寫，他還會參加內華達州一年一度的全國牛仔詩人聚會。

小馬高中畢業後加入陸戰隊擔任憲兵，期間結了婚，妻子三年後卻離開他。他深愛妻子，但遭到離棄後變得憤世嫉俗，自我封閉了好幾年。小馬的女兒黛斯蒂妮（他口中的

「黛蒂」）和他一起生活。回到家鄉後，他進入專科學校就讀，也接下副警長的工作。然而小鎮警長辦公室的貪腐讓他心生厭惡，於是進入蒙大拿大學，拿到學士學位後又進了法學院，利用四年的時間修完六年的課程。他是蒙大拿州西半部炙手可熱的刑事律師，但他婉拒了不少案子，寧可把時間拿來陪黛蒂和他的馬。

他有過幾個女伴，但基本上還是單身，不想再談戀愛。

小馬的日記：

是啊，我愛馬。我是刑事律師，我也愛我的工作。我愛蒙大拿，這個天寬地廣的地方太美了，不少人來這裡欣賞雄偉壯闊的落磯山脈。

我原來也是有妻子的，而且很漂亮，誰料得到，她竟然會跟一個開紫紅色賓士車、在紐約市坐擁閣樓豪宅的觀光客跑了，丟下我和我們的女兒。黛蒂如今九歲了，我馬術不比任何人差。這孩子和她媽媽完全不同，我把她看得比自己的生命還重要。我若接案不在家，住在幾哩外的鄰居桑契斯夫婦會幫我照顧黛蒂和我的馬。這對夫婦人真的很好，有四個孩子，才十二歲大的迪亞哥已經是這一帶最會套牛的高手了。名師出高徒，他是我教出來的孩子。

見到夏卡緹，嗯，我還真不知該怎麼形容自己的感覺。她瘦巴巴的，但有一雙大大的棕色眼眸。她與眾不同，來這裡是為了幫助她哥哥，依我看，她哥哥絕對是有罪的，但她堅稱哥哥是清白的，那種堅定的態度讓你想要相信她。

雪倫・日舞是無境之北的居民。

她是小鎮上的「花蝴蝶」，父親是印第安人，母親是白人，住在鎮郊的重劃安置區，靠政府的補助和食物券勉強度日。到了夏天，雪倫還會兜售仿製的印第安飾品給觀光客賺點錢，補貼生活支出。故事發生時她三十多歲，曾經在洛杉磯跟著重機隊「地獄天使」四處跑，也曾因販毒在華盛頓州入獄服刑。她和受害者卡列柏・賀格一起廝混也一起喝酒，但經常爭吵。卡列柏偶爾會對她動粗，但她的其他男友也是如此。

雪倫・日舞的日記：

我的座右銘是：「人生沒酒不如去死」。每天早上，我眼睛一張開就覺得人生悲慘，我恨這個小鎮，恨鎮上的每一個人。我恨整個蒙大拿州、恨整個大西部。幹！

我恨包括我在內的所有人類，我特別恨我自己。

印第安人和白人都覺得我不夠好，血統不純正，說得好像他媽的血統可以決定你這個人的好壞。

沒錯，我蹲過苦牢。對，我大概會和每個請我喝酒的男人上床。我是妓女，是酒鬼，怎麼樣，我他媽的就是不在乎啊。

有人懷疑我殺了賀格，喂，你應該看得出來，我沒那麼聰明，哪懂得怎麼設計陷害那個時髦的加州人。我要是殺人，你一眼就能看出來，我會把砍下來的腦袋放在爐檯上展示。

萊爾・布洛傑，六十七歲，懶散、酗酒又貪腐的警長。

他認為如果有人覺得在鎮上犯下謀殺案後可以逃之夭夭，那就太侮辱他了。他是本地人，曾經在加州擔任公路警察，也曾經在美國邊境巡邏隊任職。由於他會以符合居民期待的方式執法，所以鎮上的警長選舉每次都是他勝出。他結過三次婚，有六個孩子，其中只有在他麾下工作的小女兒艾倫和他處得來。

萊爾的日記：

無境之北是我的小鎮，這美好的十八年來一直在我的管轄之下，哪個混蛋膽敢到我地盤撒野，我絕對會狠狠修理他。有一次，幾個小州警來這裡調查，據說是有人檢舉警方非法使用暴力，但沒有人——沒半個人敢附和檢舉的人。鎮上每個人都知道我所做的一切全是為了無境之北。我維護治安，而且是以這一帶居民期待的方式來維護治安。

大夥兒都知道我會收點費用，這是事實。鎮上任誰都曉得一萬八的警長年薪沒辦法過日子。不過碰到該做的事，例如有哪個傢伙不肯乖乖付贍養費的，那他可買不通我，這種正經事不是用錢能隨便打發的，但罰單之類的瑣事我可以睜隻眼閉隻眼。鎮民蠻感激我的行事風格。

另外我想說的是，這一帶的白人和印第安人互看不順眼，我覺得自己要好好盯著，這事不能見血。所有在無境之北的印第安人都能放心經營自己的事業，不必看人臉色，有問題我會負責處理，但若有哪個印第安小子找麻煩，他的待遇就會和白人一樣，毒打一頓送進牢房。我這兒有個法官，席姆法官的看法和我相同，而我會擔保他每年聖誕節都過得很「豐盛」。這地方的行事法則就是這樣，大家互相認識，彼此照顧，我們是個快樂的大家庭。

這樁賀格謀殺案，我看啊，可能會危害到快樂大家庭的安寧。蒙大拿州派了一個受過高等教育的印第安人過來，不但想教我怎麼做我的工作，還到處探頭探腦，我才不需要協助。我會逮到槍殺賀格的渾球，而且他最好別給我找麻煩。從前發生過一兩次，有人撒野想越獄，結果挨子彈丟了小命。

茱莉・奔狼，畢業於蒙大拿大學的年輕法醫病理學博士，奉派協助當地警方為檢察官尋找足以起訴的證據。她在美東長大，聰明俐落，但個性易怒。

茱莉的日記：

我在佛蒙特州的天主教孤兒院長大，離我部落的所在地約莫有兩千哩遠，修女嚴格得不得了。我的學習能力讓她們驚為天人，我八歲就能解高中的代數習題，還學會拉丁文和法文。她們藉由我向白人世界證明孤兒院的教育有多成功，看看我多聰明，舉止多合宜。她們教育我大家都有靈魂，世人皆平等；她們教我向我從小不信的上帝祈禱。我想去愛耶穌基督，但就是沒辦法打從心底愛祂。

這些修女抹去了我和印第安血緣的關聯，我可以說是披著印第安外表的白人。在我十八歲、念大學高年級那年，部落的表親寫信邀請我到愛達荷州拜訪她和她的家人。我搭灰狗巴士過去，進到愛達荷州後，覺得自己彷彿踏進另一個世界。我的親戚生活落後，觀念保守迷信，這些無知醉鬼住的是老舊的公共住宅。我不明白他們對我有什麼期待，但是我沒留多久便回到學校，全心投入課業當中。

一名猶太裔老教授建議我研究法醫病理學，他說這是新興領域，而且我需要一個能帶我走出實驗室但又不脫離科學圈的工作。我覺得他很有智慧，而我進入這個領域之後，發現真的很適合我。

諷刺的是，蒙大拿大學提供我一份博士研究員的工作機會，我無法拒絕這樣的挑戰。

麥克・馬丁是當地牧場主人，同時也是房地產大亨和商會主席。

他的家族在無境這一帶已有六代的歷史，大半土地都歸他所有。他的成長背景深受嚴格的路德教派影響，他父親要求他努力工作、服膺上帝、國家和家庭的規範。麥克五十歲了，個性頑固，是個傲慢的混蛋。他的母親有酒癮，在他十歲時自殺，他的父親則把帳算在他頭上。

麥克的父親因為天候惡劣和牲畜染病而破產，麥克奮鬥了大半輩子，誓言贏回父親失去的一切，而他也快辦到了。

他的妻子從來不在家裡，不是在東岸就是在歐洲旅行，純粹為了錢才嫁給麥克。他的女兒在外地讀書，相當厭惡嚴格的父親。

麥克的日記：

我才不在乎哪個人恨我、哪個人不恨。很久以前我就接受了事實，在任何情況下，人都不可信任。你能信任的只有錢。

鎮上的人都認識我。他們知道我言出必行，也知道如果他們膽敢欺騙我，我絕對會還以顏色。我記憶力可好得很。

我不像外人想像的是個孤單的人，我只是喜歡獨來獨往，這兩者的境界完全不同。

佩妮蘇・福納，三十四歲，是佛瑞斯特・福納的妻子，在無境之北長大。她母親遭丈夫遺棄後只好靠出租房間加上替人洗衣、做派餅度日，每天晚上坐在窗邊癡癡等她的男人回家。佩妮蘇當年是個窮學生，整天就只想著玩洋娃娃。她夢想中的白馬王子英俊又體貼，有朝一日會出現在她眼前，一把將她擁入懷裡。佛瑞斯特來到小鎮後開始和她約會，儘管他大上十歲，但佩妮蘇這輩子首次感覺到有人想要她，而她的母親也跟著幫腔，表示佛瑞斯特是個理想對象。

佩妮蘇的日記：

我這輩子最美好的禮物是我兩個女兒：安妮和法蘭西絲，她們是我真正深愛的人。

說真的，我的生活很愉快。我不必外出工作——其實是佛瑞斯特不想讓我去工作。我很會做隔熱墊，還在市集上得過獎。佛瑞斯特白天睡覺，有時候徹夜工作，幾乎天亮才回家。我不知道他在酒吧打烊後去了什麼地方，只知道他不是待在酒吧裡。我知道他在外面有女人，我真想知道她是誰，再怎麼樣，我也不想在商店裡遇到這女人還要面帶微笑打招呼。

佛瑞斯特對我們很好，我們什麼都不缺。家裡有衛星電視，有一輛全新的福特卡車和一輛全新的休旅車，用的是上好家具，女兒們是學校裡打扮得最漂亮的孩子。他對我也很好，只不過……偶爾我犯到他，他會大發脾氣，對我吼叫。我必須承認，我有時候很怕他，但多數時候，他在家裡的表現都和在鎮上一樣，像隻友善的大熊。感覺上，他像是有雙重人格。

克萊德．亞波，六十一歲，非裔標本製作師。克萊德來自密西西比州的棉花佃農家庭，父親凌虐他，繼母也沒給他好日子過。他身材削瘦，足足有六呎高，臉上掛著愁容，成天只想要金子。

克萊德的日記：

教我剝皮製作標本的師傅是湯姆．銀鷹，他住在無境之北，算得上標本製作師的第一高手，而且他速度很快，快如閃電，曾經只花五小時就剝下三百一十磅的熊肉。他教會我三件事：一，盡可能保持刀鋒銳利；二，收取行情價，多一毛少一毛都不行；三，一定要先收費才製作。

一九五九年，我在一場酒吧鬥毆中殺了一個叫作泰德的白人，我當時不得不逃走，否則一定會被吊死。我本來想往西去，到洛杉磯找我表哥，但在火車上有個南方佬拿了我的錢，在蒙大拿趕我下車。湯姆·銀鷹在一九八四年過世，把生意留給我。

沒錯，我沒幾個黑人朋友，真該死，這整個鬼地方的黑人家庭不超過十來戶，但是我白人朋友倒是不少。佛瑞斯特·福納和我是朋友，他賣的金塊價格不錯，嗯，倒也不是太便宜，但至少比別人便宜。淡季時我工作不多，這種時候我會去老溪路的一個寡婦家幫忙修理東西，她長相不難看，也覺得我小有表現，即使在床上我還是正正式式地喊她海克特太太，她也喊我亞波先生。怪歸怪，但我覺得我們發展得還不錯。

說到金塊，我在春、夏和初秋會去淘金。我猜你會說我是收藏家，那些亮晶晶的貴金屬就是吸引我，而且害我窮得要命，我一毛一毛地湊，有足夠的錢就會去買金子。我知道這不正常，但我就是覺得手上的金子永遠不夠。我夢想著有一天會找到金山，夠我去紐奧良買棟大房子來住。我去過紐奧良一次，那城市真不錯。

我逐漸習慣這個小鎮，鎮上大多數人也看慣了我，彼此相處得不錯。我在這裡也算交了一兩個朋友，布洛傑警長就是其中一個。他不是什麼好東西，但他是我們的人，這樣你應該懂了吧。我的客戶多半都很欣賞我的作品，他們尊重我，而我吃得好，住在舒適的加大型貨櫃屋裡，而且囤積的金塊也愈來愈多，人生還求什麼呢？

說到卡列柏．賀格，好，我出去找金子的時候的確遇到過那個癟三，他竟敢說我跟蹤他，而且還來我的營地惡搞。他是個白人主義至上的混蛋，歧視黑人。假如我真打算殺他，根本不必費什麼功夫。他老愛往山區跑，只要我跟上去，他就永遠回不來了，而且沒有人會知道他出了什麼事。但是他不值得我動手。告訴你好了，如果每次有白人主義至上的傢伙來騷擾黑人就被殺，那麼白人早就變成稀有動物了。我不可能殺人，然後再把罪推到那個年輕白人頭上。他大概是腦袋進水，竟然說狩獵是「血腥的運動」。這可憐的傢伙還想不通，不瞭解麋鹿群得維持在一定的數量才不會挨餓，要讓牠們不受苦就必須要殺了牠們。

卡列柏．賀格是書中的受害者，我們馬上就會看到他是個很好的人選。他有暴力傾向，兇殘卑鄙，有犯罪前科而且還酗酒。

故事裡的卡列柏四十五歲，和比他大兩歲的哥哥在伊利諾州橡樹公園的拖車裡長大。

兩兄弟有個殘忍惡毒又吸毒的混蛋老子，母親是個妓女。卡列柏和山姆的童年就在街頭度過，他們先是偷車，接著進化到持械搶劫，而且專搶雜貨店。

賀格兄弟是監獄的常客。山姆在一九九二年搶了毒販後落跑，到了西部遇見一個傢伙，對方先帶他去看金礦，後來還把這個不合法的金礦以兩萬三千美元（也就是山姆從毒販身上搶來的錢）賣給他。山姆當時一看到夾藏在岩石裡的砂金就上鉤了。

山姆事後才發現這處金礦沒值幾個錢，幾小袋礦砂只煉得出一小塊金子，而且還因為位在國有土地上所以也沒辦法開發，但他著了魔，認為自己有朝一日會中大獎，挖到純金發大財。

他挖到的金子不夠開銷，但幾年過了，他還是抱著期待。他寫信告訴獄中的卡列柏，說自己挖出的金塊和蘋果一樣大。

入獄服刑的卡列柏愈來愈兇殘，經常打架，把體力不如人的獄友當成自己的奴隸，而且帶領一幫有種族歧視的囚犯。世上只有一個人能給他溫暖，那就是他的哥哥山姆，他也做起和老哥一樣的發財夢。在山姆的來信中斷以後，卡列柏猜想哥哥應該是發了大財，遠走高飛，他覺得受到背叛，於是一出獄便往西去，準備找山姆算帳，沒想到竟然得知他很可能死了。他不相信山姆是意外死亡以及屍體被動物拖走的說法，他深信哥哥遭人殺害。

卡列柏的日記：

我從我家糟老頭身上學到的唯一一件事，就是誰的虧都不能吃，而我也沒吃過任何虧。

我的心裡真的只有恨。恨意有時像烤肉時吱吱作響的火焰，有時又像焊鐵。我在伊利諾州坐牢時多半都被關在禁閉室，我對牆吐口水，咒罵自己，唯一的希望是我老哥的發財夢，那瘋子覺得自己會挖到金礦。世上我只在乎山姆，主要是因為他帶給我活下去的力量，這也是我沒打爆獄警的腦袋、讓那些狗娘養的東西毒殺我的唯一理由。

沒想到他的信停了。我猜，幹，他一定是挖到金子想甩掉我。誰都不能擺脫我，我們明明講好的。我在想，等我出獄，我一定要去找那個下三濫算帳。我不該相信他的，是我的錯。

他和我不同。他愛我媽，那婊子成天讓男人上她，為的就是拿錢買毒，最後成功送了命。我和山姆當時還小，他哭了一整個星期。

我這輩子沒掉過半滴眼淚，無論碰到什麼事，我一定咬著牙站起來面對。

有人說我種族歧視，但其實不是那樣。我在監獄裡搞出個白人兄弟幫，其實我們不是真的恨什麼人，只是得找事做。南美佬和黑鬼都有自己的幫派，我們總得想辦法保護自己。其實我們誰都不恨，這點我一定要講清楚。

討論

我們已經做出完整的人物列表了，這裡我只擔心麥克．馬丁，他有點太老套。要檢驗這一點，你只需要自問這樣的角色是否會出現在警探節目中，很顯然麥克．馬丁的確會。我們當然也必須充實每個角色，挖掘出他們的生理空間、社會空間和心理空間，以及他們的執念。

為了控制本書的厚度，我前面的人物列表寫得簡單扼要，但你在寫自己的小說時，可能要加以擴充。我們一邊發展情節的同時，一邊還會創作出更多角色，這是個開放性的過程，有些角色甚至可能半途腰斬。

接下來讓我們來組合人物，開始創作情節！

9

排除萬難，讓筆下人物開始說故事

設計一樁發生在蒙大拿的謀殺案

誠如塔普立在《推理小說的要素》中所言，情節是「一連串的想像事件，由作者轉換成虛構人物主演的場景……以白紙黑字寫成故事。」

於是乎，一連串想像而出的事件構成了我們的情節。推理作家要將這些事件展示在讀者眼前，必須先決定自己要採用哪種觀點來敘述，而下決定之前更必須經過審慎的思考。你選擇的敘事角度會左右你呈現在讀者眼前的影像，至於影響這個決定的因素，我們會在第十八章進一步討論。在《蒙大拿謀殺案》中，我決定透過不同角色的觀點，以第三人稱來敘述這個故事。

到目前為止，我們已經精心建立出協調的角色列表，而且正如我之前的保證，這些人物會像變魔術一樣為我們說故事。現階段的情節策畫，純粹是幫助你搞清楚每個人物有什麼打算、準備怎麼做，又計畫在什麼時候動手。

讓我們用步驟表來追蹤書中角色的活動狀況，我在《超棒小說這樣寫》和《超棒小說再進化》都曾詳細討論過步驟表的使用方法，大家可以參考。以下我要以達許·漢密特的《馬爾他之鷹》為例，向不熟悉這個流程的讀者做說明。（譯註：《馬爾他之鷹》被譽為「冷硬派」推理小說的鼻祖，達許．漢密特以此作品開啟了美國本土的私探推理小說先河，跳脫歐陸高度講究謎團、詭計的古典推理路線。雷蒙．錢德勒曾讚美道：「漢密特把謀殺交回到有理由犯罪的人手中，而不僅僅只是提供一具屍體而已。」）

1 書中的主人翁，也就是冷硬派的痞子私探山姆．史貝德人在舊金山的辦公室，他的祕書依菲．普蘭走進來宣布有客戶上門。貌美動人的萬得麗小姐聲稱自己有個妹妹和花花公子佛洛伊．德士比有染，想請史貝德將她妹妹帶回來。史貝德的合夥人邁爾斯．亞傑在這時候上場，看到萬得麗小姐帶來的兩百美元預付款，表示願意自己出馬監視德士比。

2 深夜裡史貝德睡得正熟時接到警方來電，得知亞傑的死訊。

3 史貝德前往犯罪現場和老友波浩斯警探碰頭。他得知亞傑是近距離中槍身亡，凶器是英國軍警常用的偉伯利點三八左輪手槍，現場沒有人證。

4 史貝德打電話給祕書依菲，請她通知亞傑的妻子愛娃。

5 史貝德回到家，正在小酌時，波浩斯警探和丹第隊長來訪，想打探亞傑客戶的身分。史貝德當然不肯說，並表示會親自調查這樁謀殺案。兩名警察說出德士比不久前也遭人槍殺身亡，他們懷疑是史貝德下的手。史貝德否認，說自己在德士比生前或死後都沒見過這個人。他表示自己在德士比被害的當時外出散步，但無法提出不在場證明。警方雖然不信，但也只能離開。

這五個步驟在《馬爾他之鷹》的平裝版占了二十一頁的篇幅，若以手寫稿每頁二百二十五字來估計，大約寫了三十一頁。

以上的步驟表只顯示了讀者看得到的事件，但是對推理小說寫作來說，讀者**看不到**的事件才是你必須瞭然於心的故事重點。許多推理小說寫作書都會說，每一本推理小說都有兩個故事，一個隱藏在幕後（亦即兇手的計畫，也就是「情節背後的情節」），另一個擺在幕前，專門演給讀者看。事實上，一本推理小說裡的故事不只兩個，除了專門演給讀者看的破案程序外，兇手藏在幕後的計畫有時又能再分成「案發前」與「案發後」兩種版本，而其他角色私底下也可能各有心機，可以算是其他支線故事。

我稱幕後的事件為「檯面下」的活動。你在策畫情節時，一定得知道檯面下有什麼活動，這是策畫超棒推理情節的訣竅。

以《馬爾他之鷹》的步驟表為例，我們從兇手布麗姬．歐香奈西的背景開始看起，以下內容包含了檯面下讀者看不到的活動。(注意：檯面下的活動我不用數字編號，但這是我的習慣，你可以自行決定要怎樣標示。)

檯面下的版本(故事開始之前)：

- 幾個月以前，布麗姬．歐香奈西在紐約認識了胖子凱斯柏．賈曼和他的跟班喬爾．開羅，她受僱協助他們策畫竊案。賈曼多年來一直在尋找一件精美絕倫、鑲嵌大量珠寶的雕塑「馬爾他之鷹」，好不容易才追蹤到寶物落在外派於君士坦丁堡的俄國將軍基米多夫手上。
- 布麗姬和喬爾到了君士坦丁堡決定黑吃黑，如果真的找到「馬爾他之鷹」就要私吞。布麗姬打算背叛賈曼卻又擔心遭喬爾出賣，於是僱用了混混德士比幫她對付喬爾。
- 布麗姬和德士比在拿到雕塑之後逃到香港(最後我們會發現他們不知道自己拿到了贗品)，把喬爾留在君士坦丁堡。
- 同一時間，人在紐約的賈曼接到喬爾報訊，得知遭布麗姬出賣。賈曼查出她會從香港前往舊金山出售贓物，於是立刻趕到舊金山攔截。

● 布麗姬把雕像交給夏可畢船長，讓船長將寶物運到舊金山，自己則和德士比搭快船先走。她打算再度出賣德士比，認為若請偵探盯梢有案在身的德士比，他一定會急著離開舊金山避風頭，就不會和她搶「馬爾他之鷹」了。

這段背景故事將我們帶到「案發點」，也就是讀者進入故事的切入點。接下來，讓我們再幫《馬爾他之鷹》製作一份完整的步驟表，上面不僅要列出讀者看得到的事件，還要寫出檯面下的故事。

檯面下的版本：

● 故事開始前，山姆．史貝德和愛娃．亞傑背著她的丈夫有一段不倫戀。

讀者看到的版本：

1 書中的主人翁，也就是冷硬派的痞子私探山姆．史貝德人在舊金山的辦公室，他的祕書依菲．普蘭走進來宣布有客戶上門。貌美動人的萬得麗小姐聲稱自己有個妹妹和花花公子佛洛伊．德士比有染，想請史貝德將她妹妹帶回來。史貝德的合夥人邁爾斯．亞傑在這時候上場，看到萬得麗小姐帶來的兩百美元預付款，表示願意自己出馬監視德士比。

檯面下的版本：

- 布麗姬告知德士比有人在跟蹤他。他擔心歸擔心，但仍然想分一杯羹，不打算逃離舊金山。布麗姬決定找個方法擺脫他，於是用德士比的槍射殺亞傑，希望能誤導警方逮捕德士比，免得他礙事。
- 同一時間，賈曼與喬爾帶著手下殺了德士比，因為他們認為他和布麗姬是一夥的，而這對男女背叛了他們。
- 路人發現亞傑的屍體，打電話報警，警方來到現場。
- 另一名路人發現了德士比的屍體，也同樣報警，警方起初沒有把這樁兇殺案和史貝德、亞傑或布麗姬、賈曼聯想在一起。

讀者看到的版本：

2　深夜裡史貝德睡得正熟時接到警方來電，得知亞傑的死訊。

3 史貝德前往犯罪現場和老友波浩斯警探碰頭。他得知亞傑是近距離中槍身亡，凶器是英國軍警常用的偉伯利點三八左輪手槍，現場沒有人證。

4 史貝德打電話給祕書依菲，請她通知亞傑的妻子愛娃。

5 史貝德回到家，正在小酌時，波浩斯警探和丹第隊長來訪，想打探亞傑客戶的身分。史貝德當然不肯說，並表示會親自調查這樁謀殺案。兩名警察說出德士比不久前也遭人槍殺身亡，他們懷疑是史貝德下的手。史貝德否認，說自己在德士比生前或死後都沒見過這個人。他表示自己在德士比被害的當時外出散步，但無法提出不在場證明。警方雖然不信，但也只能離開。

討論

你可以看到檯面下的故事如何在推理小說的幕後展開，至於情節有何進展，則端看各個聰明機智又有決心的角色採取怎樣的行動。我還要強調一點，書中角色和某些推理寫作書講的不同，他們並不是作者的傀儡，不會也不該胡亂隨著作者放出來的假線索起舞。

故事一開始，布麗姬前來尋求史貝德的協助，完全沒有提及賈曼、喬爾、基米多夫將軍、她的君士坦丁堡之行、夏可畢船長或馬爾他之鷹——她從一開場就漫天扯謊，這些她都沒提。但是你要知道，她所有的謊言都跟背景故事與「情節背後的情節」完全吻合。

其他推理寫作書常以「神祕的轉移」一詞來解釋這種「謊言」。書中角色的謊言轉移了讀者的注意力，以確保角色檯面下的行動不會出現漏洞。若你能充分掌握所有「檯面下」的情節，就根本不需要費心去想什麼假線索、煙霧彈，「神祕的轉移」也會自動出現，書中角色會幫你完成這項工作。事實上，作者若畫蛇添足拋出假線索，情節才會開始崩壞。放手讓你的人物去做吧！你要思考的是他們會怎麼做、想要什麼、怎樣才能展現他們的聰明才智，如果你創造出來的角色夠生動活潑，情節自然會高潮迭起。

步驟表上到底該寫些什麼

步驟表上的資訊既然是要給讀者看的，那麼表單上該有哪些細節就是由你來決定。我習慣請幾位讀者試讀我的步驟表，請他們挑出其中的漏洞，例如自動送上門的巧合、缺乏動機的事件、角色行為出格，或是戲劇效果不足等等。即使情節還在策畫階段，我的讀者仍然會提供一些好點子，像是「嘿，既然兇手的動機是情殺，你何不讓她把受害者的鼻子割掉」之類的。

有些人喜歡把步驟表填得很「胖」，有些人則喜歡很骨感的「瘦」表單。我自己喜歡後者，因為不想讓讀者讀太多細節覺得無聊。至於到底要怎麼做，決定權在你。

我先舉個胖表單的第一步驟為例：

1 灰姑娘忙著清理壁爐，心裡高興地想，這個星期天她終於可以享受每月一次的洗澡樂趣了。她身上的紅洋裝破了就補，補了又破，前襟有明顯的污漬，頭髮亂得像個鼠窩。灰姑娘的繼母身形豐腴，態度嚴苛，穿的是上好的毛呢料子，一頭長髮編成了辮子。繼母要灰姑娘到後院去把廁所打掃乾淨一點，否則星期天別想洗澡。灰姑娘沒有抗議，極其柔順地說了聲「夫人，遵命」，便高高興興走向外頭的廁所。

接著再來看瘦表單的版本：

1 蓬頭垢面的灰姑娘正在清理壁爐，邪惡的繼母打斷她的工作，要她到外頭把廁所再打掃一次，否則每月一次的澡也別洗了。柔順的灰姑娘立刻照辦。

老話一句，用你覺得順手的表單就好。

在策畫背景故事的步驟中，你不只可以列出兇手的行動（也就是「情節背後的情節」），你還可以置入受害者、偵探、嫌犯、證人和其他角色的重要活動。比方在《馬爾他之鷹》當中，史貝德的伙伴亞傑遭到殺害的同時，史貝德跟他的妻子愛娃有染一事便具有重要意義。這會是警方懷疑他涉及這起謀殺案的其中一個原因，所以我把這個事件加到步驟表裡。

如果你有按照這個方式依序列出步驟，在故事展開時，你會清楚知道哪個角色做過什麼事，而在安排偵探挖掘線索時也不會太傷腦筋。你該避免的，就是失去對幕後事件的掌控，也要避免在收尾時突然來個節外生枝，讓故事結局顯得太造作。書中的情節必須依據每個角色的個性、慾望、目標、需求與所採取的行動，有合乎情理的發展。

有些推理作家會用流程圖來記錄檯面下的活動。

流程圖就是用表格來呈現的步驟表，比方說我們把史貝德放在第一欄，布麗姬放在第二欄，賈曼和他的手下列入第三欄，而警方則擺在第四欄。如果故事橫跨了好幾天，有些作者還會按照時間線來紀錄，寫下每個角色在特定時間的行動。我有的學生甚至會利用資料庫軟體來建立流程圖。

另一種好用的技巧是把步驟寫在三乘五吋大小的紙卡上，並用不同顏色的紙卡來區分檯面上與檯面下的活動。如果你想重新安排步驟順序，這時候紙卡就是非常好用的工具。

至於我們要讓讀者看到哪些行動，則是接下來要討論的內容。

推理小說應有的四大要素

你在策畫情節的時候，要牢記推理小說的四個必備要素：謎團、懸疑、衝突與驚奇。你的情節只要能滿足這四個要素，小說就必定好看。

1　謎團

雖然這聽起來像是廢話，但推理小說一定要神祕難解。舉例來說，你不會安排某個人在酒吧裡被殺，旁邊還有一堆目擊證人，這樣是空有謀殺案卻沒有謎團。推理小說寫的是謎一般的事件，必須出人意表，讓讀者摸不著頭緒。有死者但兇手不明，這是個謎團沒錯，但在超棒推理小說裡，神祕難解的地方不能只有兇手的身分。為什麼謀殺手法會如此特殊？這就是你希望讀者能感受到的神祕氛圍，如此一來，他們才會好奇地繼續往下讀，看著謎團被解開。情節愈弔詭，讀者就愈想知道兇手是誰、下手為何如此殘暴、動機又是什麼。謀殺案本身理當要能引起讀者同情，而偵探想破案的慾望也要能獲得讀者認同，讓他們願意和偵探英雄站在同一邊。

2　懸疑

懸疑是指「接下來會出什麼事」。任何強大的故事疑問都會營造出緊張懸疑的氣氛，讓讀者急著想知道答案。比方說，你的主角要向女友求婚，這裡的疑問可能是：她會答應嗎？他究竟能不能鼓起勇氣開口？只要問題有力，懸疑便隨之而來，而小說中裡最有力的故事疑問和最懸疑的高潮往往發生在危機四伏的氛圍中。強烈的危機感能營造出讓人無法喘息的懸疑，是謂「提心吊膽」。推理小說有個通則：愈懸疑愈吸引人。你應該試著在情節的每個轉折點都加一點威嚇、危險，甚或死亡的陰影，讓讀者既擔憂又疑惑是所有創意寫作老師都會再三強調的重點。「疑惑」是讓人對事情的後續發展感到好奇，而「擔憂」則是讓人心驚膽顫，一路讀到深夜還不忍釋卷。

3 衝突

我在《超棒小說這樣寫》中指出，讓故事好看的三大定律是：衝突！衝突！衝突！衝突不一定要見血或是讓角色大吼大叫。戲劇化的衝突即是角色意志上的衝突，例如某人想要某樣東西，去爭取卻遇到攔阻，可能是碰上惡劣天候、爆炸意外或是機械故障等等，更有可能是來自對手或另一個角色的阻撓。此外，你還要透過內心掙扎呈現出角色與自身慾望之間的衝突。衝突可以為故事帶來生命力，迫使角色去感受、行動、發展和改變；衝突能驅動故事前進，猶如汽油之於引擎。

4 驚奇

廣受歡迎的推理作家伊莉莎白·高芝曾說，當她的推理小說情節設計到約莫一半時，她會先寫下讀者心中對後續發展的預期。

以我正在進行中的小說為例，我可能會列出以下幾項讀者預期的發展：

◆鮑伯殺了人，偵探會揭發他的罪行。
◆喬治會向瑪麗求婚。
◆菲爾詐死，其實他還活得好好的。
◆艾爾才是真正的銀行搶匪。
◆丹妮絲其實是蕾絲邊，勾引鮑伯純粹想毀掉他的婚姻。
◆逃離瘋人院的人是比利鮑伯，但他易了容。
◆死者其實是葛瑞絲的父親。

高芝也說過，在列出清單之後，她會設法讓其中兩三項發展超乎讀者的預期。這點子真是超棒，因為閱讀推理小說的諸多樂趣之一，就是要有驚奇。這點你一定要做到。

10

實用的五幕劇架構

推理小說的五幕劇架構

幾乎所有超棒推理小說的架構都是簡潔的五幕劇設計：

第一幕：偵探英雄接下任務，追查殺人兇手。

第二幕：偵探英雄面臨考驗與挑戰，在關鍵時刻死而復生。

第三幕：偵探英雄再次面臨考驗，終於成功過關。

第四幕：偵探英雄成功抓到兇手。

第五幕：事件對主要人物帶來的影響。

就是這麼簡單。在超棒推理小說中，「情節背後的情節」雖然出自殺人兇手，但整部小說其實是偵探英雄的故事，並且以五幕劇的方式演出。不過寫小說是一門藝術也是一種工藝，還是有少數例外以非五幕劇的設計為架構寫成，但作者手法純熟又技藝高超，我們稍後會再討論這些作品。

我們先開始研究標準五幕劇的第一幕。

第一幕：偵探英雄接下任務，追查殺人兇手。

在標準的五幕劇設計中，第一幕是「案發點」，也就是讀者翻開書最早讀到的段落，而在「案發點」結束時，偵探英雄會接下追查兇手的任務——無論過程要花多久時間都沒有關係。以神話的英雄之旅為例，這階段稱為「日常世界」或「啟程」，英雄要在這裡脫離凡塵，開始他的旅程。

所有高潮迭起的故事都一樣，第一幕的目的是要把讀者帶入小說的世界，還要跟著劇情的發展，讓事件引發連鎖效應。

你在設計第一幕的時候，主要任務是為讀者或觀眾創造刺激的經驗。想達到這個目標，你一定要：

- 拋出強而有力的故事疑問。
- 讓角色經歷生動的衝突（意志上的拉扯）。
- 觸動讀者的情緒，特別是同情心。

你可以採取不同的策略來設計第一幕，但無論如何都必須呈現出吸引人的故事疑問，同時讓書中角色經歷煎熬，設法打動讀者。常見的幾種技巧如下：

◆**讓兇手出場，但先不揭露身分**。兇手經常在推理小說的第一幕就上場演出，但作者透過客觀的方式，先不揭露兇手身分。這個技巧很好用，通常很吸引人，能製造出值得讀者追下去的故事疑問（受害者是誰？兇手會逍遙法外嗎？）。這樣做還能營造緊湊又精采的衝突，而且既然有人被殺，就一定能牽動讀者的情緒。

一個人影走出車外，捧著繫了紅蝴蝶結的長方形花盒來到懸崖邊緣，打開盒子，拿出一把配備西格比望遠瞄準鏡的雷明登XB—42狙擊步槍。他把步槍藏在大衣下，走向路邊殘破的矮牆。從這個角度看過去，他能看到下方的公寓建築，就在不到四十碼之外，有人正在草坪上舉辦派對。他把步槍架在肩上，眼睛湊向瞄準鏡，一名年輕的金髮女郎在草坪上獨自起舞，她咯咯發笑，帶著醉意隨音樂擺動身體，狙擊手瞄準她的臉蛋……

◆**讓兇手出場，並清楚揭露身分**。這種開場方式顯然立刻扼殺了推理故事中最重要的兩個故事疑問（誰下的手？動機是什麼？），但其他的故事疑問會接踵而來：兇手逃得掉嗎？會不會被捕？若是兇手和偵探一歎一察，彼此鬥智較勁，這類透露兇手身分的第一幕也能有效吸引讀者，電視影集《神探可倫坡》就是很好的例子。

馬肯受夠了喬依絲。重點不在她酗酒或是隨便被哪個男人勾搭都可以上床，甚至連她花錢如流水都算不得一回事。問題出在她昨晚拖回家的那盞檯燈。他對誰都不可能說出真相；他早已決定，就算自己被捕、遭到刑求，也不會說出原因。為了區區一盞檯燈犯下謀殺案似乎太過荒唐，但那盞黃銅燈醜陋至極，像透了科摩多龍。他深信她帶那玩意回家是為了炫耀性生活，他在看到燈的那一刻便斷下決心要殺她，而且連方法都想好了，直接用手勒死她。開槍太不親密、太疏遠，唯有親手殺了她才能帶來至高無上的快感。

◆**屍體上場**。這種開場方式通常很有震撼力，故事疑問會繞著謀殺案帶出來的謎團打轉。讀者看到屍體通常會驚嚇恐懼，接著立刻對偵探產生同情。

凌晨四點左右，瑪嬌·亞波蓋聽到一聲悶響醒了過來，這奇怪的聲音聽起來像是有人用鈍斧劈砍質地鬆軟的木柴。聲音來自她室友的房間，除了悶響外，瑪嬌還聽到另一種聲音，是男人的聲音。這處公寓規定嚴格，晚上十點以後就男賓止步，臥房更是禁區。

啪——聲音又出現，隨後傳來腳步聲和用力關門的聲音。

「琳達？是妳嗎？」瑪嬌大聲問。

瑪嬌打算提出檢舉，而且還要跟老是不把規矩看在眼裡的室友琳達·勞森直接攤牌。她看到地毯上有深色的水漬，也是從琳達房間裡濺出來的，可能是紅酒。琳達又打破另一條規則了，瑪嬌心想，一定得把這件事告訴管委會。

她敲敲琳達的房門。

「我知道妳在裡頭，勞森小姐，我也知道妳帶了伴進來。出來談一下。」

沒人答話，瑪嬌推開門探頭看。

「別裝睡了……」

水族箱的燈亮著，裡頭漂著不知是什麼東西，渾濁的水滿到了水族箱的邊緣，還灑了一些到桌上，裡頭的東西看來像顆球……長了金髮的球。瑪嬌湊過去，赫然發現那是人頭，是琳達・勞森的腦袋。

瑪嬌嚇得往後退，拼命搖頭。不可能……她心想，管委會一定會——

她聽到遠方傳來聽似空洞的尖叫，接著才發現聲音來自自己的嘴。

警方在鄰居報警的二十分鐘後抵達現場，這時她仍然無法停止尖叫。

◆**介紹受害者生前的生活**。讀者若能看到受害者生前的模樣，便更能在這個角色死後寄予同情，而且會迫切渴望正義獲得伸張，閱讀時情緒也能更加投入。如果你打算選擇這種策略，故事的開頭必須避免讓人覺得沈悶無趣，所以在第一幕還得再製造出其他張力十足的衝突，像是受害者和情人之間的爭執、行車糾紛引起的激烈對峙等等。相反的，如果你在故事一開場就充分預告謀殺案即將發生，那麼就算沒有強烈的衝突也不影響讀者讀下去的興致，因為他們會非常想知道兇手到底是如何得逞的。

溫蒂為沙發上的兩名警探送上茶水，這兩人當中的男性警探正在說話。他們查過了，沒有人在跟蹤溫蒂；據他們所知，那天晚上刺破她車胎的人也刺破了附近另外六輛車的輪胎，警方雖然沒逮到人，但相信搞破壞的只是某個小混混。

較她年長的女警對溫蒂露出笑容，擺出一副屈尊俯就於年輕無腦妹的模樣。溫蒂懷疑有人騷擾她，但女警表示經他們查證，在溫蒂認為自己遭人跟蹤的那天晚上，這個名叫布萊德．諾曼的男人有不在場證明，當時他正和兩位朋友一起待在自己的船上。

溫蒂說：「我親眼看到了，就是諾曼沒錯，是他刺破我的車胎，而且他不斷打電話給我。」

「話筒只傳來對方的呼吸聲，妳怎麼知道是他？」

「我就是知道。」溫蒂說。

「妳可以向法官申請禁制令。」男警說了。溫蒂喜歡他，這傢伙看來是真的關心她。

「他想殺我。」溫蒂說。她說出這件事的語氣鎮定到連自己都覺得驚訝。

「也許妳該去度個假。」女警說：「我們和妳老闆聊過，他說妳最近很緊繃。」

「妳完全不相信我，一個字都不信，對吧？」溫蒂說。

「我們找了布萊德．諾曼長談。」女警說：「他真的很關心妳，而且不只是妳的人身安全，還加上妳的……心理狀況。」

男警點頭表示同意。「他不像是會騷擾人的變態跟蹤狂。」

溫蒂向兩人道謝，帶他們走到門口。

「他殺了我之後，警方還是會派你們兩個來辦我的案子嗎？」

「沒有人會殺妳。」女警說：「我建議妳尋求其他專業協助。」

溫蒂關上門，走到窗邊，看著兩人坐進警車，開車離去。

轉過身，她倒抽了一口氣。布萊德．諾曼站在她臥室門口，手裡拿著刀。

「尖叫吧。」他說：「我想聽妳尖叫。」

「我不會叫的。」她說完話再次轉身背對諾曼，聽他發出電話裡那種沉重的呼吸聲，看著警車繞過街角，失去了蹤影。

◆**讓偵探奉派出場**。若你讓偵探英雄以第三人稱或第一人稱的觀點來敘述這個推理故事，那通常你會用偵探奉派出場作為開場方式。一般來說，偵探英雄在接到召喚展開冒險之前，會陷入某種戲劇性的衝突。這個召喚可能是調查謀殺案本身，也可能是即將與謀殺案產生關聯的其他事件。讓偵探英雄接受召喚是個很好的開場，這樣讀者從一開始就能身歷其境體驗偵探的生活，會更容易產生認同。若你採用這種策略，第一幕通常會很短，或許就單單只有一個場景。不過要注意，由於屍體還沒正式出現，讀者也沒機會瞭解死者生前的模樣，所以你需要多花點巧思來帶動讀者的情緒。我底下寫的例子希望你覺得還不錯：

大傑克最痛恨這種工作，但這有什麼辦法，他房租到期了還沒有繳。這案子次糟的部分是要在那倒楣的懶漢和小三聯絡上之前跟蹤他，最糟的部分卻是要通知那傢伙的老婆，證實她的猜疑沒錯。這幾年來他看太多了，有些大老婆可以為此痛罵整整一小時，有些則是直接暈倒，還有些甚至會崩潰失控。出軌這檔事實在可笑。

這次的委託人膽小如鼠，看起來有點像亞洲人，很安靜，戴著變焦鏡片的大眼鏡，神情嚴肅，平滑的圓臉似乎從未有過笑容，身上穿的棕色素面洋裝簡直和牛皮紙袋沒兩樣。

「你拍到照片了嗎，溫徹斯特先生？」她問道。

他點點頭，用指頭點了點兩人之間辦公桌上的信封。他先把帳單朝她推過去。

「這行的慣例是先付款。」他邊說邊把四百八十二塊又一毛美元的帳單交給她。

她開了張支票。他不喜歡收支票，但眼前這女人的帳戶裡應該不可能掛蛋。

她把支票放在桌上，但指頭沒有鬆開。

「照片呢？」她問道。

「我先讓妳瞄一張。」他亮出一張她丈夫帶著另一個女人走進房間的照片。委託人的喉頭發出咕嚕聲，一把搶回支票。

「妳在做什麼？」大傑克問道：「我調查過那女人了，這個應召女郎自稱席拉．史達，每小時收費一百美元。」

「有可能，但溫徹斯特先生，那個男人絕對不是我丈夫。」

「妳他媽的在說什麼？我看著他走出工廠後門，開林肯轎車到她的公寓，他當然是妳丈夫。」

「那個男人是我丈夫的理髮師，也開林肯。」

她撕毀支票。「帳單你就自己留著吧，溫徹斯特先生，記在紙上就好，控告我不付錢的時候正好派上用場。」

她衝了出去。

他坐著瞪門看了好幾分鐘，搖搖頭，接著為自己倒了滿滿一杯廉價威士忌，往後一靠，發出渾厚的笑聲。這是他這輩子第一次跟錯對象，跟到的竟然是對方的理髮師。

幾分鐘後電話鈴響時他還在發笑，他接起電話說：「溫徹斯特偵探社。」

「傑克，我出事了。」來電的是他弟弟泰德。泰德當年到波斯灣參戰時還是二十啷噹的青年士官長，回家時卻穿上束縛衣進了精神病院，口口聲聲說自己和外星人去兜了風。

「你出事就等於我出事。」大傑克回答。

「還記得琳達．勞森嗎？」

「你最新的夢中情人？當然記得。」

「有人昨天晚上砍下她的腦袋丟進了水族箱，就是我借給她的水族箱。」

「你最好別多管閒事，泰德，讓警察處理就好。」

「傑克，問題就在這裡，警察在處理了沒錯，他們說能證明是我下的手。」

「人是你殺的嗎？」

「這就是關鍵了……我不確定。」

「你在哪裡？」

「躲起來了。」
「躲在哪裡？」
「我車子的後行李箱，車停在對街，我用手機打的電話。」
「抱緊備胎，我馬上到。」

這就是完整的第一幕，偵探接下了案子。

第一幕的目的是讓讀者和故事中的人物建立關係。偵探一接下案子，故事便推進到第二幕，就此脫離偵探的日常生活。

第二幕：偵探英雄面臨考驗與挑戰，在關鍵時刻死而復生

第二幕是對應到神話中「英雄之旅」的「啟蒙」階段，和成長故事中主角進入「成人階段」的部分很相似。英雄拋下凡世間的生活，跨越門檻，走入和俗世生活迥異的神祕「神話森林」。英雄必須在這個階段獲得啟蒙，換句話說就是學習「新的規則」，然後經歷

壞人與其爪牙的測試。

推理小說的偵探英雄和任何英雄一樣，不見得都能安然通過所有考驗。英雄的性格在這個過程中有所改變，他會學到新的技能，找到深埋內心但從未顯露的才華，並在發現自己的內在本能之後有所收穫，變得比從前更有自知之明。用戲劇語言來說，英雄在這個階段經歷的就是「角色成長」，而你的創意寫作老師會稱之為「角色發展」。

不過，對白羅這樣已經擁有專長、有足夠自知與自信的專業私家偵探來說，這些考驗不會讓他們成長。以這類角色為主角的系列小說當中，所謂的「成長」或「發展」與他們和其他人的互動有關——例如朋友翻臉成了敵人，女友變成了前女友，信任的客戶搖身一變成了謀殺犯等等。

無論我們的偵探是業餘或專業，在「關鍵場景」出現之前，考驗和測試會不斷出現，角色也會持續成長。「關鍵場景」通常出現在故事的中間點，但也有不少例子會等到更後面的劇情才出現。以神話學來說，這就是坎伯口中的「終極考驗」；深具影響力的十九世紀德國編劇家古斯塔夫．佛雷塔格（Gustav Freytag）則稱之為英雄的「災難」，是命運的「深淵」。在過了這個節骨眼之後，英雄的命運通常會開始好轉。

推理小說中的「關鍵場景」通常是最戲劇性的高潮，會緊接在英雄墜入深淵之後出現。但這也不是神聖不可動搖的法則，甚至「關鍵場景」也不見得非要是「終極考驗」不可。反例的故事有很多，以錢德勒一九四〇年的《再見，吾愛》（Farewell, My Lovely）為例，書中至少有五或六道極為嚴峻的考驗，到底何者最具挑戰性？馬羅總計遭受多次槍擊，被綁架、下藥、毆打，還被警方追捕，我實在很難挑出哪一個才是最艱辛的。不過要找出書中的「關鍵場景」倒不是問題，就是在他被下藥後醒來、換上整燙好的西裝、重返工作崗位急著反擊的那一段。

「關鍵場景」造成的影響會貫串接下來的故事情節，並成為英雄死而復生的象徵，重生過後的英雄眼光不同了，辦案方法也有所變化。「關鍵場景」可能是英雄身邊最親近的角色過世，例如愛人或助手，此後英雄追尋的不只是正義，還要加上復仇；也可能是原本漫不經心、成天耍嘴皮子的英雄面對嚴重威脅時轉了性，變得極其嚴肅；或者是他鎖定的嫌犯意外死亡，動搖了他的自信；或是與兇手正面對峙之後，英雄突然領悟到對手比他想像的更邪惡。

在第二幕結束時，偵探英雄會和第二幕剛開始判若兩人，一方面是因為他在歷經考驗和挑戰之後學到了新的事物，一方面是他在「關鍵場景」受到了極大的衝擊。

既然本書是按部就班的教學指南，我以下就舉三個例子：

私家偵探麥克斯：麥克斯從前是聯邦調查局幹員，因為酗酒和抗令遭到解僱。改作私家偵探之後，他接下一名女性的委託，對方認為丈夫有外遇，可能計畫要殺害她。麥克斯覺得這女人純粹胡言亂語，但他為了生活不得不接下這件案子。

麥克斯敷衍了事，找了證人問話，但仍然沒把委託人當一回事（顯示他未能通過測試），只知道浮報帳目，整個下午躲在酒吧裡喝酒，到了傍晚才懶洋洋地跟蹤委託人的丈夫，發現對方私下和人聚會，這才警覺到，「嘿，這傢伙果真在外頭有女人」。麥克斯向委託人回報，而委託人請他查明小三的身分。麥克斯跟蹤了一星期之後，發現丈夫又參加了另一次祕密聚會，最後查出他是去打撲克牌，並不是去見另一個女人。麥克斯如實回報委託人她的丈夫沒有外遇，但她依舊堅持丈夫和小三密謀要殺她，只是苦無證據。她要麥克斯繼續盯梢，但麥克斯覺得這女人太偏執，於是拒絕。兩星期後，麥克斯接到一個警察朋友的電話，得知委託人的死訊。

他看到慘遭毀屍的女人——這就是「關鍵場景」了。我們的偵探英雄大受打擊，跑去喝酒滋事，徹夜喝得爛醉，這是象徵性的死亡。他清醒過來後先打理好儀容，再去當鋪贖回抵押的手槍，決定回頭來認真辦這個案子。他經歷了重生，如今脫胎換骨，因為深感愧疚所以積極想要破案，第三幕就此展開。

業餘偵探愛麗絲：脫口秀演員愛麗絲大約五十來歲，批評政治犀利又幽默，諷刺美國南方那些種族歧視分子也毫不留情。她在幾個觀眾不多又煙霧繚繞的酒吧裡演出，打從二十歲那年因吸大麻遭退學之後，就一直希望能找到出人頭地的機會。愛麗絲個性憤世嫉俗，尖酸刻薄，又倦於出門，覺得自己這輩子真是充滿挫折。

愛麗絲唯一的知交是在酒吧裡表演讀心術的瑪薇絲。瑪薇絲卻不幸在停車場裡遭人以棍棒毆打致死，但這個落後南方小鎮的警方對此案毫不關心。

於是愛麗絲自行展開調查，找到一些可疑腳印之類的線索，此外案發時也有人看到一輛凱迪拉克轎車高速衝出停車場。她的頭號證人是俱樂部停車場的泊車小弟喬吉，但喬吉有點智障，因此警方不打算採信這番證詞。愛麗絲在調查過程中犯了幾個錯誤，有嫌犯放狗咬她，也有人偷她的皮包，甚至還有人虛報線索讓她白忙一場。最後，她終於查出瑪薇絲在最後一場演出的半途就落跑了，她逃到後台，驚恐地表示自己真的讀出了某人心裡的謀殺計畫。

愛麗絲心想，這不可能是線索。

她不相信讀心術，也知道瑪薇絲都是在演戲。但愛麗絲認為，如果自己穿上好友的衣服再包上頭巾，假裝亡靈附身，很有機會能逼兇手現形。

於是她付諸行動。前四個晚上什麼動靜也沒有，到了第五個晚上，有人一棍打在愛麗絲頭上，她在昏迷中感覺自己朝向一道光芒走去——和某個電視脫口秀節目的靈媒講得一樣！瑪薇絲就站在光芒中，不但感謝好友的義氣，還要她務必相信喬吉的證詞。

好，愛麗絲遭到攻擊是「關鍵場景」，接著便是她的死亡和重生。愛麗絲醒來後，醫生說她好不容易才從鬼門關前回來。此後她不再那麼憤世嫉俗，因為她發現瑪薇絲是真的讀出某個人的殺人念頭。如今有了嶄新的能量和信念，她要和大智若愚的喬吉協力緝兇。

警探賽門：賽門的辦案經驗豐富，但是剛向刑事組報到沒有多久（同時在刑事組學習新的規則，接受測試），接到的第一個案件是連續殺人案，兇手專殺五到七歲的小女孩。個性敏感的賽門感受到極大的壓力，情緒逐漸崩潰。他所屬的調查小組鎖定了嫌犯，但苦無足夠的證據將對方定罪。賽門擔心檢調體制會縱放這隻禽獸，因此決定栽贓，認為這樣至少可以讓嫌犯出庭受審——這一幕是書中的「關鍵場景」。

不料監視器側錄到他栽贓的舉動，於是賽門被逐出警界，繳回警徽和武器，經歷了象徵性的死亡。

接著他以平民身分重生，決心阻止連續殺人犯的惡行。第三幕在重生場景後展開。

第三幕：偵探英雄再次面臨考驗，終於成功過關

偵探英雄在成功度過「關鍵場景」之後，有了「改變」，在緊接而來的第三幕以嶄新態度緝兇，延續偵探與兇手之間貓捉耗子的遊戲。

第三幕以揭露兇手的身分來收尾，在戲劇作品中，這一刻稱之為「必要場景」，所有重大的故事疑問都會在這個場景中得到答案。打個比方好了，在最浪漫的羅曼史當中，女主角會在這一刻和愛人互許終身。以超棒推理小說而言，最大的故事疑問當然是「偵探英雄是否能破案」，然後劇情進展會遵循以下套路：主角愈調查愈迷惑，謎團也愈來愈棘手，而且情況益發危急！

然而就在線索看似兜不攏的時候，偵探英雄突然靈光乍現，在轉瞬之間看透了案件背後的真相。於是我們終於知道兇手是誰，他雖然一路都藏得很好，但終究要被偵探英雄摘下假面具，這也就是神話中常見的「正邪終極對決」。

第四幕：偵探英雄成功抓到兇手

如今偵探英雄得知兇手的真正身分了，但還有個故事疑問尚未解決：偵探英雄到底能不能將兇手繩之以法？

第四幕可以對照到神話學中的「回歸」階段，即英雄回到俗世，帶回能嘉惠社會的「恩賜」。以偵探英雄的角色為例，他嘉惠社會的方式便是除去兇手這個的社會敗類。

神話中的正邪雙方一定會在「回歸」階段展開最後對決，而所有的超棒推理小說也是如此，偵探和兇手會在好萊塢所謂的「攤牌場景」中面對面。

讓我們再複習一次羅岱爾的論點，讀者閱讀推理小說的一大理由，就是希望看罪犯受到制裁，以獲得滿足感。偵探不見得是把兇手交由法律制裁，他還有其他的選擇，但無論如何兇手都必須接受某種形式的懲罰。

創作《虎豹小霸王》（Butch Cassidy and the Sundance Kid）的編劇威廉・戈德曼（William Goldman）曾說：「收尾令人生厭。」等故事要結尾的時候你就知道了，既不想辜負讀者期待——也就是要做到謎團、威脅、衝突和驚奇兼具——又要將案件交代得清清楚楚，的確會讓人望之卻步。本書第十一章的步驟表就很折騰，我花了好幾天時間在書桌前反覆思索，才終於寫出滿意的版本。

第五幕：事件對主要人物帶來的影響

兇手落網之後，在接下來的第五幕中，我們要簡短描述整起事件對主要人物有什麼影響。首先，我們可以在第五幕處理與戀情相關的次要情節，讓偵探和愛人攜手走進美好的落日餘暉（你當然也可以不這樣寫）。

我們也可以在第五幕交代一下其他角色的後續發展。

這個段落通常會呼應開場，以我們之前看到的大傑克為例，第五幕可能會是這樣：

一切都處理好了，泰德總算開始服用正確的藥物，尼爾．史沐克勒也乖乖排隊等著接受死刑，這下子大傑克總算回到辦公室，雙腳翹在桌上，好整以暇地啜飲威士忌。這時電話響了。

「在下大傑克．溫徹斯特。」

電話另一頭有個女人說：「幫幫忙，我丈夫在外頭有女人。」

大傑克說：「抱歉啦，這種案子我不接了。」

非五幕劇的罕見例外

有一種罕見的例外是跳過第一幕。沒錯，有些超棒推理小說真的沒有第一幕，偵探在故事一開始便抵達犯罪現場準備著手調查，回應任務召喚等過程都發生在背景故事當中，專業偵探最適用這種開場方式。

另一種例外則是以序幕開場。序幕寫的是發生在主題故事之前的另一個場景，選擇這種方式的作家可能是認為第一幕提出的故事疑問不夠震撼，不足以吸引讀者的注意力。序幕也許扣人心弦，但讀者無法立刻與主題故事的角色產生連結，因此算不上很有效的技巧。我建議最好還是努力加強第一幕的故事疑問，跳過序幕。

偶爾也有推理作家採用「三明治式」的寫作方式，這種技巧是讓讀者先看到接近結局的場景，把故事的主要發展夾在中間，最後再揭露完整的結局。會採用這項技巧的理由和使用序幕一樣，都是因為故事一開始提出來的問題太薄弱。三明治技巧像個花招，但若在三明治的第一層之後立刻提出夠吸引人的故事疑問和力道夠強的衝突，同樣能抓住讀者的心。

好，我們現在可以進入策畫情節的階段了。

11

策畫情節

開場動作

最早映入讀者眼簾的幾個字，極可能會左右小說暢銷與否。愈刺激的開場愈能成功把讀者拉進故事裡，同樣的道理，你的經紀人也愈容易幫你爭取到出版合約，編輯也會愈快掏出支票簿。

所謂「好的開始是成功的一半」，開場是故事的基礎，你得讓讀者相信你有故事要說，而且也懂得要怎麼說。開場段落會透露出故事的調性，如語調、聲音和觀點等，構成我在《超棒小說再進化》中提到的「讀者契約」。

在《蒙大拿謀殺案》中，我們除了知道佛瑞斯特當年為了祕密金礦殺害山姆，也很瞭解佛瑞斯特截至目前為止的人生經歷。如今山姆的弟弟卡列柏來到小鎮上，佛瑞斯特害怕卡列柏發現是他殺了山姆，還竊占金子和金礦，於是將再度痛下殺手。我們也知道佛瑞斯特會把殺人罪栽到賓利的頭上。

我們在策畫第一幕的情節時，必須從這一連串事件中挑出最先呈現在讀者眼前的段落。我們有哪些選擇？大家不妨腦力激盪一下，看能條列出哪些創意十足的選項。與其有想法就立刻動筆，我建議你不如先檢視完所有的可能性再決定。

◆我們可以從賓利開車進入小鎮寫起。天色晚了，賓利剛經歷一場恐怖的暴風雪——今年的暴風雪來得比往年都早。他很累，但沿路沒看到任何旅館營業，唯一營業的只有老鷹酒吧。這位攝影師停車時撞到了卡列柏的小貨車，走進酒吧表示願意賠錢，但卡列柏卻獅子大開口，於是賓利表示將請保險公司處理。卡列柏堅持索賠兩百美元，兩人起了爭執，賓利施展柔道摔倒了卡列柏，佛瑞斯特因此將賓利送進警局的拘留室。

◆或是我們可以考慮直接從動作戲開始，賓利走進酒吧，一番打鬥之後被送進拘留室。下一個場景是他在凌晨三點獲釋，回到旅館房間，竟然在浴室裡看到卡列柏的屍體。他意識到自己遭人陷害，於是把屍體拖到自己的車上，打算開往小鎮外棄屍，但不知有人正在監視。他開車往南走，急著離開這一帶，沒想到在高速公路上遇到臨檢，並遭警方以謀殺罪名逮捕。這個版本很有動作感，賓利發現遭到陷害後做出錯誤的決定，此舉讓他跳到黃河也洗不清。我很喜歡這樣的安排，讓無辜者自己挖洞往下跳一向是很好的構思。

◆或是說，佛瑞斯特槍殺了卡列柏，還把假的麋鹿腦袋套在死者頭上故弄玄虛，讓案子看起來像是動保人士下的手，然後小說一開始先讓無足輕重的角色發現戴著假麋鹿腦袋的荒謬屍體。這點子可能行得通，可以營造出不錯的故事疑問。

◆要是偵探英雄夏卡緹在冥想時作了一個夢呢？這個夢很特殊也很嚇人，有個半麋鹿半人的生物心臟中槍，正在流血。我喜歡這個點子，因為夏卡緹可以立刻和故事產生連結，但這樣的寫法有個問題，讀者會覺得她可以靠意志力召喚神祕影像，再說這些影像也不該成為她破案的線索。記住，偵探一定是透過本身的邏輯推理打敗兇手，而不是仰賴超自然的力量。

◆若夏卡緹在冥想時看到了影像（她從來沒有這種經驗），發現哥哥被綁了起來，正要執行死刑呢？這個版本很有力，因為夏卡緹摯愛的兄長牽涉其中，而只要案件牽連到主角所愛的人，故事的衝突感和威脅指數就會立即飆升。

我已經做好決定，也寫出了步驟表。在你繼續看下去之前，我建議你先讀「讀者看到」的版本就好，因為讀者不會知道背景故事，也不知道檯面下發生了哪些事。從讀者的角度看故事對作者來說格外重要，畢竟檯面下的事件只有作者知道，其他人都看不到。

所以你別忘了，讀者除了書名是《蒙大拿謀殺案》以外什麼都不知道。這是一本謀殺推理小說，我們曉得第一幕應當要能把讀者帶進故事裡，持續製造衝突，提出吸引人的故事疑問，還要能牽動讀者的情緒。我們現在就來看看這些目標是否都能達成。

步驟表：《蒙大拿謀殺案》第一幕

讀者看到的版本：

1 夏卡緹．巴克萊特，二十七歲，住在加州柏克萊，以教導銀髮族靈修冥想維生。她的體態苗條，身高五呎六，有一頭棕色長髮和一雙明亮的棕色大眼睛。這位靈修者對自己的人生很滿意，她的個性冷靜自持（至少她很努力維持），能夠與自己和外在的世界和平共處——只是偶爾巧克力冰淇淋的癮頭出現時，會有點脫序。在某次冥想中，她看到了這樣的影像：有個男人頂著麋鹿腦袋，倒在地上痛苦地扭動身軀。夏卡緹感到非常震驚，認為這可能是某種凶兆，冥想有時候的確會讓人看到凶兆。不過她很快就恢復鎮定，繼續為學生上課。

2 夏卡緹在下課後仍感到困擾，於是跑去找她的靈修導師蒲漢．辛戈（也就是靈修場的負責人），想談談剛才那個難解的影像。辛戈安慰學生，表示影像可能沒有意義，純粹只是進入深層冥想時攪動心神的雜念。夏卡緹對深層冥想並不熟練，有時仍會有紊亂的雜念，無法靜下心來，所以聽辛戈這麼說，她倒也放下了心。

3 當晚，她回到自己房裡，試圖透過冥想壓抑想吃巧克力冰淇淋的慾望，不料又看到了另一個影像。這次她看到死刑犯的囚房，一名遭到束縛的囚犯拚命掙扎，嘴裡喊著她從前的名字「凱西」。夏卡緹發現囚犯竟然是她摯愛的哥哥賓利，震驚之下，從冥想中醒了過來。

4 她衝去打電話給哥哥，但是電話不通。

5 夏卡緹騎腳踏車穿過幾條街到哥哥的住處，公寓裡只見賓利的嗑藥女友，半昏半醒。女友拒絕說出賓利的去處，於是夏卡緹逕自去翻哥哥的書桌，找出一紙雜誌社合約，要他去拍幾天後一場在蒙大拿抗議獵殺麋鹿的示威活動。賓利曾向妹妹保證自己不會冒險參加反狩獵活動，然而嗑藥女友說賓利又不是小孩子，他高興怎麼做就怎麼做。儘管時間不早了，夏卡緹仍然打電話給聘僱賓利的雜誌社，問出此行的目的地是個叫作「無境之北」的小鎮，賓利很可能在野外露營過夜，所以電話才會不通。

6 夏卡緹回到靈修場，把第二次看到的影像和哥哥前往蒙大拿一事告訴導師。辛戈這下覺得夏卡緹可能會有危險，但他表示，若這是神傳來的訊息，也不能置之不理。儘管阮囊羞澀，辛戈還是拿出身上所有的錢，連同靈修場專用廂型車的鑰匙一起交給夏卡緹，並將刻有女神像的金牌墜鍊戴在夏卡緹的脖子上，提醒她記得祈禱，隨時把神放在心上。師徒倆垂淚道別。

7

接下來，我們切換到賓利的觀點。他二十九歲，精瘦結實，外表看似不食人間煙火的藝術家，但實際上積極維護動物權利，而且天性易怒好鬥。在一段累人的長途車程後，他來到蒙大拿州的小鎮無境之北。今年的暴風雪來得特別早，而且威力驚人，在大雪中開車實在是個挑戰。再者，他有點擔心反抗議的群眾（也就是那些麋鹿獵人）可能會失控。午夜過了許久，賓利終於看到一個立著「反動權」標示的營地，但他太累，不想在外頭紮營露宿。找到旅館後他又看到另一張告示，請旅客移駕到老鷹酒吧辦理入住手續。他開車到對街，把車停進酒吧後面的停車場，由於不習慣在結冰的地面上開車，不小心撞到了一輛老舊的小貨車。這貨車早已處處鏽蝕，所以他也不放在心上，只想趕緊進酒吧去安排旅館房間。

8

酒吧裡一名酒客瑞德·史岱克瞥見賓利身穿印著「動物也有人權」的T恤，於是一夥人開始惡言相向。同時，另一名酒客表示目睹賓利撞到卡列柏的車之後，打算「肇事逃逸」。卡列柏開口索取修理保險桿的費用（你應該沒忘記他是個四十五歲上下、剛假釋不久的惡棍），這傢伙最愛欺負弱小，但這次找錯了對象。記得賓利是柔道黑帶四段的高手吧，他一出手便將卡列柏摺倒，並在卡列柏意圖反擊時施展鎖喉功，害對方沒幾秒便昏了過去。卡列柏醒來後還想繼續打，但酒保佛瑞斯特．福納（身兼義勇副警長，而且馬上就要殺害他這輩子的第二名受害者）立刻出面調解，然後把旅館房間鑰匙交給賓利，還陪著他一起走出酒吧。（你應該也記得佛瑞斯特身高超過六呎三，體重直逼三百磅，壯得和熊一樣。）

檯面下的版本：

- 非裔標本師克萊德．亞波趁打鬥時獨自跑到酒吧停車場，闖入卡列柏小貨車後的行動露營車廂，拿走山姆寄給弟弟的信。卡列柏就是拿這些信當線索去尋找哥哥挖到的金礦。（前面我們設定克萊德也懷有淘金夢，幾天前才在山區和卡列柏起了爭執，因此在日後會成為理想的嫌犯。）
- 佛瑞斯特決定提早打烊，把大夥全趕了出去。等眾酒客都蹣跚離開酒吧，佛瑞斯特攙扶著卡列柏回到露營車廂裡讓他躺下，然後驅車離開。

● 最早挑釁攝影師的瑞德來到酒吧停車場想開車，但車子發不動，這時他看到雪倫．日舞。卡列柏在和賓利開打之前，已經先和雪倫起了爭執，雪倫一氣之下跑回自己的車上待著。瑞德覺得她應該是想等卡列柏，但風雪太大，他只能勉強看見她的身影。隨後瑞德又試了幾次才成功把車開走。

● 佛瑞斯特認為卡列柏遲早會發現真相，於是決定趁機殺了卡列柏，把罪推給已經住進旅館的賓利。剛才佛瑞斯特在酒吧地板上撿到一枚動保運動的領章，應該是賓利打鬥時掉落的。他在停車場裡找到賓利的車，拿警方常用的L型鐵尺插入車窗玻璃和車身板金的縫裡（還記得他是義勇副警長吧），但沒辦法把車門打開，於是又回到旅館拿萬能鑰匙，開門溜進賓利房裡偷汽車鑰匙。拿到鑰匙後，他順利打開後行李箱，想找可以用來當作武器的工具。行李箱裡有好幾個抗議用的道具麋鹿頭，佛瑞斯特沒注意到其中一個掉了出來，他拿起安裝在三腳架上的相機托座，這東西沉甸甸的、邊緣又銳利，正好能派上用場。拜克萊德所賜，卡列柏的露營車門鎖早就被撬開，所以佛瑞斯特不費吹灰之力就進到車內，拿相機托座重擊卡列柏的頭部。看到卡列柏仍有呼吸，佛瑞斯特乾脆將他腦袋往後一扯，折斷他的脖子，再把動保領章塞進卡列柏手裡。佛瑞斯特也沒忘記先把相機托座擦乾淨，才放回賓利的後行李箱。完事後，他將賓利的車鑰匙扔在路中間。開車回家時，那種因權力而起的興奮之情又湧了上來，一如當年他殺害山姆．賀格後的感受。他回到家發現衣服、鞋子上都有血跡，於是直接丟進火爐裡燒掉。

●同一時間，佛瑞斯特的妻子佩妮蘇將休旅車停在對街，人坐在車裡想查出丈夫晚上不回家究竟去了哪裡。她看到賓利走進旅館，稍後丈夫也進了旅館又出來，五分鐘過後，丈夫把某樣東西丟在路上（賓利的車鑰匙）。佩妮蘇回到家，躡手躡腳地溜進家門，看到丈夫燒掉鞋子、牛仔褲和新買的上好外套。

●坐在自己車裡的雪倫努力調整隱形眼鏡，如果沒戴好，她就瞎得跟蝙蝠沒兩樣。就在快調整好的時候，她看到佛瑞斯特攙著搖搖晃晃的卡列柏走進露營車廂，也看到佛瑞斯特離開。雪倫其實早就拼湊出真相，猜到佛瑞斯特就是卡列柏要找的人。她知道佛瑞斯特從前是美式足球選手，幾年前兩人偷情時，她就看過他膝蓋上的傷痕，還問出他來自俄亥俄州，年輕時速度很快，因此綽號叫「飛毛腿」。她一直計畫想從卡列柏或佛瑞斯特身上弄點封口費出來。雪倫決定先開車回家等卡列柏，心想老鷹酒吧打烊後，他應該會回來過夜。這陣子她一直想向他借錢來付房租。雪倫等了許久仍不見卡列柏人影，於是又回到老鷹酒吧，不料在小貨車旁邊的雪地上看到卡列柏的屍體。她擔心成為嫌犯，於是連忙離開，還把之前佛瑞斯特掉在一旁的麋鹿頭撿起來套在屍體頭上。這麼做有兩個原因，一是要讓自己憎恨的人連死了都難看，二是要讓兇手誤以為現場有目擊者（因為道具麋鹿頭不是他放的）。雪倫邊笑邊跑回自己車上，想著即將到手的大筆財富——她已猜到兇手是佛瑞斯特，而這傢伙錢多得很。

- 克萊德把從卡列柏車上偷來的信帶回家研究，想找出有關金礦位置的線索。

討論

一連串事件讓人看得眼花繚亂，大家都躲在幕後耍心機，等到故事展開時，複雜懸疑的布局馬上會為你帶來極佳的成果。如果你能仔細檢視每一個人物，一一搞清楚他們想要什麼、想怎麼做，檯面下自然會出現許多精采的場景。

記住，在設計情節與安排人物各懷鬼胎時，你必須懂得靈活變通。原本我讓雪倫目睹整起謀殺案的經過，但後來想想，佛瑞斯特不會笨到在目擊者面前動手（如果真是這樣，他便沒有完全展現實力）。你應該也發現了，最初故事裡並沒有瑞德·史岱克這號人物。

到目前為止，讀者看到的是這些場景：

- 夏卡緹在教授冥想課時看到駭人影像：一個頂著麋鹿腦袋的男人。
- 夏卡緹向老師尋求建議，最後冷靜下來。
- 夏卡緹第二度看到影像，她的哥哥賓利即將被處死。
- 夏卡緹到哥哥家查看，發現他早已出發前往無境之北。
- 夏卡緹再次尋求老師建言，老師建議她最好查明賓利目前的處境。
- 同一時間，賓利來到小鎮，在酒吧停車場撞到一輛老舊的小貨車。
- 賓利走進酒吧，和小貨車的主人發生打鬥，友善的佛瑞斯特將他帶離酒吧。

就這樣了。到目前為止，讀者看到推理小說中應有的動作、衝突、推理和懸疑，還外加幾個驚奇。接下來讓我們繼續寫步驟表。

讀者看到的版本：

9 隔天早上，我們先切換到書中一個小角色的觀點：一名剷雪車司機在老鷹酒吧停車場鏟到一具屍體。他低頭仔細看，發現僵硬的屍體頭上套著詭異的道具麋鹿頭，而且脖子顯然被扭斷了，嚇得連忙報警。

10 接下來回到賓利的觀點：萊爾．布洛傑警長和佛瑞斯特副警長帶來幾名副手粗暴地將賓利叫醒，要他認罪，在好好先生佛瑞斯特的力阻之下，其他人才沒有進一步下狠手。賓利並不笨，還是影集《紐約重案組》的忠實觀眾，於是開口要求找律師，被送進監獄時還不忘大聲嚷嚷自己是無辜的。

11 接下來還是賓利的觀點：當天稍晚，警長負責偵訊賓利。一想到有人膽敢在他地盤上殺人，警長幾乎氣得抓狂。賓利的律師馬紹．迪倫（暱稱小馬）是方圓百哩唯一見過世面的刑事律師（請記住他和夏卡緹之後會發展戀情），雖是小鎮律師，但也精明幹練。警長的副手這時已經查出道具麋鹿頭來自賓利的車，而且車上還有更多相同的玩意兒。除了賓利本人，誰會有他的車鑰匙？當然不可能嘛！然而，依據賓利自己的說法，他離開老鷹酒吧就直接回旅館房間睡覺，接下來只知道警長的幾名副手押他進監獄。何況他怎麼會笨到把自己的道具麋鹿頭套到死者頭上？偏偏警長覺得這就是蹊蹺所在：賓利是刻意要讓自己看起來像代罪羔羊。賓利怒罵警長白癡，小馬徒勞無功地要委託人閉嘴。這時一名副手打斷偵訊，表示嫌犯的妹妹夏卡緹到了。

檯面下的版本：

- 克萊德無視暴風雪的影響，興奮地到山區尋找金礦，在研究過從卡列柏車裡找來的信之後，他已經猜出可能的位置。
- 雪倫在家裡仔細剪下雜誌上的字母，準備拼貼勒索信寄給佛瑞斯特，心想他若上鉤就能確定他是兇手。她也決定跟著直覺走，在信上直接稱他「飛毛腿」。
- 佩妮蘇正在檢查火爐的灰燼，撿回丈夫燒掉的鞋子和衣物的殘骸。
- 麥克．馬丁（小鎮的房地產大亨兼商會主席）聽到鎮上發生兇殺案，心想動保人士殺人正是天上掉下來的禮物，於是打電話給媒體，興高采烈地認為這對自己的生意會是好事一樁。
- 州警通知警長，說法醫專家茉莉．奔狼將前來提供協助，為檢察官確認相關證據，以便進行起訴。

讀者看到的版本：

12 賓利沒想到夏卡緹會出現。她沒說出自己看到了神祕影像（因為他不相信這種事），只說來無境之北是因為哥哥曾經承諾不會參與反狩獵的抗議活動，所以過來提醒他。夏卡緹想知道事情的經過，賓利認為自己是被這些冥頑不化的居民陷害，因為這件命案絕對會躍上全國頭條新聞的版面，對動保活動無疑是一大打擊，而這比被控謀殺更讓他難過。他說這地方太危險，要妹妹趕緊離開，誰都無法預測這些心胸狹隘的本地獵戶會做出什麼事。在獄卒帶走賓利之前，他懇求夏卡緹回柏克萊找從事動保運動的朋友協助，因為有錢才能聘用頂尖的律師團隊幫他打官司。

13 夏卡緹努力維持內心平靜，除了打電話尋求金援之外，還打給老師請他幫忙祈禱。辛戈大師也提到，儘管夏卡緹的心性還不定，仍然得繼續修行，但顯然她看見的影像預言了這起事件。夏卡緹想知道哥哥是否逃不過被綁上死刑椅的命運，但對此辛戈也無法回答。

14 夏卡緹和小馬約在咖啡店見面，她無法克制地點了灑上棉花糖的巧克力冰淇淋。基於過去和律師打交道的不愉快經驗，她早已有了成見，但凡律師都討厭，卻沒想到這名彬彬有禮、講話輕柔的瘦長牛仔竟然如此吸引人。夏卡緹提醒自己，在追求靈修的路途上，她心裡容不下別人；此外，目前的當務之急是拯救賓利。夏卡緹問小馬是否相信賓利無辜，他回應自己的工作是為委託人提出最縝密的辯護，至於對方有罪與否則無關緊要，那與他無關；但目前的案情發展對賓利十分不利，最好的對策是以認罪協商來避免死刑。他分析道，檢方不會希望全國媒體大肆報導這種爭議十足的審判，因為檢察官不希望群眾以為他們支持私有槍枝。

夏卡緹火了，她哥哥才不要認什麼莫須有的罪！賓利是無辜的！但同時她也深感羞愧，因為靈修者絕不可以動怒。

小馬指稱，多數蒙大拿在地人對反狩獵人士非常感冒，即使是隨意穿越馬路這種小罪，都巴不得趕快把他們抓起來吊死，他也是為了賓利好才出此對策。夏卡緹堅持他們應該要找出真兇，小馬則說僱用私家偵探一天要五百美元，所費不貲，除非他們有證據能夠反駁案子中的一些疑點，否則不可能申請到州政府的法律補助，更別提申請還得等上四到五個月。請問她有能力負擔私家偵探的費用嗎？夏卡緹承認兄妹倆都沒錢，但資金正在籌措中，而且她會利用這段時間自己蒐集線索。這個說法引來了小馬的嘲笑。

小馬提出一些鑑識和法律上的技術性問題，夏卡緹完全無法回答，但她露出苦笑，表示自己十一歲時讀過好幾本「少女偵探南茜」（Nancy Drew）系列的小說。小馬反問：「那好，請問我們的南茜小偵探要從哪裡著手？」夏卡緹請教他的意見，於是小馬回答：「永遠要從犯罪現場開始，因為青少年推理小說『哈迪兄弟』（Hardy Boys）系列都是這麼寫的。」

討論

第一幕在偵探英雄夏卡緹接下案子時宣告落幕。到了這個階段，你要知道自己已經不能回頭了，也就是說，書中主角不能把這件任務丟到其他人身上，這個時間點在戲劇理論中稱為「轉折點」。轉折點會將故事帶往新的方向，或如同某些寫作老師的說法，轉折點會讓故事隨之「揚升」。以《蒙大拿謀殺案》來看，夏卡緹即將扮演偵探英雄的角色，我們會對她產生共鳴和同理心，既而出現認同感。

你會發現在最初的計畫中，警方事後會在賓利車子的行李箱搜出射殺卡列柏的凶槍，但我後來決定讓他死於頭部重擊加上脖子扭斷，動保運動領章的點子也是後來才冒出來，我覺得不錯便寫進步驟表裡了。當我真正動手寫初稿時還是可以拿掉這個細節，要不就是再另外改寫。誠如我稍早所言，步驟表很有彈性，是故事發展方向的大綱而不是束縛。你可以隨心所欲移動細節、調整背景環境，甚或變動角色的動機和特徵，但你得記得一起修改角色傳記和背景故事，以免出現紕漏。

第一幕夠完整嗎？是否已經吸引讀者進入故事當中？我覺得該有的都有了。再來，吸引人的故事疑問出現了嗎？出現了，而且有兩個：誰殺了卡列柏？賓利最後能否洗刷冤屈？其實早在謀殺案發生前，夏卡緹看見的神祕影像就已經提出疑問了，而夏卡緹和小馬之間是否會發展出情愫，則是另一個重要的故事疑問。

衝突的部分也有了，比方說警長審訊賓利、賓利拒絕夏卡緹的協助，以及夏卡緹和小馬爭執的情節都是。至於懸疑和威脅嘛，對動保人士來說，小鎮本身就是個威脅，而且兇手尚未繩之以法，很可能再次犯案。我們沒花幾頁篇幅就進入了故事，而且情節紮實、毫不空洞。

第一幕的步驟表應當可以發展出六十到八十頁文字，我認為全書差不多有三百頁，所以第一幕大致等同於全書的百分之二十。第一幕可以比這個比例更長或更短，沒有任何規定和限制。重點是我們必須提出關鍵的故事疑問，製造謎團，發展衝突。

那麼接下來我們就要進入超棒推理小說中的核心了，在「第二幕」會正式展開貓捉耗子的遊戲。

12

偵探英雄出動

策畫第二幕

在第二幕當中，偵探英雄和殺人兇手要開始發展出貓捉耗子的遊戲，也就是羅岱爾所謂「追捕嫌犯的刺激感」。

那麼夏卡緹要怎麼進行調查呢？

偵探英雄在挖掘真相時，可以採用兩種不同的調查風格，分別是「蒐集資料」以及「狩獵出擊」。你在策畫情節時，最好記住這兩種方式。

有些偵探會這麼做：先蒐集線索，並隨機查訪證人。偵探會到犯罪現場蒐證，找幾個證人東問西問，之後可能找鑑識實驗室分析證物，想辦法弄來驗屍報告，接著繼續查訪證人等等，但甚少說明到底從中得到什麼線索。接著，當故事進行到尾聲時——通常不是在揭發兇手身分的「必要場景」之前，就是在同一時間——偵探會坐下來和人仔細討論案情（這個角色通常是副手），說明自己如何從調查到的線索和有效資訊中推斷出結論。這是蒐集型的偵探，白羅是典型範例，福爾摩斯有時也是如此。

蒐集型偵探彷彿海綿一樣吸收資訊，仔細思考消化。蒐集線索的手法看似毫無章法，但從無數的謊言、欺瞞、有效線索、觀察、錯誤和詭詐之中，偵探英雄推理出兇手的身分和犯案動機，幫我們重建「情節背後的情節」。

在這些以蒐集為主要工作的推理小說中，故事像是讀者和偵探英雄之間的鬥智遊戲，看誰能從毫無組織的線索、證詞、煙霧彈和看似線索的假餌當中辨認出兇手的身分。

採取「狩獵出擊」方式的偵探就像獵人，緊緊掌握有效線索和證人，讓他們挖出後續足以繼續追查的線索和證人。狩獵型的偵探會專心一致地追蹤線索，而不是漫無目的地蒐集資訊。

舉個例子好了，故事中的偵探檢視犯罪現場，發現受害者是男性，桌上有個來自珠寶名店的戒指空盒。偵探立即前去珠寶店問案，發現：沒錯，這名男性受害者買了戒指送給一名年輕的金髮女郎，她的下巴上有個心型胎記。偵探接著查訪死者常去的酒吧，酒保表示的確看過這位下巴有個心型胎記的女郎，她是交響樂團成員。最後偵探終於追蹤到女郎，女郎說當晚她在場沒錯，但兩人吵了一架，她交還戒指後便負氣離開。不過現在戒指不見了，她有沒有看到什麼人？她說現場沒別人，但她開車離開時，看到有人走出停在巷弄裡的灰色賓士轎車。

這下子我們的偵探就得去尋找神祕的灰色賓士轎車了。

在多數超棒推理小說當中，偵探會時而扮演蒐集者，時而扮演獵人。我個人的見解是，偵探和兇手玩起貓捉耗子的遊戲時，讓偵探扮演獵人最能抓住讀者的心。

足智多謀的作家史蒂夫．布朗（Steve Brown）在二〇〇二年出版了《私探辦案之完全傻瓜指南》（The Complete Idiot's Guide to Private Investigating）。布朗曾任聯邦調查局幹員，後來在佛羅里達州當了二十年左右的私家偵探，聲譽卓著。他講過，大多數的偵探在真實生活中多半以「狩獵出擊」的方式辦案，和小說中的偵探一樣，不停追蹤環環相扣的線索。

電視影集《法網遊龍》（Law and Order）的警探通常一開始扮演蒐集者，接著在找到有力線索後便成了獵人，我覺得這也是寫推理小說的好策略。（但是小心，《法網遊龍》和瑞士杏仁巧克力一樣容易上癮，若你還沒迷上，千萬別看。）

總而言之，即使你的偵探英雄走「蒐集資料」路線，在找到超棒線索時也應該果斷追蹤下去，你絕對不能讓讀者覺得偵探故意忽略某些重要問題，否則在他們眼中你的偵探就是個笨蛋，這下問題可嚴重了。一旦讀者出現這樣的念頭，他們就算住在嚴禁亂丟垃圾的城市，也會忍不住把你的書扔出窗外，而且從此以後見人就會嘮叨，你是多麼不夠格的一位推理作家。

瞭解了嗎？好，既然我們的偵探英雄準備好了，就可以上工了。

寫第二幕的祕訣是不斷檢視你的每一個角色，然後自問：「如果他們夠聰明，現在會採取什麼行動？」這個問題適用於偵探、兇手，以及其他角色——也就是書中所有詭計多端的人。

步驟表：《蒙大拿謀殺案》第二幕

檯面下的版本：

檯面下的事件不少，而且很有意思，幾乎每個人都很忙。

- 佛瑞斯特殺害卡列柏之後，第二天早上看到屍體頭上套了一個道具麋鹿頭，簡直嚇傻了。當時有人在場！這下慘了，他擔心得不得了。
- 同一時間，佛瑞斯特的妻子佩妮蘇形跡古怪，因為她知道丈夫是殺人兇手，但她絕對、絕對不會告訴任何人。如果說出來，兩個女兒該怎麼辦？她們不只會失去一切，又該怎麼面對父親是殺人兇手這件事？佩妮蘇雖然不聰明但也沒傻到那種地步，她心知肚明，若佛瑞斯特懷疑她知情，一定會毫不猶豫地殺人滅口。

鎮上的居民都以為他是好好先生，但佩妮蘇對丈夫心懷恐懼。

● 稍早，雪倫從後門偷偷溜進老鷹酒吧，把勒索信塞到佛瑞斯特辦公室的門縫裡。她興奮地彷彿贏得樂透大獎，首次在悲慘的人生中覺得好事臨門。佛瑞斯特還沒發現這封信。

● 克萊德還在山區尋找金礦，但他開始覺得冷，而且根本沒交上好運。

● 布洛傑警長聽說州警要派法醫鑑識專家茉莉來協助辦案就覺得苦惱。他既然貪污腐敗，當然不願意讓州警的人馬插手他轄區裡的事。佛瑞斯特說服他一定要確保能將賓利這個反狩獵的渾球定罪，於是他們先把卡列柏的血沾在賓利的衣服、鞋子上再洗掉，但知道茉莉還是能用螢光燈鑑識出血跡，成為發現鐵證的「大功臣」。接著他們還把從賓利鞋底刮下來的泥沙抹在卡列柏的車上，製造出更多「證據」。

● 警長的幾名副手都是麋鹿獵人，他們不斷去騷擾、激怒關在牢房裡的賓利。

● 接下來要提一下可憐的小馬。他深受夏卡緹吸引，但覺得不該對委託人的妹妹產生這種感情（何況她是個對男女之情毫無興趣的靈修者），這處境還真尷尬。

● 還有可憐的夏卡緹，明明為哥哥擔心得要命，但心思仍會飄到小馬身上。

讀者看到的版本：

15 夏卡緹沒當過偵探，她認為自己應該盡可能蒐集各種資訊，於是決定第一站就去老鷹酒吧。小馬與她同行，一邊向她介紹小鎮。兩人沿路碰到的鎮民都知道他們的身分，小鎮裡話傳得快，沒什麼祕密，大家都猜疑地看著夏卡緹。到了老鷹酒吧的停車場，夏卡緹和小馬看到警長的副手正在篩雪找證據，賓利的車子也遭到扣押。她想問警方找到什麼東西，但對方要她走開，見她不肯，乾脆強行「陪同」她離開現場。夏卡緹沒通過第一次考驗，但這沒關係，因為偵探英雄在第二幕還處於摸索階段。接著夏卡緹直接走向老鷹酒吧，小馬想陪著進去，但她說律師的身分可能會讓人更不想開口。小馬同意，說他會在外頭等。

16 夏卡緹走進酒吧，掏出紙筆，吞吞吐吐開始發問。兩名本地的麋鹿獵人開口刁難，扯下她掛在脖子上的女神鍊墜互相拋著玩想戲弄她。酒保（正好不是佛瑞斯特）幫她搶回鍊墜，但又推她出門，表示酒吧裡不容許大家胡鬧，把夏卡緹氣壞了。

17 在酒吧外等待的小馬努力想藏起臉上「我早就說過」的訕笑，並為鎮民粗魯的表現表示抱歉，解釋說大家不喜歡聽外人訓斥他們什麼動物能獵，什麼動物不能。

夏卡緹說小馬不懂何謂愛的力量，她先是跪在雪地裡祈禱了幾分鐘，接著再次走進酒吧。

18 夏卡緹回酒吧告訴先前起鬨的兩名獵戶，自己原諒他們粗魯無禮的行徑，並懇求他們發揮公正公平的精神。這段話替她順利贏得其中一人的善意，但另一人出言威脅後就離開酒吧。留下來的獵戶說出賓利來到酒吧時有誰在場、停車場裡有哪幾輛車，把事件發生的時間交代得頗為清楚。他當天差點醉倒，記得的東西不多，但仍然努力把知道的事全告訴她。這時小馬走了進來，對夏卡緹竟然問得到資訊大感佩服。

19 兩人走出酒吧，夏卡緹告訴小馬她想去見佛瑞斯特，因為她剛剛才得知佛瑞斯特身兼多職，既是老鷹酒吧的老闆、鎮議會成員、案發當時的駐店酒保，還是義勇副警長。從小馬口中問出佛瑞斯特的住址之後，她便驅車前往。

20 路上有個小孩朝夏卡緹的廂型車扔雪球，還口出穢言。她為他的靈魂祈禱。

21 場景轉到賓利的牢房。獄卒一直對他動手動腳、推推擠擠，情況愈演愈烈，賓利不得不撂倒其中幾個人，結果又遭到一頓毒打。

22 夏卡緹在佛瑞斯特家中見到佩妮蘇，這是鎮上首度有人流露出發自真心的溫暖和同情。佩妮蘇還好心警告她，那些麋鹿獵人打從心底痛恨所有動保人士。夏卡緹親眼看到佛瑞斯特和兩個可愛女兒相處的情況，但也感覺到福納夫婦關係緊繃。佛瑞斯特把夏卡緹帶到一邊說話，表示妻子為了謀殺案——畢竟這是五十多年來鎮上的第一樁謀殺案——和即將舉行的反獵殺麋鹿示威活動感到心情低落。佛瑞斯特坦承自己目睹酒吧裡的打鬥，知道賓利非常憤怒，在他把賓利推出酒吧時，賓利還嚷嚷最好別讓卡列柏接近他，否則一定會扭斷那傢伙的脖子。佛瑞斯特看來像個和藹的長輩，對夏卡緹相當友善，他說自己不想害賓利脫不了身，所以當初沒把這番恐嚇放入證詞裡。這時電話響了，來電的是小馬：新證物出現，他約夏卡緹到警長辦公室碰面。

檯面下的版本：

- 佛瑞斯特不希望夏卡緹再到處問東問西。儘管他不認為她問得出任何資訊，但說不定她運氣非常好，所以他不想冒險。夏卡緹離開後，佛瑞斯特派熟識的水電工去找耿直剛烈的迪格斯牧師，讓牧師知道夏卡緹戴著異教徒的項鍊四處宣道——至於什麼宗教他就不清楚了，說不定是要人崇拜撒旦。牧師一聽果然火冒三丈。

讀者看到的版本：

23 夏卡緹、小馬和賓利、布洛傑警長等人見面。賓利被打得鼻青臉腫，滿腹怒氣。小馬表示警方如果動粗，他將採取法律行動；警長則表示會加強約束賓利和獄卒雙方的行為。接著是戲劇化的一刻：警方在賓利車子的行李箱裡找到凶器，就是賓利的相機托座。州警方面將派來法醫專家進行採證鑑識，不用說，那東西一定沾了受害者的血。賓特厲聲嘶吼自己遭栽贓陷害，夏卡緹要哥哥冷靜，希望兩人可以單獨談話。

24 兄妹終於單獨相處，夏卡緹要哥哥詳述他進入小鎮後的遭遇。他真說過要扭斷卡列柏的脖子嗎？他走進旅館前有沒有看到任何人？賓利問妹妹為何要問，結果聽到她想找出真兇簡直嚇壞了。這個危險的小鎮可是充滿敵意啊！他堅持不讓她扯進這回事，開口要她立刻離開，並拒絕再吐露任何資訊。

25 夏卡緹回到布洛傑警長和小馬身邊，表明想看卡列柏的屍體、賓利的車和卡列柏的小貨車，以及警方蒐集到的所有證據。警長一直推託，直到小馬亮出法條威嚇，才終於屈服。

26 小馬和夏卡緹仔細檢視賓利的車，在車窗邊找到一些刮痕。夏卡緹說自己曾經看過拖吊車司機將金屬條插進車窗縫隙打開車門，留下了類似的刮痕。警長說這方式無法打開這個車款，算她運氣不好。

27 夏卡緹接著檢查卡列柏的露營車廂，發現車廂裡的門栓沒拉上，會不會之前就已經壞了？警長笑她只是想抓住渺茫的機會，亂槍打鳥而已。

車廂裡頭和豬舍沒兩樣，堆滿用過的餐具、髒衣物，啤酒空瓶散落一地，沒有人知道裡頭短少了哪些東西。有個舊工具盒的鎖頭被人撬開，如今盒子裡空無一物，但整體狀況堪稱良好，夏卡緹認為應該不是用來裝工具的。他們還看到一張標著許多記號的地圖，夏卡緹也找到一只蓋著八年前郵戳的信封，收件人是卡列柏，地址為印第安納州的郵政信箱，上頭蓋的是無境之北的郵戳，但沒有留下寄件人地址。

28 布洛傑警長帶夏卡緹和小馬去看卡列柏的屍體，夏卡緹為死者的靈魂祈禱，還告訴小馬：這絕不是賓利下的手，她哥哥不會這麼殘忍地打碎別人的腦袋。

29 來自蒙大拿州警法醫鑑識團隊的茉莉．奔狼抵達了無境之北（還記得這名年輕又實事求是的印第安女子嗎，她是法醫病理學博士）。夏卡緹本來希望能說服茉莉站在她這邊，但沒能成功。茉莉立刻就說被告的妹妹無權檢視證物或屍體，她也要警長什麼都先別透露，因為所有證據和證詞會在調查完畢後全部交給被告律師，而警長也聽從茉莉的指示，護送夏卡緹離開。

討論

到目前為止，夏卡緹扮演的都是蒐集型偵探，但沒找出任何確切的證據。在策畫情節時，我很喜歡採用一種策略，就是讓偵探英雄和兇手近距離相處，這麼一來，揭開兇手的真面目時會帶來更大的衝擊。如果佛瑞斯特夠聰明，他會強烈希望能跟在夏卡緹身邊，好確保她什麼也查不出來。我也希望讀者可以喜歡上他，才能在揭露他的真面目時，更添震撼之感。

讀者看到的版本：

30 夏卡緹打電話給賓利的編輯，拜託他查詢印第安納州的信箱地址，看看是否有人認識卡列柏。她想知道卡列柏來無境之北的目的。

檯面下的版本：

- 佛瑞斯特這天過得非常不順遂。首先是兇殺案可能跑出了目擊者，還故意把道具麋鹿頭放在卡列柏頭上。接著有人向他勒索五千美元，錯不了，這筆錢只是個開端。他那麼小心，怎麼會有人看到他！但他無論如何不能掉以輕心，把這次勒索當成虛張聲勢。他想在款項裡夾藏迷你追蹤器（警長室有個聯邦調查局訓練課程留下來的現成裝備），藉此追蹤出勒索者。他打算讓這個人在死前付出慘痛的代價。
- 雪倫在老鷹酒吧外逗留，看到佛瑞斯特焦急不安，知道大魚已經上鉤。
- 小馬請母親照顧女兒，以便搬進旅館就近保護夏卡緹。他稍早接到朋友來電，激動地說迪格斯牧師要到夏卡緹落腳的旅館找她對質。這消息讓他忍不住想哀嚎，因為牧師難纏得很。

讀者看到的版本：

31 夏卡緹回到旅館，聽櫃臺人員說賓利的編輯曾來電找她。她回電後得知信封上的回郵地址是監獄用的郵政信箱，也就是說，那封信是鎮上某個人在卡列柏服刑期間寄給他的。她回房開始祈禱並吟唱經文，同時努力將想吃巧克力冰淇淋的慾望趕出腦海。

32

沒多久，有人喊夏卡緹下樓。迪格斯牧師帶了五、六名教友在樓下等著，警告她別把異教信仰帶進他們的小鎮。夏卡緹很冷靜，問他們是否相信上帝即是愛和永生，以及人生是否該有宗教信仰等問題，並表示自己戴著項鍊是為了記住該隨時祈禱，接著便跪下開始念誦自己最喜歡的《主禱文》。牧師一行人對她的言行感到困惑，不知該作何反應，因為夏卡緹看起來不像魔鬼崇拜者。有幾個人跟著她一起祈禱，其他人則默默離開。小馬衝進來想解救她，卻發現根本沒這個必要；夏卡緹通過了另一項測試。

夏卡緹算是交到了幾個新朋友，於是向他們詢問卡列柏的事，問出他來到小鎮大約有四個月的時間，多次在山裡連續待上好幾天，還會四處打探是否有人認識某個八年前來到鎮上，一腳微瘸的「快腿小子」或「飛毛腿」。可惜沒有人認得符合敘述的人。夏卡緹還聽說卡列柏經常和鎮上的花蝴蝶雪倫廝混，剛好她之前也問出雪倫案發當晚人在酒吧裡。小馬說自己為了保護夏卡緹的安全也住進了旅館，想邀她共進晚餐，呃，好討論她哥哥的案子，但遭到拒絕。

33 夏卡緹前去拜訪雪倫。花蝴蝶對卡列柏的死似乎沒什麼感覺，但好像很同情夏卡緹，而且急於想知道除了賓利之外，她是否成功找出其他嫌犯。夏卡緹表示自己沒有進展。雪倫說當天晚上酒客開始鬥毆後，她便離開了酒吧，但在停車場沒看到別人。她也說卡列柏是在找埋在山區的印第安藝品——例如圖騰柱之類的，他對這些價值至少上千美元的藝術品非常熱衷。那位「飛毛腿」應該是知道哪裡可以找到這些藝品的人。（雪倫說這番話當然是為了誤導夏卡緹。）

34 夏卡緹回到自己的廂型車，發現有人打破了車窗。她儘管惱火，仍然為動手搞破壞的人祈禱，然而在驚嚇之餘，她決定尋求巧克力冰淇淋的慰藉。

35 夏卡緹找到了酒客肥仔比利，這個愛嚼煙草的胖酒鬼背部有毛病（這是為了加強人物特色）。他大呼小叫，要夏卡緹離開他家的門廊。難道她看不出他有多不舒服？夏卡緹教了肥仔幾個可以舒緩疼痛的瑜珈姿勢，而肥仔感激之餘，也說出他看到標本師克萊德在打鬥發生時偷偷溜了出去。他說敲破別人腦袋感覺就像是標本師會做的事。

36 開車前往克萊德住處的路上，夏卡緹在小加油站加了點油。風雪稍歇，她看到了覆蓋白雪的壯觀山巒，於是逗留了一會兒，享受眼前由神所創造的美景。印第安女店員態度冷淡，夏卡緹便問自己是否不小心冒犯到她。對方表示，只要動保人士惹毛本地白人，白人就會把部分的氣出在印第安人身上。夏卡緹認為所謂的「業障像塵土般隨風四散」就是這個樣子，她表示會盡快證明哥哥的清白；女店員則說，大家都知道，一旦警長認定誰在小鎮犯了罪，就不可能有翻身之日。夏卡緹走回廂型車邊，正好看到電視台攝影團隊的小卡車來到鎮上。

37

夏卡緹來到克萊德的住處，發現四下無人。這就怪了，麋鹿狩獵季再過幾天就要開始，克萊德理應在家等著工作上門才是。有個鄰居（當然是心不甘情不願地）說出克萊德打包好露營裝備就外出了。什麼？有人會在這種惡劣天候中出門露營？這實在讓人難以相信。她詢問克萊德是否對印第安藝品特別感興趣，但鄰居給了否定的答案。

38

夏卡緹回到老鷹酒吧，希望找到更多在謀殺案當晚也在酒吧的客人。這時正好輪到佛瑞斯特擔任酒保。她問出瑞德．史岱克（也就是賓利走進酒吧後第一個出言挑釁的傢伙）的地址，並問佛瑞斯特是否聽說過「飛毛腿」這號人物。他說那是很久以前的事了，「飛毛腿」在小鎮只停留了短短幾個星期。夏卡緹也想知道卡列柏是否提過有關印第安藝品的問題。佛瑞斯特先是說卡列柏的確問過那些東西的價值，接著又說，情況對她哥哥似乎更不利了。她追問怎麼回事，原來是賓利的衣服鞋子上都驗出血跡反應。夏卡緹立刻去找警長。

檯面下的版本：

- 佛瑞斯特對夏卡緹能找出這麼多資訊大感震驚。他現在只希望血跡證據能咬死賓利，讓夏卡緹不再到處調查。

讀者看到的版本：

39 夏卡緹來到警長辦公室時，正好小馬也收到茉莉的通知，開車趕來。茉莉在移動式的實驗室裡向夏卡緹、小馬和賓利本人展示兩件證物：在他旅館房間找到的一隻鞋子和加州大學的藍色厚T恤。兩件證物上都有血跡，而透過血液組織配對來判斷，百分之九十八點六可以確認是卡列柏的血跡，她也將樣本送出去做進一步的DNA測試。此外，他們利用金屬探測器在停車場和旅館側門之間找到了賓利的車鑰匙；至於賓利鞋底的泥土，茉莉相信鑑識分析將證明它和死者露營車廂裡找到的微量樣本是相同的。依這位鑑識專家看，證物分析的結果大致底定了。賓利無法解釋衣物上為何有血跡，因為他和卡列柏在酒吧打架時，後者並沒有受到外傷。這時大家也聽說電視台人員要來參加記者會，才發現賓利竟然同意接受訪問。這讓小馬和夏卡緹頭痛不已。

40

場景切換到電視台的專訪。茉莉和布洛傑警長在鏡頭前互相恭喜對方傑出的調查表現，此案罪證確鑿，他們已經將兇手關進大牢。小馬發表了簡要的聲明，表示被告方面沒得到足夠的時間來檢視證據，但是他相信自己的委託人最終將無罪釋放。接著，賓利無視於妹妹和律師的抗議，自行發表了聲明，表示卡列柏的死亡，與三天後展開的「屠殺無辜動物」狩獵季相比，簡直是輕如鴻毛。記者聽到此番認罪般的言論簡直樂不可支，而賓利也很高興自己成功透過媒體捍衛了麋鹿的權利。不過夏卡緹對此非常惱火，她覺得哥哥只是想出風頭而已。

41

夏卡緹和小馬要離開時，佛瑞斯特問她是否要退房，因為賓利馬上就會移送到郡立監獄。夏卡緹堅決留下，不揪出躲在鎮上的真兇誓不罷休。佛瑞斯特說賓利幾乎是認罪了，但她反駁哥哥只是在開玩笑。

檯面下的版本：

- 佛瑞斯特認為該是擺脫夏卡緹的時候了，於是找來一名流氓教訓她，想脅迫她離開。他也不想這麼做，因為夏卡緹還蠻討人喜歡的，但他不得不在她發現更多證據之前趕人。

讀者看到的版本：

42 小馬在餐廳裡告訴夏卡緹應該離開無境之北，留下來已經沒有意義。他試圖說服她相信賓利或許真的殺了卡列柏，因為茉莉不可能陷害賓利，而夏卡緹能做的便是去籌錢聘僱高檔的辯護律師團隊。她說不可能，她留定了。小馬說為了安全著想，他會希望夏卡緹離開，但她若真的決定留下來，也許他們該找一天共進晚餐，彼此認識一下。夏卡緹要他別鬧了，她的生活如修女般清靜，不隨便和男人約會；小馬則說她可沒穿著修女袍。夏卡緹說自己並非天主教修女，但她追尋的是「永恆的宗教」，也就是外人可能稱為「印度教」的宗教。小馬想知道她是否立了誓要獻身於此。她說不能算是，但男女關係會阻礙靈修的發展，所以她寧可事先避免，接著就離開了。忘了說，菜單上也有她極力想避開的巧克力冰淇淋。

43 夏卡緹去找瑞德，這男人狠狠刁難她一頓，但她成功突破他的心防，問出一些資訊。瑞德認為自己之所以被激怒，是因為看到賓利穿著印有「動物也有人權」字眼的T恤、戴著動保運動的領章走進酒吧。

44 夏卡緹回到旅館房間準備進行祈禱和冥想，沒想到一進門，就看到一個頭戴面罩的男人等著她。他連連毆打她還扭住她的手臂，但夏卡緹沒有大叫，反而說男人是在給自己累積業障，她會祈禱他能清醒過來，恢復真實不朽的靈魂，免於受到這次惡行帶來的報應影響。豈料男人下手卻更重，夏卡緹再也無法保持心靈的超脫狀態，於是懇求對方不要傷害她。男人在一陣拳打腳踢後才跑走。夏卡緹強忍眼淚，將自己清洗乾淨，她雖然處處瘀青又渾身疼痛，但所幸沒有骨折。

45 旅館員工過來表示他們不想惹麻煩上門，要夏卡緹搬走。他對支持動保運動的神經病沒有任何同情心。

46 夏卡緹走出旅館，把行李放進車裡。動保運動的示威人士開始在街頭聚集，而麋鹿獵人在一邊叫囂，電視台記者則見獵心喜地看著這個場面。布洛傑警長帶著手下和附近城鎮的副警長全站了出來。小馬抵達現場，夏卡緹說她沒想到業障對人有這麼大的影響。小馬看得出她受到不小的驚嚇，精神上的力量已經無法抗衡肉體上的痛苦。她告訴他有個偉大的瑜珈導師能光著腳，在暴風雪中一站就是四天。小馬抱住夏卡緹，她沒有抗拒。

47 小馬帶夏卡緹到他母親位於鎮郊的家中療傷，還拿出巧克力冰淇淋，但她成功拒絕這個誘惑。小馬的母親是個工作勤奮、敏銳又幹練的農場主人。她喜歡夏卡緹，但對兒子愛上這個信仰奇特的女子有些擔心，因為夏卡緹永遠無法融入他的生活。儘管如此，她還是讓夏卡緹留宿。小馬的女兒下課回家，也立刻喜歡上她。夏卡緹說自己小時候曾經在農場裡過暑假，也很喜歡馬。

48 布洛傑警長和佛瑞斯特來訪，誓言逮捕對夏卡緹施暴的惡棍，同時請求她離開，但徒勞無功。兩人離開前轉告夏卡緹，說賓利想見她。

49 賓利在監獄訪客室裡緊緊擁抱妹妹。他聽說夏卡緹遭人毆打，認為自己該為此負責。賓利要妹妹看著他的眼睛，表示自己接下來的言論絕無虛假：他因為聽到卡列柏威脅要傷害示威人士，所以在怒火中燒之下闖進露營車打爛了對方的腦袋。如今夏卡緹能做的是去籌錢，找來像辛普森案（譯註：O.J. Simpson，被控殺害前妻的美式足球明星，案件轟動一時。）那種等級的辯護團隊，才能救他。

50 夏卡緹離開監獄時，佛瑞斯特為她在小鎮的遭遇再三道歉，若她需要金錢上的協助也願意幫忙。夏卡緹說不需要，她知道賓利為了讓她離開什麼鬼話都說的出來，但他絕不可能殺人。她知道卡列柏在找某個擁有印第安藝品的人（這是她的推測，但當然不正確），這個人有殺害卡列柏的動機，很可能真的下了毒手。

檯面下的版本：

- 儘管百般不願，佛瑞斯特下定決心得殺了夏卡緹，重點是把這次的謀殺弄得像意外就好，而且他很清楚該怎麼做。他另外向無境鎮妓院的合夥人借來五千美元支付勒索款項。
- 在此同時，雪倫也正要離開重劃安置區，去案發地點領第一筆封口費。

讀者看見的版本：

51 夏卡緹回到小馬母親的家，看到鋪天蓋地的新聞報導——賓利竟然說所有謀殺動物的人都該死。小馬情緒激動，夏卡緹則說哥哥根本就是豁出去了。

52 小馬利用晚餐時間檢視證據。目前所有的證據顯示沒有別人涉案的可能，全都指向賓利有罪。他說夏卡緹現在該用腦袋做理智的判斷，而不是求諸於心，現在的當務之急難道不是想辦法拯救賓利的性命嗎？夏卡緹聽懂了這些話的道理，並在情緒低落的影響下，決定放棄抵抗巧克力冰淇淋的誘惑，連吃了兩大碗。接著她接到一通電話，發話者用偽裝過的假音表示，卡列柏在找的「飛毛腿」應該是一位叫「飛毛腿傑克森」的傢伙，這人就住在魔鬼彎路盡頭的廢棄礦坑——「魔女」礦坑。夏卡緹連忙感謝對方，並為對方祈福。終於有線索了！她急忙去開車。

53 儘管小馬覺得對方只是開玩笑，仍表示要陪夏卡緹過去。先不說她可能會迷路，而且根據預報，山區夜晚溫度將低於零度。小馬的母親為兩人煮了些熱巧克力，小馬則帶了手電筒、厚外套和槍。

54 一路上，夏卡緹努力想說服小馬，賓利不可能犯案。她說他從小就善良又充滿愛心，對動保運動非常執著等等；儘管哥哥認罪，但她對於自己一度相信他可能痛下殺手感到羞愧。不，她確信這是不可能的事。

55 兩人找到礦坑，四下無人，但新雪上有足跡。這處礦坑已經封閉好幾年了，然而厚重的鐵門後方有條進入洞穴的通道，小馬解釋這地方從前是個保管庫，金子在運走前會先存放在這裡。這時，洞穴裡隱約傳來呼救聲。小馬要夏卡緹留在門口等，但她當然跟了進去。洞裡很冷，小馬拿著手電筒帶頭往前走，豈料一進去，門便砰一聲關上了。洞頂有個排風口，聲音想必來自這裡。突然間，嘩！水從洞口潑下來，澆得兩人渾身濕透。他們出不去，厚重的鐵門怎麼推都打不開，兩人很快就冷得發抖。夏卡緹靠冥想先讓自己冷靜下來，並表示道行高超的瑜珈導師可以藉由冥想，融化方圓三十呎內的冰雪；她努力試了一陣子，但沒有成功。他們再度想辦法開門，鐵門仍然一動也不動。他們只好抱在一起取暖，但還是快凍僵了，看來兩人小命休矣。為了不去想到底有多冷，他們開始聊天轉移注意力。小馬告訴夏卡緹許多私事——他超級愛馬、會寫不怎麼入流的牛仔詩和鄉村歌曲，還是蒙大拿西部最好的律師。從前小馬擔任過副警長，但因為警長貪腐卑鄙，發現小馬不願同流合污之後便將他革職。夏卡緹則說出自己過去是個被寵壞的富家千金，後來成了反全球化的狂熱分子，接著還吸毒、販毒，並因為遭人誣陷，服了幾年冤獄。她當時心中充滿恨意和殺意，後來才在獄中認識了引導她走上靈性道路的恩人。從此，凱西·巴克萊特成了判若兩人的夏卡緹·巴克萊特，唯一沒變的只有巧克力癮。

討論

主角自我闡述的情景在劇情小說裡經常出現，讓讀者除了原本的認同感之外，還能增添對角色的熟悉感，是進一步認識偵探英雄的好方法。「英雄自我闡述」的場景通常出現在故事前期，有時甚至就放在故事一開始的「案發點」。以《蒙大拿謀殺案》來說，我認為將場景安排在這個段落很恰當，因為讀者不只能對夏卡緹充滿同情和同理心，還能認同她的目標：拯救自己和賓利，並找出兇手。

這同時也是「關鍵場景」，夏卡緹在這個時間點死而復生，為她帶來某種重要的轉變，對後續的故事情節也有極大的影響。在我們的故事裡，這個改變和夏卡緹與小馬的戀情有關，而夏卡緹也更有決心要證明哥哥的清白。

讀者看到的版本：

56 洞穴裡愈來愈冷，夏卡緹和小馬幾乎凍僵，死神的腳步似乎不遠了。小馬告訴她，他本來不再對愛情抱持任何希望，因為他深愛的前妻傷他太深，但在這個洞穴裡，他卻像個傻子似地愛上一名修女。夏卡緹表示愧疚，她不該讓他扯進來的，而自己對他的好感也強烈得出乎意料，但問題是他們不可能在一起，因為在堅定追尋靈修的道路上，她不能愛上任何人。失溫讓小馬逐漸陷入昏睡，夏卡緹揉他、捏他、拍打他，盡一切力量讓他保持清醒，最後在情急之下再次試著透過冥想來散發熱氣，沒想到她成功進入前所未有的入神狀態。在冥想時，她看到哥哥穿著兩件T恤的影像。

第二幕在此結束。

13

偵探英雄破案

第三幕：緝兇的快感

切記，第三幕是上一幕貓捉耗子遊戲的延續。偵探英雄歷經「關鍵場景」，死而復生，如今會比第二幕更熱切地追緝兇手。

所以到了第三幕，偵探英雄會有重大的心理轉折。

◆我們在第十章提過的私家偵探麥克斯，因為敷衍了事和酗酒導致委託人死亡，經歷「關鍵場景」之後，他在第三幕變身為值得信賴的偵探。

◆憤世嫉俗的脫口秀演員愛麗絲在「關鍵場景」重生之後，內心找到某種程度的平和。

◆過於細膩敏感的賽門警探在面臨崩潰之際，決定栽贓連續殺童案的犯人，以阻止對方的惡行。經過「關鍵場景」，到了第三幕，他轉變成冷靜無情的復仇者。

除了心理上的變化之外，第三幕的威脅氣氛更險惡，衝突更劇烈，整個步調也跟著加速。隨著偵探英雄愈追愈近，兇手開始抓狂了。

夏卡緹在洞穴中醒來後獲得重生，我們也進入第三幕。她不僅脫胎換骨，還理解到小馬對她的吸引力是愛情，但她必須努力抗拒這種情感。她同時意識到「兩件T恤」的影像確實有其意義。

到了這個階段，夏卡緹會更有危機意識，來到故事高潮的過程也益發充滿戲劇張力。讀者在第二幕結尾時，看到偵探英雄的生命受到威脅，而躲在暗處的兇手隨時可能再次襲擊。我們來看看夏卡緹最後如何推測出佛瑞斯特就是兇手。

步驟表：《蒙大拿謀殺案》第三幕

讀者看到的版本：

57 夏卡緹從冥想中醒過來，此時是隔天早上，小馬早已起來走動。他說自己從未見過這種事，夏卡緹散發出來的熱度烘乾了他們的衣服，甚至連整個洞穴都暖了起來，簡直是奇蹟！小馬目前只穿著T恤，夏卡緹看到他手臂上有個彈痕。小馬解釋自己曾經捲入槍戰，他受過訓練，知道在沒有遮蔽物的時候要側躺下來閃躲，子彈因此射中他的手臂。他也感謝夏卡緹救了他一命。夏卡緹這才明白，自己不久之前成功進展到靈修的新階段——不再害怕死亡，但是和小馬之間感情羈絆讓她再次恐懼死亡，所以現在又退步了。這對追求靈修的人來說不是好事。夏卡緹知道自己再也不能碰觸他，除非必要，也不能再看著他。

夏卡緹接著說出方才奇特的夢境，夢裡賓利穿著兩件T恤。這時她恍然大悟——沾到血的T恤上頭沒印「動物也有人權」的口號。這證明賓利遭人陷害！何況若賓利真的有罪，兇手何必費這麼大的心思來殺害他們？

小馬認為夏卡緹說得有理。

她必須立刻去見茉莉！問題是他們被困在山洞裡。小馬表示他母親會發現他們失蹤，而母親知道他們的去處，所以只要等人來救援就好。然而夏卡緹急著為哥哥洗刷冤屈，不想浪費時間等待，她發現鐵門絞鍊處有一道裂縫，小馬說不定可以試著開槍打斷絞鍊。他表示子彈若跳彈，很可能害他們喪命。她說絞鍊看起來已經生鏽了，非試不可，接著建議兩人一起為此祈禱，小馬也真的照做。隨後他瞄準絞鍊開槍，儘管跳彈擦傷他，兩人總算成功將鐵門拉開一道夠大的縫隙，讓夏卡緹伸手拔掉外頭的門栓。他們終於自由了！

58

夏卡緹和小馬開車去找茉莉之前，先順路接了瑞德同行。茉莉的工作已經結束，正收拾行李準備離開小鎮。茱莉以冷靜、科學的態度，再次檢視各項鐵證，然而夏卡緹要瑞德解釋當初為何會挑釁賓利。瑞德說是因為不爽看到賓利穿著捍衛動物權的T恤。茱莉反問那又如何，瑞德也是這麼告訴警方的。夏卡緹說，警方證物櫃裡那件染了血的衣服，卻是賓利穿在裡面的加州柏克萊大學T恤！茱莉聳聳肩，說他們在旅館的飲料販賣機後面找到印著「動物也有人權」的T恤，一定是賓利丟的，兩件衣服因為互相沾染才會留下血跡。夏卡緹說哥哥不會笨到把證據丟到販賣機後面，此外，剛才有人想在廢棄礦坑殺害他們，這證明殺人兇手仍然逍遙法外，而且試圖湮滅證據。不過茱莉並沒有採信夏卡緹的說法。

59

小馬要求警長派人找出是誰意圖在礦坑行兇，一定是殺害卡列柏的真兇想阻止夏卡緹揭發他的身分。布洛傑警長表示兩人擅闖私人土地在先，至於鐵門可能是風吹才意外關上，但如果他們真的想報案，他還是會派人去查。不過前提是他找得到人手，因為現在鎮上的警力都調配去管制動保示威活動了。

60

夏卡緹和小馬去牢裡探視賓利。他身上有更多的瘀傷，這次是和獄友打架造成的。夏卡緹責罵哥哥上回不該說謊，並要他說出抵達小鎮當晚究竟看到什麼，又做了什麼。酒吧外有別人嗎？有其他車輛嗎？怎麼會有人拿到他的車鑰匙？他又怎麼會把T恤丟到販賣機後面？無奈賓利就是不肯配合，聽到妹妹是因為冥想看到神祕影像才來探監，他甚至嗤之以鼻。賓利懇求夏卡緹離開小鎮，他擔心她的安危遠勝於擔心自己，並含淚表示萬一兇手下次真的得手，他絕對承受不了。儘管賓利極度擔心，夏卡緹卻不願輕言離棄他。

61

夏卡緹和小馬（律師在差點遭真兇謀害之後，已經相信委託人是無辜的）在鎮上到處詢問是否有人認識「飛毛腿」，雖然沒有得到答案，但他們得知卡列柏經常待在月之谷附近的鳥類保護區，也曾在那裡和克萊德起衝突。夏卡緹知道克萊德案發當晚也在酒吧裡，而且事發後沒多久便又進了山區。

62

夏卡緹和小馬前往克萊德的住處還是沒看到人，於是決定闖進去，結果發現他有一落金塊和收據，這些收據多半來自佛瑞斯特。他作為酒吧的店東（而且根據傳言，也是無境鎮妓院的老闆），有時會遇到酒客以金塊抵帳，但大多是山中溪流裡淘來的砂金，而克萊德家中這些金塊顯然是從金礦中挖出來的。兩人還找出山姆寫給卡列柏的幾封信，小馬推斷應該是克萊德殺害卡列柏後，從屍體身上找到的。夏卡緹說也有可能是克萊德闖進露營車廂裡偷來的，因為從查訪到的時間表來看，克萊德在賓利與卡列柏扭打時就離開酒吧，說不定他當時先在停車場待了一陣。沒想到，克萊德這時突然回家，朝夏卡緹和小馬開槍，兩個人立刻逃跑，克萊德也沒認出他們。

63 兩人回到小馬家（不是他母親的家）。小馬不能把他們看到信件一事告訴布洛傑警長，否則他就會因為擅闖民宅而被吊銷律師執照。不過根據那些信件，「飛毛腿」極有可能殺害了山姆，而卡列柏正在尋找這名兇手，這可能構成殺人動機。克萊德會是這位「飛毛腿」嗎？小馬表示鎮上的人跟克萊德不熟，只知道他是一流的標本師，除了一名寂寞的寡婦之外沒別的朋友。

夏卡緹覺得心煩意亂——原因不是他們與死神擦身而過，而是擔心小馬中彈。他們互相安慰，然後，呃，上床溫存去了。第二天早上夏卡緹為了自己意志薄弱，沒有堅持靈修之道而沮喪不已，更糟的是她很確定自己愛上了小馬。這會毀了她的冥想修行，因為她滿腦子都是愛人的身影，更別說想在靈修之路上有所進展了。夏卡緹陷入沮喪的情緒，無法自拔，只希望能吃到加了鮮奶油的巧克力櫻桃冰淇淋。

64 當天早上稍晚，夏卡緹又回到克萊德家表達歉意，表示自己不該擅闖他家。她知道克萊德從卡列柏的露營車廂裡拿走一些東西，其中有些信件她想看看；她也知道克萊德沒殺害卡列柏，因為他不是那種守株待兔、敲破別人腦袋的小人，他要那些信只是為了找到金礦所在。克萊德同意讓夏卡緹讀信。山姆在信裡寫了有關「飛毛腿」的事，他不信任這名從前是美式足球員的男人。夏卡緹猜想，也許卡列柏曾經和雪倫提過這些內容。如今她也知道花蝴蝶口中有關尋找印第安藝品的故事全屬捏造。

檯面下的版本：

- 在同一時間，佛瑞斯特將五千美元連同他從警長辦公室拿來的追蹤器放在麻布袋裡，一路跟蹤雪倫回家。
- 雪倫回到家，樂不可支地把鈔票倒出來，這才看到貼在袋底的追蹤器。她猜出追蹤器的作用，連忙將它丟出後門，一把提起行李衝到前門，但太遲了——佛瑞斯特走了進來。雪倫之前寫下一封自保信，說明若她出事便是佛瑞斯特下的手。他要求看信，然後逼她寫下另一封指名克萊德犯案的信，接著便拿標本師專用的解剖刀殺害雪倫，還故意折斷刀刃留下證據。佛瑞斯特在屋裡遍尋不著追蹤器，心想也許是因為雪倫把東西丟到積雪中，才沒有再發出訊號。他走到屋外尋找追蹤器時，聽到夏卡緹開車過來的聲音，於是趕緊逃跑。

讀者看到的版本：

65 夏卡緹來到雪倫家，希望花蝴蝶還沒睡。屋裡的燈還亮著，但沒有人出來應門。夏卡緹走進去，看到慘遭割喉喪命的雪倫。整個屋子被搜得一團亂，後門開著，雪地上有來回走動的腳印。屋裡地板上有把沾血的解剖刀，刀刃已經折斷。夏卡緹立刻打電話報警。

66 布洛傑警長帶著部屬過來，其中包括尚未離開小鎮的茉莉。茉莉先指出刀子是標本師用的解剖刀；經過搜尋，警方在廚房抽屜裡找到雪倫的親筆信，指稱克萊德才是殺害卡列柏的兇手。賓利解套了！只不過夏卡緹知道克萊德既沒殺卡列柏，也沒殺雪倫。

67 夏卡緹和茉莉請求布洛傑警長務必謹慎處理此案，於是他帶著包括佛瑞斯特在內的警方人員前去搜索克萊德的住處，結果發生槍戰，克萊德在彈雨中送了命。當時場面太混亂，事後很難拼湊出完整經過，似乎是有人開了第一槍（是克萊德、副警長還是警長？），最後克萊德喪命槍下。

68 夏卡緹環顧克萊德的住處，注意到屋主生前是個井然有序的人，大小不一的解剖刀全都整齊地放在護套裡，沒有短少。那殺害雪倫的兇刀是哪來的？克萊德這麼一絲不苟的人不可能隨便把刀子留在犯罪現場，但是她沒說出心裡的猜疑。

69 賓利獲釋後衷心感謝親愛的妹妹，也開始拍攝正在進行的示威活動。他說這次的活動一定會很成功！表面上看來，我們的超棒推理小說應該結束了，唯一尚待解決的只剩夏卡緹和小馬之間的愛情故事。

70 夏卡緹向賓利、小馬的母親和女兒、茉莉，甚至還有佛瑞斯特道別，還特別感謝酒吧老闆待她如此和善。

71 夏卡緹和小馬道別。小馬表示想到柏克萊學習冥想，但她淚汪汪地拒絕，說今後再也不會見他。她驅車離開，沒多久卻一個迴轉開回小馬身邊。他欣喜若狂，以為夏卡緹要留下來，滔滔不絕地說她一定會愛上蒙大拿的生活。然而，她只是要說自己還是不相信兇手是克萊德，因此想回到雪倫的住處看看，她必須知道真兇想在雪地裡找什麼東西。小馬說她想太多，警方不但找到雪倫的親筆信，上面清楚寫著「克萊德．亞波」的名字，現場也遺留犯案用的解剖刀。更何況克萊德還朝警方開槍！小馬很高興看到夏卡緹回到鎮上，但是案子已經了結了。她表示自己無法放手，真兇仍然逍遙法外。

72 兩人來到雪倫家，小馬驚訝地看著夏卡緹赤足踩在雪地裡，她光著腳，結果踩到小小的追蹤器。小馬說明追蹤器的作用，夏卡緹又找到拿來裝勒索費的袋子（她聞到錢的味道），還在袋底找出黏貼追蹤器的痕跡，推測出這是一樁勒索案。

73 大夥兒在警長辦公室裡檢查警方的裝備，發現少了一個追蹤器。好吧，也許是有人拿走但忘了登記，沒什麼大不了的。夏卡緹找上布洛傑警長，想詢問賓利的衣服上怎麼會有卡列柏的血跡，而他鞋底的泥土又怎麼會出現在受害者的露營車廂裡。警長表示證據應該是搞混了，沒辦法做出合理解釋。面對夏卡緹的步步進逼，警長沒有退路了，於是表示不會放過這個在他鎮上到處殺人的渾蛋，該做的他一定會做，接著便不願再多說。夏卡緹並不認為警長是殺害卡列柏的人，因為向她「證實」雪倫謊言的是佛瑞斯特。

74 夏卡緹和小馬去找賓利，要他把之前沒說的事情經過全說出來。賓利表示事發當晚，他走進旅館時，曾看到一輛新款休旅車停在老鷹酒吧對面的路邊，但看不出車內是否有人。小馬知道鎮上只有兩個人開新款休旅車，一個是住在郊區附近的寡婦（也就是克萊德偶爾會去她家打工，還發展出曖昧之情的女人）。另一輛休旅車的主人則是佛瑞斯特，但他的另一輛福特卡車當晚已經停在停車場裡，這兩輛車怎麼會同時出現？

75 夏卡緹和小馬先去詢問那位寡婦，對方說當天晚上，她開休旅車到商店買東西，有收據可以證明。夏卡緹告訴小馬，佛瑞斯特曾對她說卡列柏要找的是印第安藝品，但顯然他知道這是謊話。小馬和夏卡緹開始進一步討論：佛瑞斯特可以拿到追蹤器，也可能是在克萊德家擊發第一槍並且射殺標本師的人。但是雪倫為什麼會在信上指認克萊德？夏卡緹認為信可能是在佛瑞斯特脅迫之下寫的。小馬卻認為這推測太過牽強，佛瑞斯特和他是老朋友了，可說是這一帶最友善、最慷慨的人之一，還是社區的中堅分子。

76 夏卡緹和小馬接著去拜訪佩妮蘇，佩妮蘇雖然嚇了一跳，但表示自家的休旅車當天都停在車庫裡。夏卡緹發現福納家牆上的生活照不見了，佩妮蘇表示是丈夫取下來的。夏卡緹想看照片，於是佩妮蘇拿了出來，其中赫然有張足球隊的舊合照，多數球員都簽了名，上頭還寫著「飛毛腿，祝你挖到金礦發大財」。原來佛瑞斯特就是卡列柏要找的對象，這位「飛毛腿」曾經和山姆一起淘金，很可能也是當年殺害山姆的兇手。佩妮蘇崩潰大哭，將她從火爐裡找出來、沾有血跡的鞋子給夏卡緹看。

《蒙大拿謀殺案》中的「必要場景」在第三幕結束時出現，偵探英雄夏卡緹揭開了殺人兇手的真面目。

14

營造高潮的祕訣

高潮

我們終於要進入引人入勝的高潮了。

如果你打算讓讀者讀得心滿意足，設計出引人入勝的高潮絕對有其必要，何況超棒推理小說都會滿足讀者的期待。

在「必要場景」之後，我們即將進入第四幕。殺人兇手的真面目已經揭露，到了第四幕，偵探會先和兇手攤牌，並讓後者面對應有的制裁，這就是超棒推理小說的高潮；緊接著要端出結局，在第五幕交代兇手就逮後的種種後續。

在《超棒小說這樣寫》中，我提過如何創作出讓劇情小說高潮迭起的有效高潮，相同的原則當然也適用於推理小說。當時我寫的是「笑話的笑點在最後一句，小說的重點是高潮／解決。笑話講得再詳盡、再精采、再動人，若沒有最後一拳到位的笑點，也是枉然。」

正如同所有超棒小說一樣，你得在書中證實自己的前提。推理小說的前提是「理智戰勝邪惡」，但你不只要證實，手法還得要出其不意。

約翰．盧茲（John Lutz）在《推理寫作》中提過，當你在「閱讀一本暢銷推理小說的最後一段或最後一句話時，你會想：『沒錯，故事就該這麼發展。』由於作者從一開始就知道故事要怎麼走，所以結局不只要出人意料之外，還得合情又合理。」當我的讀者看到佛瑞斯特・福納是真兇時，我認為他們就會如此反應。

接下來我們要思考高潮場景中該有哪些重點，讓我們從帶給讀者驚奇開始：

得知兇手身分帶來的詫異。有件事我們可以確定，就是兇手現形時一定要讓讀者驚訝──原來在所有角色中，貌似最無辜的人竟然就是最卑劣的惡魔！我們創造兇手時賦予他的特色之一，就是掩藏住內心的邪惡；佛瑞斯特絕對是這樣的人物，以友善又樂於助人的舉止來隱藏邪惡的天性。我一向認為安排兇手是某個讀者自認熟悉，甚至是很喜歡的人物，是很棒的技巧。所以在起草前面的場景時，我會努力讓大家喜歡上佛瑞斯特。

其他爆點。記得伊莉莎白・高芝提過，要提供超乎讀者意料之外的爆點嗎？假設讀者期待書中的主角向愛人許下承諾，你就別這麼寫。如果他們以為克萊德・亞波會是兇手，那麼我們就來個假高潮，偏讓他送命，之後再來一個「抓錯人了，嚇到了吧」的大逆轉。

緊迫的威脅。兇手在高潮場景中猶如踏進了陷阱。他犯下謀殺案，一直在想辦法隱瞞，如今偵探英雄即將收網，兇手於是成了極度危險的野獸。

劇烈的衝突。故事情節一直緩慢地高漲，但到了高潮場景，所有衝突會一併爆發。這時殺人兇手的罪惡感湧現，絕望的情緒也來到最高點。這些衝突和先前提到的威脅一樣，都要完全發揮出來。

正義的伸張。正如我們之前的討論，讀者一定要在高潮場景看到正義的一方贏得勝利。這也是羅岱爾提到讀者閱讀推理小說的四個理由之一。

理智推理帶來的成果。將兇手繩之以法的是偵探的邏輯推理，也就是推論演繹、腦力激盪和「小小的灰色腦細胞」（譯註：阿嘉莎．克莉絲蒂筆下偵探白羅的常用語。），而不是靠運氣、巧合，或來自其他角色的推理。

精采的動作。高潮場景的動作必須精采絕倫（諸如尋找線索、追逐兇手、拳腳過招、比拚火力等等）。然而萬事都有例外，在某些推理小說（例如閒適推理），高潮場景可能只有對話，或是有些動作雖然精采但不見得含有暴力成分，例如偵探將兇手遺留在命案現場的帽子直接套在真兇頭上，眾人發現大小竟然完全吻合。

推理寫作的禁忌

過於冗長。讓偵探英雄長篇大論行兇動機、方法和下手時機的寫法已經過時了。對案情的說明當然不能少，但最好是以雙方展開唇槍舌戰的戲劇性衝突來帶出。華倫．伊斯透曼（Warren D. Estleman）在一九九七年的《寫作私探小說：美國私家偵探小說作家手冊》（Writing the Private Eye Novel : A Handbook by the Private Eye Writers of America）是這麼寫的：

> 故事好看、推理夠精采時，讀者可以接受你筆下偵探的表現直比屠龍者聖喬治，而非真實世界中一名尋常的調查員；然而他們也會質疑這個聖喬治為何得以滔滔不絕

地針對事發時刻、動機、瑣碎的線索發表長篇大論，竟然還沒有人打斷。

所謂「表現直比聖喬治」，我認為這裡指的是英雄為了他人而出生入死的傾向，聖喬治和神話中許多自我犧牲的英雄都是如此。同樣的，你也必須刪除殺人兇手冗長的發言。如果兇手被捕後有動機等重點要澄清，那好，兇手當然可以提到驅使自己犯案的恐懼來源，或是執迷至無法自拔的愛情，但千萬別讓他們漫無邊際地閒扯，哭訴自己下手的苦處。

過度曲折。寫到尾聲時不要有過多的逆轉，製造幾個意外是好事，但太多則成了反效果；要像童話中闖入三隻熊家的小女孩一樣，找到那碗「恰恰好」的麥片粥。那麼意外轉折的數量要怎麼拿捏呢，幾個算太少，幾個算太多？兩到三個大逆轉，加上一兩個小意外是不錯的作法，但過量就會顯得很荒唐。

敵我能力落差過大。閱讀貓捉耗子這類追逐遊戲的樂趣，在於偵探英雄與邪惡兇手同樣聰明機智，彼此都充分使出渾身解數。換句話說，就是讀者不會覺得：「嘿，這樣幹也太腦殘了吧。」推理作家經常面對的誘惑是，讓兇手露出馬腳而被逮捕。當然，你寫的故事不是在講完美犯罪，所以一定找得到兇手的疏失，但是你不能讓讀者覺得很刻意或很做作。你理當讓讀者自始至終覺得兇手聰明機智，而且已經竭盡所能，他之所以被捕，是因為偵探英雄的能力更勝一籌。

兇手自我毀滅。在某些不怎麼好看的推理小說中，兇手會良心發現（例如看到無辜者成了謀殺案的代罪羔羊被送進監獄），接著崩潰認罪。千萬別寫這種心理煎熬，這會毀了你的推理小說。看到一個懂得悔改的兇手接受應得的懲罰有什麼樂趣可言？千萬記得，兇手就算認罪也必須是受偵探所逼，而且證據必須夠齊全，讓兇手就算保持緘默也改變不了事實。

「走運」與「倒楣」的特別注意事項

推理小說有個常規，好運往往站在兇手這邊，這股運勢會延續到「必要場景」，因為兇手到了那個時候才會卸下偽裝。

舉個例子來說吧，某位偵探英雄在「必要場景」中跟蹤兇手，卻在暴風雪裡跟丟了人；對後者來說，遇上這場暴風雪就是他運氣好。這安排說得過去，因為兇手的走運就是偵探英雄的障礙。

一旦「必要場景」過後，我們開始進入第四幕，情況就完全不同了。畢竟偵探破解了謀殺案，只差還沒抓到兇手，讀者會對偵探英雄老是走霉運感到極為不耐。讀者意識到攤牌時刻即將來臨，若兇手繼續走運只會造成反高潮（儘管書中的高潮尚未出現）。因此在我們進入第四幕時，就算有暴風雪出現，兇手也不能因此受益，成功逃亡。在前三幕中，若兇手逃亡時追著火車跑結果還成功跳上車，這是沒問題的；但一旦跨過「必要場景」，火車就會揚長而去，兇手得找別的方法擺脫追兵。

呈現高潮場景的方法

標準型。標準的推理小說會先讓偵探英雄扮演獵人的角色，追蹤一連串線索，排除不可能的嫌犯，直到第三幕尾聲的「必要場景」過後，才會得到指向兇手的有力線索。到了第四幕，偵探追捕到兇手，在攤牌後讓後者接受法律（或其他方式）的制裁。在第五幕，讀者會看到偵探英雄和其他重要角色在事件後的境況。

法庭官司型。這個類型是標準型的變化版，身為律師的偵探英雄蒐集了詳盡的線索（這類角色比較偏向蒐集者），他讓兇手出庭受審，努力問出真相。通常在法庭官司型的高潮當中，儘管偵探英雄心裡有數，但讀者看不到「必要場景」，所以在攤牌時無從得知證人是否才是真正的兇手。

逐步聚集嫌犯型。這是白羅的結案手法。通常偵探英雄全篇都處在蒐集者而非獵人的模式中，高潮隨著各路嫌犯的逐步聚集而出現。作者很公道，早就把偵探蒐集到的線索全攤在讀者眼前，但偵探高超的詮釋能力讓我們目眩神迷，他不但揭發兇手的身分，還能道出手法、動機以及掩飾的方式。不過，近期作家已經不太採用這種傳統的安排了。

陷阱收網型。在這種方法中，偵探英雄在「必要場景」得知兇手為何人但苦無證據，也未能將兇手繩之以法。於是他設下陷阱，讓兇手吞下誘餌，暴露自己犯罪者的身分。陷阱必須設得巧妙，否則聰明的兇手不會上當。在電視影集《推理女神探》中，潔西卡經常用這個招數，如果你也打算這麼做，請盡可能設計得比潔西卡更縝密，因為影集中的兇手通常又蠢又容易上鉤。

驚悚結局型。這種方式很刺激，試想，當偵探英雄逼近時，兇手情急之下抓狂，做出類似綁架人質，或引爆炸彈炸死一堆無辜人士之類的威脅。我的建議是，若要這麼做，千萬別玩得太過火。一般來說，只要你寫的不是閒適推理，來個驚悚的結局沒什麼問題，但是要注意別讓你精心打造出來的推理小說變得太像驚悚小說，否則可能會流失讀者。舉例來說，以原子彈轟炸巴黎就是太過驚悚的高潮。

假高潮型。這是我個人最喜歡的方法，各位在《蒙大拿謀殺案》中已經看到了。在這樣的安排中，警方或偵探英雄循線找上錯誤的對象，但如果你寫得夠巧妙（例如設計一個「假必要場景」），讀者會相信兇手已經就範。哈，可是偏偏不是這樣！偵探英雄之後會發現事情好像不太對勁，大家都搞錯了。

15

兇手落網

第四幕：偵探英雄成功抓到兇手

既然選擇以「假高潮」的策略來寫《蒙大拿謀殺案》，我在處理假高潮和後續的假結局（也就是夏卡緹太早和眾人告別的場景）便得特別謹慎，不能讓讀者理所當然地進入舒適圈，以為故事就此結束。我必須立刻寫出儘管證據十分有說服力（例如雪倫指名道姓寫出克萊德．亞波即兇手），但沮喪的夏卡緹仍然覺得事有蹊蹺。

我們在第三幕尾聲寫出真正的「必要場景」，現在可以來策畫《蒙大拿謀殺案》真正的第四幕了。

步驟表：《蒙大拿謀殺案》第四幕

讀者看到的版本：

77 夏卡緹、小馬和啜泣的佩妮蘇一起開車到老鷹酒吧。夏卡緹要另外兩人留在車上，自己進去找茱莉和布洛傑警長私下談談。三個人走出酒吧，夏卡緹表示警方應該要逮捕佛瑞斯特，在佩妮蘇的協助下，她能證明他殺了卡列柏和雪倫。布洛傑和茉莉都十分懷疑，畢竟佛瑞斯特是宣誓過的副警長，是好人，是社區的中堅分子。布洛傑警長說：「不過既然這樣，好吧，把福納太太帶進來吧，先聽聽她怎麼說。」

78

警長並不笨，他走回老鷹酒吧，要求佛瑞斯特先繳回值勤用的手槍，並表示剛剛聽說了不可思議的傳聞，想查個明白，以免讓茉莉誤判，因為他最討厭聽檢方那邊的大人物放馬後砲。佛瑞斯特把放在吧台的備用槍也交給了警長。「警長，我就是要讓你知道我什麼壞事也沒幹，不需要動到槍。」他還伸出雙手讓警長上銬，但警長說免了，畢竟酒吧裡還有五、六名警員在場。

79

夏卡緹、小馬和佩妮蘇走了進來。夏卡緹先對佛瑞斯特的聰明才智表達佩服，接著指稱他就是山姆信中的「飛毛腿」，並說佛瑞斯特一定是在殺害山姆後，陸續將幾年來挖到的金塊偷偷賣給為金子癡迷的克萊德。佛瑞斯特累積的財富讓他幾乎擁有半個小鎮，還是蒙大拿西部最著名妓院的老闆。

佩妮蘇在旁不停地哭泣。

佛瑞斯特辯稱自己一切財產都是努力工作得來的，他從來沒有謀殺任何人，堅持克萊德才是殺害卡列柏和雪倫的兇手。

夏卡緹拿出在雪堆裡找到的追蹤器和用來裝勒索款項的錢袋。

佛瑞斯特說警長辦公室的安全警戒一向鬆懈，隨便什麼人都拿得到追蹤器，東西可能早就掉在雪倫的後院中。

夏卡緹拿出足球隊的照片，指出上頭的留言稱佛瑞斯特為「飛毛腿」。她說：

「佛瑞斯特雖然拿下牆上這張照片，但捨不得毀掉這份代表美好時光的紀念。」

佛瑞斯特啞口無言。

夏卡緹接著指出當晚佛瑞斯特有賓利旅館房間的鑰匙，並詢問警長，想知道佛瑞斯特是否能拿到證據櫃的鑰匙，以便將卡列柏的血抹在賓利的衣服上。

警長說，佛瑞斯特很可能讓某個傻子（也就是警長自己）幫了他的忙。

夏卡緹拿出佩妮蘇從爐子裡搶救出來的燒焦衣物，佛瑞斯特提不出任何解釋。

佛瑞斯特掏出身上藏的另一把槍，要小馬之外的所有人都解下槍帶。他叫小馬高舉雙手，因為大家都知道後者是蒙大拿州境內最神速的快槍手。

佛瑞斯特說，若沒有他愚蠢的妻子和賓利的神經病妹妹，他早就掩飾得乾乾淨淨。

這時夏卡緹注意到陽光正好照在她脖子上的女神鍊墜上，想藉反光來影響佛瑞斯特的視線但沒有成功。她也看到小馬準備掏槍，只要他一拿到槍就一定會開火。佛瑞斯特警告夏卡緹別想影響他的視線，否則休怪他手下不留情。他表示自己準備跑路，已經找好了飛機加滿油正待起飛，還打算挾持夏卡緹當人質。這時候夏卡緹更確定小馬絕對會出手，因為律師不可能坐視佛瑞斯特帶她走上死亡之路。

接下來的動作都在電光石火間發生：

小馬掏槍瞄準佛瑞斯特。

佛瑞斯特對小馬開槍，但夏卡緹跳到小馬面前，側身讓子彈射中她的手臂（還記得小馬曾經告訴她這種警方的訓練技巧吧）。

小馬連開兩槍，佛瑞斯特中彈倒地。

夏卡緹不顧手臂上的槍傷，朝佛瑞斯特走去。

佛瑞斯特臨死前，夏卡緹向他描述了死後的世界，要他努力消除這輩子造的業障，而且絕對不要放棄希望。佛瑞斯特表示他才不可能為自己做的事受罪，他還有別的機會。夏卡緹說了，他內心深處是個慈祥的父親，不是冷血的殺人兇手。佛瑞斯特嗆聲要夏卡緹把槍給他，他會證明這話錯得多離譜。在出言詛咒背叛他的妻子之後，佛瑞斯特終於斷了氣。

討論

如今殺人兇手受到制裁，第四幕宣告結束。接著便是第五幕的結局。

第五幕：事件對主要人物帶來的影響

步驟表：《蒙大拿謀殺案》第五幕

讀者看到的版本：

80 小馬想知道，夏卡緹若不愛他，為何要挺身擋下子彈？「愛情會毀滅靈修！」她邊喊邊衝進他的懷抱，問道：「但我為什麼這麼快樂？」

同一時間，佩妮蘇踢了死去的丈夫一腳。

警長摘下自己的警徽。

茉莉向夏卡緹道歉，而救護人員準備帶走夏卡緹。這時賓利也來了，說自己早就警告過她會碰到這種事。

81

幾個月後，場景轉換到西蒙大拿冥想靜修中心，夏卡緹・迪倫太太在盛開的花園中授課。最優秀的學員是小馬的母親，但迪格斯牧師和前任警長布洛傑的表現也很好，只有小馬例外，他的注意力似乎只能集中在夏卡緹身上。夏卡緹偶爾還是會想吃巧克力冰淇淋，但不知怎麼著，臣服於慾望之下已經不再讓她感到罪惡。

《蒙大拿謀殺案》全書完。

討論

我們完成了「初步」的步驟表。之所以說是「初步」，是因為正式動筆時步驟表會跟著改變，我們會加入某些新的元素，也會有所刪減，情節很可能出現其他的轉折。但我覺得情節大致可行，我相當有信心能照著這份步驟表完成初稿。

接下來，讓我們以優美的文筆來寫這本超棒的推理小說。

16

優美的文字風格

優美文字風格的構成要素

超棒推理小說的先決條件是故事要精采。截至目前為止，我們在這本書裡已經說明了超棒推理小說的寫作步驟，然而創作出劇情架構是一回事，要展現優美的文字風格又是另一門學問。

當編輯或經紀人首次讀你的作品時，你的文筆就算不能讓他們覺得妙筆生花，至少也得讓人印象深刻。超棒推理小說不只故事吸引人，文筆也要好。如果故事扣人心弦，多數編輯和經紀人還會有興趣讀個一兩頁，但若你文采不佳，讀個一兩句都嫌多。

我們來看看優美的文字風格有哪些必備要素，我認為其實不難辦到。

◆ **清楚**。通常不夠清楚的原因在於粗心大意。

佛瑞德在商場裡遇見鮑伯。他剛搶了銀行。

是誰剛搶了銀行？佛瑞德還是鮑伯？一板一眼的文法學家可能知道這句話該怎麼解

讀，但一般讀者則不然。

很多時候讀者會搞不清楚，是因為他們不知道故事場景究竟是以書中人物，還是敘述者的角度來觀察。

> 西方的烏雲掩蓋住落日燦爛的餘暉，清風徐徐吹來，再不久便要起霧了。牆面閃過一道黑影，隊長從椅子上站起來。

我們是在屋裡還是屋外？故事是從隊長的觀點出發嗎？如果我們改成這樣寫就清楚多了：

> 隊長坐在臥室裡看著窗外，發現……。

你應該找人試讀你的初稿，請他們指出這類含糊之處。文字風格優美的首要條件就是「清楚」，一個檢視的訣竅是大聲朗誦，若你讀到半途卡住，就表示句子不夠清楚。你可以對著錄音機讀自己的初稿，放出來重聽便能找出問題。

◆ **效率**，即沒有贅字。這不是叫你吝於敘述，而是沒有重複的字句（強調用的重複字句例外）也沒有無意義的字句。常見的錯誤是，在流暢的場景中，人物對話清楚，該有的動作都有，但敘述者偏要為讀者多做形容，彷彿讀者笨到看不懂一樣。

她說：「天哪，我這輩子從來沒拿過槍。」她握住點四四口徑的柯爾特的手拼命發抖，額頭上冒著汗珠。她真的嚇壞了。

很顯然「手拼命發抖」和「冒著汗珠」代表了恐懼，所以「她真的嚇壞了」這個句子過於累贅。

若你寫出連自己都懷疑是否有必要的句子，你的直覺很可能沒錯，少了這個句子，小說可能會更好。我說得不誇張，能夠刪減的文句通常確實有上百個——例如本句中的「通常」與「確實」等等。在寫作時要讓文字發揮效率，加快速度並兼顧優雅，但不可缺乏意義。

◆**訴諸感官的細節**。細節要訴諸五種感官——視覺、聽覺、嗅覺、觸覺、味覺以及超感官的「第六感」。許多有待加強的文字，問題出在僅限於描述視覺：

他走進那個房間。裡頭的窗下有張書桌，掛著華盛頓畫像的牆邊擺了一張床。

同一個場景若能喚醒更多感官，讀起來會更好、更真實。

他走進那個充滿霉味的房間，看到窗下單擺了一張金屬書桌，風從玻璃縫隙間吹了進來。他碰觸桌面，抹去上頭一層柔軟的灰塵。牆上歪斜地掛著一幅華盛頓的畫像，使得這位美國第一任總統看似喝醉了酒。

◆**善用比喻**。比喻就是拿兩件事互相比較，句子中如果出現「好比」或「彷彿」等字眼，就是所謂的「明喻」。通常作家在使用比喻時容易碰到麻煩，因為他們忘了自問一個重要的問題：我寫出來的比喻真的恰當嗎？有些句子一開始看起來沒有問題，但經過思考就會發現沒什麼道理。

除非你為了製造喜劇效果而刻意誇大，否則你不會這樣寫：他藏在外套裡的槍讓他整個人歪向一邊，好比口袋裡放的是一架鋼琴。鋼琴？沒搞錯吧，這樣的比喻恰當嗎？我還看過：他和墨西哥人一樣窮。嗯，沒錯，有的墨西哥人確實是很窮，但墨西哥的中產階級也有上百萬人，富翁更不在少數。你的目標是讓讀者看到，並且感覺到書中場景，差勁的比喻會讓讀者無法進入狀況。

你也要避免使用太多比喻，否則你寫出來的文字會顯得太過矯飾，這就嚴重了。就像廚師需要試吃員來告訴他湯會不會太鹹一樣，要知道自己是否濫用比喻，你可以參考讀者的反應。少量的比喻就可以帶來長遠的效果，一頁出現一到兩個好比喻還不錯，但二十到三十個可能就太超過。如果你也懷疑自己用了太多比喻，我可以保證你的直覺絕對沒錯。

一般來說，使用比喻可以呈現你想比較的重點，但也可能帶出你不想要的言外之意。她的雙眼和大麻纖維繩同樣都是棕色，也一樣柔和。想也知道，大麻纖維繩當然來自大麻的莖，如果她抽大麻，這當然是個好比喻，否則就不是。

湯姆修士是這群僧侶中最溫和、最有愛心的人，他身材矮胖，一張圓潤的臉好比無邪的天使。但若你寫的是：湯姆修士是這群僧侶中最溫和、最有愛心的人，他身材矮胖，像顆重達千磅的炸彈；這就不太妙了。你當然沒錯，重達千磅的炸彈同樣圓滾滾的，但是你不會想讓讀者覺得湯姆修士可能是致命武器或有引爆的危險。

太過常見的比喻則會變成陳腔濫調，例如和嬰兒的小屁股一樣柔嫩、和塵土一樣乾或是和動也不動的電線桿一樣呆。

陳腔濫調只要不過度使用，對類型推理小說來說並非嚴重的缺陷。類型推理小說的編輯和讀者一般不怎麼介意，但是在主流推理小說中，除非你要強調角色特性，否則最好避免。

陳腔濫調出現在各種文學小說中只會讓讀者反胃，甚至引發蕁麻疹、帶狀皰疹或更糟糕的過敏反應。加州柏克萊一名對於文學作品極為講究的讀者，在邊吃乳酪邊閱讀一本曲折離奇、講述後基督思想的存在主義小說時，讀到「和醃黃瓜一樣酸」這句老調竟不幸嗆死。呃，至少我是這麼聽說的。

總之，如果你想寫的是文學作品，應該視這些用語如瘟疫。

◆**動詞必須豐富**。如果你想表達他在沙發上，這樣的寫法不如他盤坐在沙發上或他癱坐在沙發上來得好。豐富的動詞可以刺激讀者的想像，如果你想在小說中成功創作出虛構的夢，這會大有幫助；豐富的動詞也會讓你的文筆更生動。

◆ **用主動式句型**。被動式句型會讓人物成為動作的接受者，讀起來就沒有主動式句型來得生動，例如球被約翰打中的寫法就比不上約翰打到了球。

◆ **情感豐富**。在前面說明「訴諸感官的細節」的例子中，我們並沒有加入情緒這個要件。在場景中添加情緒，就是讓人物對所見所聞有情感上的反應。

他走進那個充滿霉味的房間，恐懼油然而生。看到窗下單擺了一張金屬書桌，風從玻璃縫隙間吹了進來。他嚴肅地想，原來這就是她度日的地方。她住在這裡，死在這裡。他碰觸桌面，抹去上頭一層柔軟的灰塵。牆上歪斜地掛著一幅華盛頓的畫像，使得這位美國第一任總統看似喝醉了酒。這幅肖像讓他為老總統，為她，也為自己感到難過。

◆ **有意義的細節**。這一點適用於所有超棒小說，對推理寫作尤其重要。相對於什麼都沒透露的「一般」細節，「有意義」的細節能深入觸及人物或地點。天氣很晴朗就屬於一般細節，亞利桑納州的艷陽炙燒在他們身上，猶如四月的烙鐵就是「有意義」的細節（儘管句子寫得有點老套）。

一般性的敘述可以幫助讀者進入虛構的夢，但還不足以讓角色顯得生動、特別。為了讓書中角色栩栩如生，你需要的細節不光是敘述，還要有特色：

布列索個頭高大，身穿鹿皮衣，歪戴著牛仔帽，吊兒啷噹的，一副天塌下來也沒他事的德行。這傢伙有雙瞇瞇眼，臉上有好幾道傷疤，一看就知道是打架留下來的紀念。

這段敘述明顯點出人物驕傲自大又強悍的性格。有時候，這類細節可以在人物身上留下難以忘懷的特色。想想一九五一年的小說《凱恩艦事變》（The Caine Mutiny）中，奎格上尉手中把玩的鋼珠球，還有《教父》（The Godfather）中男主角那一句：「我會給他一個無法拒絕的提議。」

有關住處、工作地點、車子或私人物品等細節可以加強人物的特色。大家常說，如果你去看一個人開了兩年的車子後行李箱，你便可以知道他的一切。

班尼・納克沃的六五年雪佛蘭跑車後行李箱中，有個漏氣的備胎但沒有千斤頂，還有散亂的啤酒罐、一顆保齡球、狗毛、十來本過期的《花花公子》雜誌、兩瓶沒有標籤的機油、裝菸草的錫盒（裡面有枝抽了一半的大麻）、斷掉的釣魚桿、車用發電器的空盒、一把生鏽的鉗子……

讀者可以從這段敘述中得到什麼結論？沒錯，班尼是個邋遢、生活在下層階級，心胸狹窄的傢伙。

寶妮・班勒佛開的是一九九八年出廠的福斯汽車，行李箱裡有備胎和千斤頂、一根枯乾的白蘿蔔正好滾到備胎下沒人看得見，此外，裡頭還有兩盞安全照明燈、用塑膠袋包好連說明書都還在的全新雪鍊、一把手持吸塵器、一瓶半滿的車窗清潔劑、一卷紙巾……

讀者下了結論：寶妮生性整潔，除了工作、採購、回家之外，沒太多其他私人活動。

這類有意義的細節非常有助於讀者瞭解故事人物和場景。

如何檢視你的文字

要檢視自己的文字優美與否是有方法的。首先，選一本你覺得文字風格精湛的作品，隨便挑幾頁仔細閱讀，圈出非動作性的動詞，再標示出動作性的動詞，接著拿起自己的文稿用同樣的方式批改。你很可能發現兩者相比，對方文中的非動作性動詞比你少了上千字，而動作性動詞則豐富許多。

接下來你要——

- ◆標記兩者訴諸感官的細節。
- ◆標記兩者傳達出的情感。

◆檢視兩者使用的比喻。
◆檢視兩者「有意義」的細節。

多找幾個優秀作家的作品來比較，你便能確切找出自己的文稿欠缺什麼要素。

選擇你的視角和調性

你在寫初稿時，可能會依據自己想說的故事，以特定的語調和視角來寫作。比方你想說個「硬漢偵探」的故事，那麼可能會用第一人稱的敘述方式：

強尼和我從小就混在一起了，那個年代，坐鎮白宮的是腦袋瘋癲的卡特，而且市面上只要花一萬或最多一萬五就能買到一卡車大麻，可以再用五萬整批轉賣給衝浪的人，整個冬天都待在夏威夷逍遙，然後隔年再故技重施。這小子是個大塊頭，都四十多歲了，但還是很討人喜歡。他老愛穿褪色的連身褲，一把黑鬍子有股機油的味道，嘴裡永遠散發出廉價烈酒味。後來，幾個眼睛像吃角子老虎般「咕嚕咕嚕」轉的古巴瘋子持槍搶了我們的生意，第二年就搞到我們破產。我最後一次看到我們的大麻是在康普頓，看著車子以時速六十哩開在速限三十五的莊園大道上，載著那批貨往南去。於是我說服強尼到拉斯維加斯大幹一票，我知道有家藥妝店週末會將大把現金收在店裡，週一才存進銀行。強尼說這是揚名立萬的好機會。

讓他送命的不是我那勾當，而是在我們搶了藥妝店之後的事——那次入袋的錢少得可憐，總共才一萬美元左右。我們後來到了號稱「友愛城市」的費城，結識了巴迪·偉斯汀，一切就從這個節骨眼開始走下坡。巴迪有個計畫，要大夥兒去綁架英國女王的兒子，這王子到紐約參加他媽的什麼拯救鯨魚的活動……

然而換個故事，你可能還是會以第一人稱敘述，但搭配另外一種語調，比方以下這個例子：

我原來在咪咪西點店管帳，現在已經退休了，除了照顧我的虎班貓瑪嬌麗，以及坐在門廊上看著鄰居哈斯金先生籌畫殺妻案之外，沒太多別的事可忙。

我知道你在想什麼，你一定覺得我瘋了，沒事找事做。我快八十歲了——這是說，假使你和我一樣永遠為自己減四歲。因為我和我第二任丈夫查爾斯在密爾瓦基住了四年，說實在，我寧可忘了這個人。你以為我不知道自己在說什麼，對吧？依你看，哈金斯先生不可能謀殺他的妻子，你覺得我若不是想像力過於豐富，就是得了阿茲海默症，是不是？

我相信警察的看法和你相同。若你硬要問，我可以告訴你：韓利隊長是個蠢才，和我那連鞋帶都不會綁的第三任丈夫亞伯特一樣笨。韓利隊長坐在辦公桌後面聽我說話，雙手環胸，態度高傲又假清廉，臉上掛的笑容，像是把我當成白癡歐巴桑看待。他說警方找過哈斯金先生長談，而我的鄰居對我提出的指控都有合理的解釋。

例如他從不修理或修改家具，為何要買來閃閃發光的大型桌鋸。

愚蠢的韓利隊長說哈斯金先生打算學木工。說得和真的一樣，一個年近五十的男人難道會忽然變了性子，決定事事自己動手做？於是我問他打算拿五十磅的袋裝鹼液做什麼用……

要做個超棒推理小說家，你必須有能力寫出數不盡的敘事者，而且每個角色都有獨特的語氣。這個道理當然同樣適用於第三人稱的敘述方式。你可能會想寫出冷硬、簡潔而縝密的風格，例如：

驗屍官剛把屍體送進黑色靈車，布列索和新搭檔瑪麗安．品克便來到了現場。布列索高頭大馬，渾身肌肉糾結，人字紋休閒西裝外套緊緊繃住雙肩，黑色長褲燙得筆挺，但沒打領帶。

瑪麗安．品克不是布列索欣賞的類型。這名高個兒女孩有一頭黑色直髮，沒有上妝，一身米褐色的正式套裝讓她看似事業扶搖直上的高階主管。瑪麗安對美式足球一無所知，而且拒絕聽布列索解說。

兩人下了警車，走進從太平洋吹來的冰冷細雨和霧氣當中。瑪麗安．品克打了個冷顫，雙手環抱在胸前。

他告訴她：「聽好了，妳的工作就是照我的吩咐去做。」

「你說了算，元首。」

瑪麗安沒能逗布列索微笑，自己倒是笑了出來。

「袋裡裝了什麼？」布列索詢問驗屍官。

老湯普森醫師體型肥胖，眼神銳利但個性貪婪。湯普森醫師一手擋風，點了一根萬寶路。「二十來歲的女性，在水裡泡了一個星期。」醫師拉開屍袋的拉鍊。

布列索往旁邊跨了一步，讓瑪麗安．品克見識散發出魚腥味和阿摩尼亞氣味的浮腫白色屍體。驗屍官和布列索都等著看她嘔吐。

瑪麗安掀開屍袋審視屍體。「前額中彈。」她說：「一槍斃命，凶器應該是麥格農，說不定是軍規步槍，轟掉了她的後腦。左眼球很可能是被魚吃掉了，對吧？」

瑪麗安往後退，換布列索上前檢視。

「妳漏了她手腕上的繩索勒痕和大腿上的小刺青，圖案很可能是朵玫瑰。」

「我沒漏。我是故意留著讓你講出來，幫你留點面子。」

他瞪了她一眼，光線雖然昏暗，但布列索覺得自己看到新搭檔臉上的笑意。瑪麗安不怕他，這是好事。

湯普森醫師用手肘輕碰布列索：「看來你找到好手了。」說完話還咯咯一笑。

有時候，你可能想要用較為緩慢、詳盡和堆砌文字的手法來寫主流推理這樣的作品：

艾倫．帕爾小隊長看到霧中的紅燈閃爍，於是轉了最後一個彎，把警車停在黑色靈車旁邊。同事打電話到班尼酒吧找她時，只說有一名釣客勾到一具浮屍。又一具，到目前總共四具了。艾倫心想：一定又是年輕女性，同樣是裸屍，沒有身分證明也沒有明顯動機，最後查出的身分不是大學生、美容師就是速食店員工。家長會說孩子清清白白、和巧克力糖一樣甜美，朋友也全跟著附和。說不定死者生前還是高中管樂隊的短笛手，一個天真無邪的女孩。

她相信這幕場景會一再重複出現，更多揮之不去的夢魘會隨之而來。

艾倫熄掉引擎。幾名年輕熱心的副警長協助驗屍官助理把屍體抬上擔架。天哪，她從前也那麼年輕嗎？當年她知不知道自己會變得這麼老？感覺如此蒼涼？拜託，她才四十二，卻覺得自己已經八十二歲。艾倫拿出置物箱裡的銀色扁酒瓶，灌下幾口伏特加。別人應該不會從她的口氣中聞出來吧？她就聞得到隊長的酒味，但管他去的。喝琴酒也不錯，她喜歡。她也喜歡波本威士忌、蘇格蘭威士忌和白蘭地。該死，隨著時光流逝，她喜歡的酒可多了。艾倫又吞了幾口酒才走出車外。

這位削瘦的小隊長身高將近有六呎，頭髮是濁金色，方臉上有雙凹陷的深色眼眸，謠傳這雙眼睛可以看穿牆壁。儘管丈夫早已離開，艾倫仍然帶著金色婚戒。他連個再會也沒說便走了，艾倫給了他十一年又四個月的光陰，他竟然連一句該死的再會都沒說。

艾倫喜歡水氣撫上臉龐的感覺。她喜歡霧，喜歡浪濤聲，如今站在懸崖下方，海浪聲特別清楚。這片海灘是強森海岸，他們在這裡發現第二號和第三號屍體：珍妮斯．萊斯和佩妮．阿姆斯壯。珍妮斯是學校啦啦隊長，佩妮養的狗叫作摩托車。

她踩過濕軟的沙地，拉上雨衣的帽兜。看老驗屍官湯普森醫師的模樣，似乎整個宇宙的重量都壓在他肩上。

「這是第三號？」他問道。

「第四號了。」她回答。

「喔，沒錯，第四名死者。妳要不要看一眼？她在水裡泡至少一個星期了。」

「我領薪水就是要做這種事。」

兩人走到擔架邊，拉開屍袋拉鍊，聞到相同的魚腥味和阿摩尼亞臭味，腫脹的屍體已部分發黑。艾倫將屍體的頭轉了個方向，檢視受害者的前額。和其他人一樣，點三五七口徑的麥格農一槍斃命。女孩有一頭深色鬈髮，讓艾倫聯想到住在東岸的姪女，那孩子就讀布林茅爾學院，聰明得不得了。聰明到絕不可能選擇刑警為業。

總之，大致上就是如此，你在調性上要下足功夫。

寫出超讚文筆的祕訣

練出好文筆有個古老的方法，非但成效卓著，還可以幫助你找出不同的文字調性。若你能照著我的建議每天練習三十分鐘到一小時必有長進，我班上幾個文筆最糟的學生也在幾個月之內變成高手，有的甚至不必那麼久。一般來說，大家進步的速度都很快，而且幅度驚人。

方法是這樣：你每天坐下來寫作前，先抄錄優秀作家的作品。沒錯，一個一個字地打出來。你從中感覺到的不只是這些傑出作家如何使用文字，而且還能學到文字中對於節奏和韻律的掌握，以及對話的輕重緩急。

接著，拿張白紙模仿你剛剛抄錄的文字。若方才你抄錄的是場室外動作戲，那麼請你也依樣畫葫蘆，盡可能模仿作家的文字風格。

當你以同一位作家為範本練習過一陣子，而且覺得自己掌握得不錯之後，你可以繼續找不同作家做相同的練習，直到可以隨心所欲模仿出各種不同的文字調性。接著你會發現，哇，自己有能力隨意變換文字風格、角色聲音和語調。要不了多久，你便可以找出獨一無二的風格。

模仿寫作的範例

不久前，我為了一本正在進行中的小說《男子漢海明威》，特別研究了海明威的文筆。（喔，我超愛他的。）若以尋常人的眼光來評論這位作家，我們會說他愛喝酒、喜歡高談闊論、性好霸凌，但他的文筆絕對可以用出類拔萃來形容。以下有一段是模仿寫作，你看得出哪段出自海明威，哪段是我的模仿嗎？

1 那天下午我們待在山腳下，一個長滿松樹的村子裡。傍晚時坐在酒店的門廊上，飲很烈很甜的水果酒，與支持皇室、篤信天主的店老闆大談政治。老甘那天情緒低潮，老說教宗是個法西斯。老闆聽了只覺得荒謬可笑，咯咯笑個不停，直給我們倒酒。我們坐到天很黑才走。

2

八月盛暑，巴黎人都跑光了，安娜和我回到這城市，開始吵架。到晚上吵得更兇，做愛很不愉快。我們為打掃房子和買麵包乳酪這類小事吵，也為大事吵：我們的未來、即將到來的孩子，以及我該不該去伊斯坦堡和瑞士。我們拿這些事做文章，因為真正的問題我們連哼一聲都不敢。真正的問題像末日烏雲懸在我們頭頂上，是無聲的凶兆。然後有一天早晨，我去里沃利街郵局看佛斯特先生從紐約寄出的支票到了沒有，結果是沒到。我回到房間，發現安娜走了，帶走了她的衣服她的書，以及我們冬天在阿姆斯特丹買的運河畫。她匆忙間在肉店的棕色紙上寫下潦草字跡，我不忍讀不願讀，直到後來喝得爛醉，才勉強面對它。

透過這些練習，屬於你自己的獨特風格會主動呈現出來，這樣的風格適合你的個性和你正著手寫作的小說，也和你模仿的文體有所不同。讀到你初稿的朋友和寫作同儕會讚美你的功力。

就說這是你與生俱來的才華，讓他們把你當作天才。

17

創造精采推理場景的獨門技巧

帶領讀者進入虛構的夢

劇情小說家的職責，便是塑造虛構的夢，讓讀者沉浸其中。在《超棒小說再進化》中，我提出了五項建議來強化這個虛構的夢：先提出故事疑問，再取得讀者的同情、同理心、認同，並藉助角色內心衝突，即可達成目標。在創作超棒推理小說時，我們必須謹記這幾個技巧。我在此簡單回顧一下：

1 故事疑問

故事疑問會讓讀者好奇，因此能成功佔據他們的心思，這些疑問一般存在於陳述句中，例如：

> 九點剛過，佛瑞德準備上床睡覺，這時他聽到閣樓傳來嘎吱一聲。

這句話顯然會在讀者的腦子裡留下一個疑問：是誰發出的聲音？我再舉一個例子：

的信。

愛麗絲將裝填了子彈的點四五手槍放在皮包裡，臨出門前，再次讀了安德魯寄來

讀者當然想知道愛麗絲打算拿槍對付什麼人。好，再來一句：

他很確定，打從離開鳳凰城後，那輛紅色保時捷便一直跟著他。

讀者開始猜了：車上會是誰？為什麼要跟蹤他？

2 同情

先讓讀者為某個角色的遭遇感到遺憾，接著他們便會產生同情。如此一來可以讓讀者的情緒與故事產生連結，而同情可以說是最容易從人身上引出來的情緒了。以下看我舉個例子：

佛瑞德先是車子爆胎，接著連吃兩張罰單，然後引擎過熱，汽缸可能也出了問

題。但老闆說了，遲到十分鐘就是遲到十分鐘，堅持開除他。

若讀者還不為佛瑞德難過，一定是鐵石心腸。接著我們看範例二：

醫師進了等候室，走向佛瑞德和愛麗絲。兩人看著醫師，從後者臉上的表情看出兒子沒能熬過去。

再一次，讀者會對此感到同情。

3 同理心

要讓讀者產生同理心，就要讓讀者能切身體會書中人物的感覺：

愛麗絲看到地上有個東西，一開始還以為是捲起來的地毯，接著才聞到刺鼻的火藥味和血腥味——喔，天哪，不，她心想。她的心跳加速，繞過轉角後看到桌面大小的一灘血跡。亨利躺在血泊當中，彎曲的屍體姿勢怪異，原本該是腦袋的部分成了一團模糊的血肉和骨頭。

這一段我光寫就反胃。親愛的讀者，我希望你讀過之後也有相同的感覺。

4 認同感

為了得到讀者的認同，我們會賦予書中角色特定的目標，讓讀者有興趣見證人物如何完成任務。

> 愛麗絲怒氣沖沖地離開警察局。好極了，警方沒掌握證據，沒找到嫌犯也沒發現任何有意義的線索。但是老天為證，有人扣下獵槍扳機轟掉亨利的腦袋，而老天為證，她一定會找出兇手。

5 內心衝突

我們要充分發揮人物的內心衝突（亦即人物內心因慾望而起的衝突）。這可以讓讀者完全進入故事當中，感覺書中虛構的夢遠比真實世界還要真實，讀者會全然沉浸在小說的時空中，難以自拔。

愛麗絲無法置信，偷信的人原來是馬坎，是他進屋拿獵槍，那麼對準亨利腦袋開槍的必定也是他——可是這怎麼可能？馬坎是世上最貼心的男人，不但信仰虔誠，而且深愛亨利，將長期臥病的亨利照顧得無微不至……不，不，不可能是貼心的馬坎。但接著她低頭看手上的郵票。愛麗絲在馬坎書桌上找到這張亨利的郵票，錯不了：馬坎是卑鄙邪惡的兇手。一定是他。他有槍櫃的鑰匙，而且是唯一……

你不必有太大的壓力，作家通常憑本能就能寫出這些文字，事實上，多數推理寫作書中甚至連提都不提。不過，你若能在撰寫初稿或修潤文字之前，就預先思考如何運用這五個技巧會帶來不少助益，而且能幫助你將虛構的夢寫得栩栩如生。

寫出超棒場景的初稿

讀者閱讀推理小說絕大部分的樂趣，在於深陷書中虛構的夢而無法自拔。所以你在寫超棒推理小說或任何小說時，必須謹記幾件事。

在坐下來開始寫場景之前，你應該先自問這一幕出現的人物想要什麼。這些角色想做的事都跟他們的目標有關，而你必須要能完全掌握。舉例來說，A角色在某個特定場景中的目標是要探詢B角色在案發現場目擊了哪些過程；但B角色此時的目標是要否認一切，讓自己看似與案件毫無瓜葛。

同一場景中會出現數個角色，每個人都想達到各自的目標，沒有人願意退讓，衝突便隨之產生。我在《超棒小說這樣寫》中花了很長的篇幅，討論所有劇情小說的「欲求與阻攔」，這個重點之於劇情小說，正如同足球是否灌了氣。

場景進展得太慢，是新手推理作家最常見的敗筆。從偵探出場、背景介紹到角色閒聊等場景太過冗長沉悶，而且全部安排在衝突出現之前，這是所謂的「緩步入水」，就像有些泳者習慣先沾溼腳趾，再讓水淹到腳背，慢慢踩入水池中。對於現代推理小說而言，較為可行的方法是「縱身一躍」，也就是直接跳入某個問題與衝突正在昇溫的場景。大部分精采的場景會以「縱身一躍」開場，但在每一本好看的推理小說當中，只要故事疑問、內心衝突和其他可預見的衝突能滿足故事的需要，你還是可以循序漸進地發展一些「緩步入水」的場景。

在所有戲劇化場景中，角色必須體驗非比尋常的成長過程，也就是得受到情緒左右，而不是常保平靜。如果人物性格沒有變化，故事便會顯得單調無趣。

一連串的衝突會將故事帶到高潮，你筆下的人物會盡一切力量去達成目標，最後的結果不是大獲成功，就是敗下陣來——這一刻便是全書的高潮。高潮也可以是情節上的大逆轉，像是安排書中角色在高潮場景放棄追求的目標，例如遭警察刑求的嫌犯，在高潮場景時終於鬆口，供出兇手是自己的母親。在這一刻警察很可能放棄「刑求」這個目標，因為他想問出兇手身分的目標已經達成了。

在高潮之後衝突就開始下降，問題即將獲得解決。這時候偵探英雄通常會突破另一個角色（例如證人或嫌犯）的心防，取得重要資訊，不過其中當然也有謊言。

我們必須時時留心，思考這當中有哪些場景可以作為線索。有些線索會自動在你眼前出現，其他的則必須等你一路寫下來才明白。有時候，偵探英雄或讀者可能不會立即注意到線索，需要留待事後思考才會發現。某人說過的某句話、做過的某件事都可能是線索，由於線索太重要了，所以最好是一有想法就立刻記下來，因為線索就像心懷不軌的小惡魔一樣喜歡和你玩躲貓貓。此外，你還得多花點心思在假線索上，假線索和真線索有同等的重要性，因為在推理小說中，偵探英雄通常會跟著假線索跑。例如在《蒙大拿謀殺案》當中，夏卡緹執著地尋找不存在的「飛毛腿」和印第安藝術品。追蹤假線索一樣能緊緊抓住讀者的目光，而且最後大家發現搞了半天，偵探只能藉此排除錯誤的嫌犯人選，其實也是挺不錯的意外情節。

另外，關於命案或嫌犯的資訊也要適時丟出來，例如人物背景、角色之間的關係等等。通常偵探英雄蒐集到的單純資訊會遠多於真真假假的線索，讀者和偵探英雄可以不時回頭去檢視愈積愈多的資訊，從中找出蛛絲馬跡。

高超的結語

每一幕或每個段落的最後一個句子都有舉足輕重的地位。好的結語像座橋樑，可以透過吸引人的故事疑問連接到下一幕。

首先讓我們來看看怎麼樣的結語不夠理想：

布列索坐在自己的車裡思考了一會兒。究竟是誰殺了亞波蓋太太，他一點線索也沒掌握到。連看了兩次筆記之後，布列索仍然摸不著頭緒，所以決定回家睡覺。

注意到了嗎，結語「所以決定回家睡覺」平淡無力，沒有足以引起讀者好奇或想繼續閱讀的故事疑問。讓我們換個好一點的結語：

布列索坐在自己的車裡思考了一會兒。究竟是誰殺了亞波蓋太太，他一點線索也沒掌握到。連看了兩次筆記之後，布列索仍然摸不著頭緒，所以決定回家睡覺。明天早上他又得再次質問證人。他決定這回要遵循老羅斯福總統的外交政策，採取強硬手段。

好，現在引出故事疑問了。他打算來硬的，但說實在，這個故事疑問不夠吸引人。我們再試一次：

布列索坐在自己的車裡思考了一會兒。究竟是誰殺了亞波蓋太太，他一點線索也沒掌握到。連看了兩次筆記之後，布列索仍然摸不著頭緒。他在腦子裡輪番檢視每個嫌犯。大家全在說謊，唯一可以確定的是摩根先生的謊話最離譜。這名證人表示他在案發後看到有人從後門離開。這是一個可能，要不，離開的兇手就是摩根先生本人。

或者，如果讓老摩根低頭看看槍管，他的可信度也許會高一點。槍管對某些人就是有這種影響。布列索知道自己在拿私探執照冒險，但管他的，他已經陷入絕境了。他走到車外，打開後行李箱，在成堆的垃圾中翻找。那把撞針故障的槍一定藏在某個地方。

怎麼樣，好些了嗎？故事疑問（他後來用槍會出什麼事）更有力，而且能夠與下一幕巧妙連結。這道橋樑的另一端可以這樣開始：

邁爾斯．摩根模樣可笑，布列索覺得對方鼻端抵著點三八口徑的槍管看來就像個小丑。

強而有力的結語

巧妙的結語不見得都要引發故事疑問，成為連結下一幕的橋樑，有時也可以是單純的聲明，例如：

> 布列索坐在自己的車裡思考了一會兒。究竟是誰殺了亞波蓋太太，他一點線索也沒掌握到。連看了兩次筆記之後，布列索仍然摸不著頭緒，於是撈出座位下的威士忌，打開瓶蓋，讓自己喝個爛醉。

我知道這個結語不怎麼樣，但再怎麼說，總是比回家睡覺好。

我們還可以用對話來結束場景。我再舉個例子，這次布列索的身分是警察。

> 「好吧，堤莫爾太太。」布列索繼續說：「妳說老喬被人打破腦袋時，妳人不在巴克利大宅附近。那麼妳究竟在哪裡？」
>
> 「我和一位男性朋友碰面。」她嘟著嘴說話。

「這位男性朋友是誰？」

「我向來不談私事，小隊長。」

布列索說：「這回就當例外吧，否則我要將妳當成嫌疑犯帶回警局。」

「我去拿外套。」

布列索嘆了一口氣，知道自己沒掌握這位老婦人的任何把柄。他開玩笑地舉手表示投降。

「聽著，堤莫爾太太。」他說：「老實說，我不認為案子是妳做的，但上頭要我查明每個人的不在場證明，若妳願意配合，我真的會很感激。」

她也嘆了一口氣，拿扇子揮了兩下，接著坐在化妝鏡前梳頭髮。

「抱歉，警官，但是我剛說過了，不能告訴你和誰碰面，那是祕密。」

「好吧，算妳厲害。」

「反正我哪兒都不去。」

「那我只好告退了。」他說。

這個結語有些疲軟，雖不算太糟糕——多數編輯會放你過關，但離「精采」還有段很長的距離。發現了沒有，收場前的「我去拿外套」這句台詞很好。之所以好，是顯示出堤莫爾太太沒有輕易被布列索的威脅嚇唬住，而且是相當有水準地予以反擊。若她直接回答「那好，就帶我進警局吧」，的確有戲劇效果沒錯，但是非直接回應會是更理想的結語。

你也許會說，嘿，等等，布列索沒將老婦人帶回警局，這一幕怎能結束？很簡單，你只要這麼寫就成了：

「好吧，堤莫爾太太。」布列索繼續說：「妳說老喬被人打破腦袋時，妳人不在巴克利大宅附近。那麼妳究竟在哪裡？」

「我和一位男性朋友碰面。」她嘟著嘴說話。

「這位男性朋友是誰？」

「我向來不談私事，小隊長。」

布列索說：「這回就當例外吧，否則我要將妳當成嫌疑犯帶回警局。」

「我去拿外套。」

好，結語就停在這裡，然後我們在下一幕的開頭這麼寫：

布列索開車穿過堤莫爾太太家長長的車道，心想真該把那老太太帶回警局的，她看穿他唬人，讓她得點教訓也沒什麼不對。然而布列索知道堤莫爾太太不是兇手，她是冷酷無情，但絕對沒有拿棍棒打死人，那太麻煩又太髒亂了。若她要殺人，手法一定很俐落，可能就用頂級瓷杯裝著有毒的英國茶，旁邊還搭配灑了奶酥的高級蛋糕。

簡潔有力的場景

你在寫作時，當然無法將所有想到的可能元素通通放進去。你寫下初稿後要反覆重讀和思考，找出缺失所在，並且檢視自己是否呈現出漸趨緊繃的局勢、對話是否有力、結語是否夠精采。

在實際寫初稿時，你要謹記角色的行動和目標，安排讓人物之間產生衝突，然後放手讓他們自由發揮。你有步驟表，知道故事該怎麼發展，就讓角色彼此衝撞，塑造虛構的夢，為你寫出場景。

讓我們來看看以下還在發展中的《蒙大拿謀殺案》場景。夏卡緹到了老鷹酒吧後，沒得到太多有關案發當晚的資訊，倒是問出挑釁她哥哥、咒罵他是動保人士的酒客當中有個叫瑞德．史岱克的傢伙。我們假設他住在小鎮邊上的拖車屋裡，夏卡緹開著廂型車去找瑞德，來到他門口：

夏卡緹按了門鈴，裡頭傳來響聲。門一打開，她看到一名身高與她相仿、手拿啤酒的男人。

「有何貴幹？」他上下打量夏卡緹。

「你是瑞德．史岱克嗎？」

「是啊。」

「我叫夏卡緹．巴克萊特。」

他哼了一聲。她想，話已經傳開了，小鎮上下可能都知道她是誰，要做什麼。

「你方便讓我問幾個問題嗎？」她問道。

「隨妳問，反正我沒什麼好隱瞞的。進來吧。」

「謀殺案發生當晚你在老鷹酒吧裡。」

「沒錯。」

「我聽說你找我哥哥麻煩。」
「是他自找的。」
「你看到他和卡列柏．賀格打鬥？」
「看到了。」
「有沒有看到我哥哥離開？」
「有。」
「在外頭也看到他了嗎？」
「沒有，我幾分鐘後就走了，當時停車場裡沒有人。」
「你開車？」
「對，我有輛舊吉普車停那裡，我坐上車就開走了。」
「你有沒有看到賀格先生離開酒吧？」
「沒有。」
「你知不知道還有哪個人會想殺害賀格先生？」
「卡列柏和雪倫．日舞經常吵架，但我不認為他們會殺害對方。賀格性子烈，脾氣不太好。」

「感謝你，史岱克先生。」

我知道，我知道，這段文字爛到讓你想吐。若我的寫作恩師郭恩（Lester Gorn）看到這種場景，評語八成會下「你來我往」。夏卡緹提問，瑞德回答，通篇你來我往，沒有逐漸高漲的衝突。我在學生的習作中讀過不下幾百篇這種玩意兒，甚至在許多已經出版的小說中也充斥著冗長無趣，只有你來我往的句子。

這樣的場景不只欠缺衝突，還缺乏細節，而且說真的，除了夏卡緹得到的資訊稍有增加之外，簡直一事無成。

我們先來想想瑞德這個人。

他有什麼目標嗎？在我剛剛示範的初稿中，他沒有任何目標，因此不會讓夏卡緹遭遇任何阻礙，無從產生衝突，所以非常無聊。

要是你寫到一個與小角色有關的情節，但你沒有事先為他寫出完整的傳記，這種時候，你必須花點時間來思考這個人物。他是怎麼樣的人，有什麼慾念，有什麼樣的人生理想，在這個場景中的目標為何？

好，所以瑞德．史岱克是怎麼樣的人？

這樣吧，他偶爾在修車廠工作，是個貪杯之徒，現年三十四歲，離過婚，有個智能障礙的孩子，和罹患關節炎的母親感情深厚。個性殘忍的瑞德熱愛打獵，無視狩獵季節的規範，對動保人士恨之入骨；在既不打獵也不工作的時候，不是窩在老鷹酒吧喝啤酒，和其他流連酒吧的可憐蟲一起怨天尤人，就是宅在家裡邊看暴力影片邊喝啤酒。瑞德的女友比他年長十歲，她家住十二哩外，兩人只在週六晚上見面。

至於他在故事裡的目標呢？就算賓利不是兇手，他也想看這位年輕攝影師被送進死牢。瑞德對卡列柏那傢伙一向沒有好感，但他更恨動保人士，因此打算把對動保活動的怨恨一股腦發洩到夏卡緹身上，誰叫她看來也是其中一分子。那瑞德在這一幕又有什麼目標？他希望讓夏卡緹相信賓利確實殺害了卡列柏，只要能讓賓利看起來更有罪的事他都願意做。然而，在這個節骨眼上，瑞德人生最大的問題是：他破產了。

我準備用「緩步入水」（也就是要先暖身）的方式描寫這段場景，如果能表現出角色的內心衝突並預先暗示後續的衝突場景，這不失為良好的寫作方式。現在我們來看夏卡緹和瑞德面對面的第二版：

夏卡緹開車進了拖車營地，把廂型車停在路邊插著手寫標示的訪客專用停車格裡。她走出車外，冷風挾帶著雪花圍著她打轉（這是沒有特殊意義的尋常細節，但可以加強場景的真實性）。瑞德．史岱克老舊的拖車屋停在一小塊隆起的營地上，車廂一側有道褪色的夾板步道，拖車的一扇破窗看來已經擱置一段時間了（這是有意義的細節，代表這個人的懶散）。幾根二乘四吋粗細的角材撐著拖車上方的雨蓬（又來一個有意義的細節，這地方很潮濕）。門邊有個生鏽的舊彈簧床墊，明顯看得出碰撞痕跡，而帆布車門破破爛爛的舊吉普車就放在車道上（提出更多有意義的細節）。

夏卡緹穿過飄忽的雪堆，細軟的雪花順著她的靴子往下滑。她心想，要專心，知覺要專注，要能覺察當下（有意義的細節，強調女主角的個性）。

她感覺到胃部一緊，是恐懼。她怕這個男人會對她做什麼事？毆打她嗎？（情緒，提出故事疑問，期待營造同理心）。她不該想這些事（內在衝突）。來此之前，夏卡緹向佛瑞斯特打探過這個人，酒吧主人說午後的瑞德．史岱克通常還沒喝醉，不會找什麼麻煩（提出故事疑問：他現在會找麻煩嗎？）。

夏卡緹深吸了幾口氣。恐懼是壞兆頭，表示她沒能卸除心理上的重擔——她還在柏克萊時就能辦到，現在看來，柏克萊的日子宛如離她有幾千光年之遠（更多內在衝突）。

她敲敲門，聽到裡頭有動靜。有人把電視關掉，接著門打了開來。

站在她面前的男人身穿老舊的法蘭絨浴袍，前襟敞開，裡頭穿著膝蓋磨破的運動褲和達拉斯牛仔隊的T恤。瑞德的長臉削瘦，沒有整理的鬍子看得出銀絲，一頭深紅色的頭髮幾乎長及肩頭。夏克緹覺得他的模樣像極了俄國小說中勞改營裡的犯人（她同情瑞德）。瑞德輕蔑地一笑，露出一口歪斜的黃牙（人物性格的一瞥）。

「妳是該死的動保人士的賤人妹妹，對吧？聽說妳四處打探找麻煩。」（表現出對於動保人士的看法）

「請問是史岱克先生嗎？」

「是又怎麼樣？」

「我是夏卡緹．巴克萊特。」她說：「我想請教幾個問題。」（她的目標）

「我什麼也不會回答，賤人。」（對方抗拒，開始有衝突）

他準備關門。「我冒犯你了嗎，史岱克先生？」她問道。（堅持達成目標）

「除了『去你的』之外，我沒話好說。」

「史岱克先生，我相信我哥哥是無辜的，指控他謀殺簡直是無稽之談。我和任何人的妹妹一樣，會盡一切力量來協助證明哥哥的清白。我知道你不認同他對動物保育的觀點，但是他也是有權捍衛自己理念的美國人，不是嗎？這就是言論自由，你相信言論自由吧？」

他草草點個頭。（她擊出好球，提升對方的情緒）

「請你幫幫忙，我不會佔用你太多時間。」

夏卡緹想從瑞德身邊擠進屋裡，但他擋在門口。

「我說什麼都沒用，莎緹、夏緹還是卡緹，管妳叫什麼名字。妳那個他媽的動保老哥殺了賀格。我幫不了妳的忙。」

「你親眼看到他動手？」

他咧嘴笑，喝了口啤酒。「是啊，我親眼看到了，我是他媽的目擊證人。」（這當然是謊言）

她慌了，這不可能。

瑞德咯咯地笑。「是啊，妳那渾球老哥走進老鷹酒吧時我正好也在，懂嗎，他的外套沒拉上，我看到他穿著印著『動物也有人權』的蠢T恤。幹，這種話能信嗎？我不得說幾句話教訓他。」

「你看到他和賀格打鬥？」

「沒錯。妳老哥運氣好，賀格喝個半醉，否則絕對會扭斷他的手臂。後來妳老哥走了出去。沒幾分鐘之後，酒吧老闆佛瑞斯特．福納就說要打烊。」

「當時幾點鐘？」

「還不到一點四十五。我喝光剩下的啤酒然後離開，到後面的停車場去開我的老吉普車，但一開始發不動。其他幾個人和那個雜種賤貨雪倫也走出來，都開車走了。我看到卡列柏走出來，妳老哥躲在車子後面，跳出來毆打卡列柏，我還看到卡列柏倒地不起。」（毀滅性證詞，但當然是謊話）

「然後呢？」

「我看到妳老哥拿了個頭罩還啥的——反正就是那個道具麋鹿頭，放在卡列柏頭上後就跑了。對，我全看到了，就是他下的手。」

夏卡緹瞪著瑞德看，後者露出獰笑，大口灌下更多啤酒。

「說不定我們可以談談看，看妳願意花多少錢讓我閉嘴。」他說道。（現在我們知道重點在哪裡了）

「賓利哪裡找來的道具麋鹿頭？」

「我不知道。就帶在身邊，對，就是這樣。」

「你為什麼沒把這些話告訴警長？」

「我等著看有沒有人要在我身上花點錢。妳要我對聖經發誓嗎？」

「不必了，我要你現在就和我來。我們去找警長。我要你把看到的經過全告訴他。」（她指控他說謊）

「幹嘛要我告訴警長？」

「因為你說的是實話，不是嗎？」

「那當然。」

「很好，那麼我們就去找警長，把真相說出來，或是打電話請他來這裡。你是目擊證人，我相信他一定很想聽你的說法。但你可別弄錯！那個叫作茉莉・奔狼的法醫精明得很，什麼謊話都抓得出來，而且還會以偽證罪起訴你。」

他嚥下一大口空氣。

夏卡緹走進拖車裡，老舊的木柴爐傳來一陣暖意。車裡瀰漫著啤酒、木炭和舊球鞋的味道，滿地垃圾，綠色舊沙發的泡棉已經跑出來見人。但電視倒是又大又新，一面牆上幾乎貼滿了瑞德和一位彎腰駝背老婦人的合照。她猜那一定是瑞德的母親。

「好了。」夏卡緹說：「你打算說出你真正看到什麼情況嗎？」（這幕場景的高潮

在此，瑞德推翻自己稍早的說法，將真相告訴夏卡緹）

他喝光啤酒，把空罐子丟進爐子旁邊的垃圾桶。

「我只看到有個老傢伙走出酒吧，車開了就走，接著雪倫．日舞也出來了，但她坐在車上。」

「你沒看到她離開？」

「沒欸，我以為她在等卡列柏。老吉普車發動後我就開回家了，我看到的就是這些。」（這幕場景獲得解決）

夏卡緹走到貼著照片的牆邊，凝視站在瑞德身邊的婦人。她在老婦人的眼神中看到堅忍和母愛。「是你母親嗎？」

「對。」

「我猜，她一定告訴過你，說你的潛能還沒發揮。」

他得意地笑了。「是啊，她就愛說那種話。」

夏卡緹轉身準備離開，拉開門時，又回頭對瑞德說：「知道嗎，她說得沒錯。你能當個好人，很好的人。」

「她也是這麼說的。」瑞德臉上露出羞澀的笑容。（更多情緒上的提升）

「我相信她，史岱克先生。」

好一會兒，瑞得似乎有些困惑，隨後他微笑地點點頭。「走路小心，樓梯可能結了冰。」他說：「去找雪倫・日舞吧，她可能看到了一些事。」

「我正打算去找她，史岱克先生。」夏卡緹邊說邊踩著門階往下走。（連結下一幕的橋樑）

討論

我發現在這個場景中角色都有所成長，不僅瑞德有了變化，連夏卡緹同樣有小小的改變，從一開始的恐懼到後來和對方交了朋友。兩人之間的衝突讓瑞德變得較沒有敵意，也更有人性。在所有傑出的劇情小說中，情節的高低起伏會讓角色跟著變動和發展，從而體驗不同的情緒，轉變心境。閱讀優秀的小說就像在見證生命這條寬廣又不可思議的河流，而生命之河瞬息萬變。

難怪作家如此熱愛寫作。我們可以藉此過不同的生活，體驗迥異的情感，營造無數的夢境。

講故事的模式：描述式與半場景式

以下描述可以緊接著剛才的場景出現：

然而這時夏卡緹已經開始思考了，用賓利的相機托座敲破卡列柏腦袋的人，說不定是雪倫．日舞！這花不了多少力氣，而且兩人既然熟識，卡列柏說不定連想都沒多想，就轉頭背對著雪倫。他們稍早不是在酒吧裡起了爭執嗎？沒錯，夏卡緹心想，雪倫．日舞很可能是殺人兇手。

有時我們會稱這樣的描述段落為場景的「後續」，呈現出人物在衝突過後的反應。「後續」是描述式的一種，而透過重述線索和證詞，還能有效讓讀者置身其中，重新檢視事情的經過。

描述式寫法也可以用來塑造虛構的夢，為讀者演出人物在某段期間的所作所為。不過注意，描述式並不等於事件的摘要；推理小說中不需要有摘要。以下是所謂摘要的形式：

夏卡緹花了一整個下午的時間在小鎮的大街上挨家挨戶敲門，詢問是否有人認識「飛毛腿」，但沒有人承認。到了傍晚，她累了，於是回旅館祈禱、冥想，直到九點過後才上床睡覺。

描述式必須包含所有創作場景的要點，包括訴諸感官的細節、情緒、衝突、角色的成長等等。唯一的區別在於場景中的事件是「即時進行」，也就是如果場景中的動作在我們面前真實上演，我們觀賞的時間和閱讀的時間應該相同。

然而，透過描述式寫法，事件和衝突橫跨的時間會比我們閱讀的時間久，像是以下這個例子：

夏卡緹挨家挨戶詢問小鎮居民，急著想找出「飛毛腿」的身分。到了中午，暴風雪正好暫歇，陽光穿透雲層，整個無境之北在雪花編織的白毯下閃爍著金光。夏卡緹繼續往北去，先來到一家五金行，臉圓得好比月亮的店員茫然地搖頭，叼著煙斗的牧場打工仔表示從來沒聽說過，另一名曬得黝黑穿著獵裝的男人則要她滾出小鎮。大街的西側全問遍之後，女郎開始往回走，她的靴子沒有襯裡，雙腳幾乎要凍僵了。午後，濃密雲層繼續往山谷移動，烏雲代表著明早來臨之前雪勢會更大。

沒有人承認自己認識「飛毛腿」。在夏卡緹見到的人當中，有四位要她離開小鎮，六位拒絕和她說話。在她走入一條小巷時，有個穿紅夾克的小男孩朝她扔雪球，孩子的父親就和他並肩站在一座門廊寬敞的大房子外面。夏卡緹面帶微笑朝小男孩揮揮手，但心裡充滿怒意。她氣的不是小男孩，而是「無知」對人造成的的影響。

摘要式和描述式的區別，在於摘要式的寫法無法暗示故事的細節，或誘發讀者去想像虛構的夢，而描述式寫法就能辦得到。

半場景式的手法，則是將部分場景置入敘述當中。

過了不願開門的前三戶住家之後，夏卡緹轉個彎，來到第四幢房子門口，一名手上拿著厚厚書本的年輕男子來應門。（以上是描述，但接下來要切換到場景）他個子不高，皮膚白皙，透過厚厚的鏡片對著夏卡緹眨眼。

「有什麼事嗎？」他問道。

「我想找一個綽號『飛毛腿』的男人，他從前住在這個鎮上。」

「妳一定是殺害賀格先生兇手的妹妹。」

「我是被告的妹妹，而且他是無辜的。」

年輕人放聲大笑，當著她的面關上家門。

女郎步下門階時，仍然能聽到年輕人在屋裡大笑。（半場景式結束，回到描述式）查訪了整個街區後，夏卡緹走進簡餐店去吃些沙拉喝點茶。店裡的音樂震耳欲聾，她努力忍受點唱機播放著鼻音過重的西部鄉村歌曲，店裡還有兩個牛仔上下打量她，邊笑邊竊竊私語。（回到半場景式）

「逗你們開心是我的榮幸。」她說。

牛仔把頭轉開。

二十五分鐘後，她又繼續敲門詢問的行程。（回到描述式）

在你寫初稿之前，一定要決定好觀點和語調。但是你該怎麼選呢？讓我們繼續看下去。

18

觀點和語調：誰來說故事，是我還是他？

決定、決定、決定

寫故事要採用哪種觀點和語調可是至關重大，你在開始擬定步驟表之前就得先下決定。你之所以必須盡早決定，是因為觀點和語調會決定哪些場景要演給讀者看，哪些又要藏到檯面下不讓讀者看到。

我後面會針對各種常用的方法提出利弊分析。

我們先從第一個問題開始：這個故事究竟該以「第一人稱」還是「第三人稱」來敘述比較好？

第一人稱敘述

第一人稱的敘述者應該要能見證整個事件，並從自身觀點加以講述來龍去脈。

採用第一人稱敘述的好處，在於敘述者的個人特色強烈、用詞口語、敘事生動。冷硬派推理小說以第一人稱敘述來呈現，已經是長久的傳統。

> 那名年輕女子坐在一塵不染的白搪瓷辦公桌後抬起頭看著我。從那張不太討喜的

圓臉看來，她應該有東歐血統。她的手上有個紅藍雙色的小小刺青，一把黑箭正好穿了過去。

「你一定是私探傳瑞——嘿，念起來還蠻順口的嘛。」她對我說。

「請妳按鈴通知佩諾爾先生我來了，好嗎？」

她按了鈴，但他沒有回應。她彈彈指尖，指甲油是和口紅相稱的血紅色。

「你不可能找到她的，知道嗎。」女子輕拉大大的圓形耳環，開起玩笑了。

「不可能找到誰？」

「不是『誰』。」她說：「是找不到佩諾爾先生的狗。」

「要我來是為了找一隻狗？」

「你說對了。」這會兒，她露出燦爛但譏諷的笑容。

我回以最驕傲的笑臉，也就是私家偵探特有的笑容。「找狗是我的專長，小狗喜歡我。」

「我也喜歡你。」她說道。

她再次按鈴，接著遞給我一張紙條。「假如你離家太遠覺得孤單，這是我的名字，嬌蓮·逵克利。」

不知藏在哪裡的擴音機傳來男人的咆哮：「叫那小子進來。」

「好戲上場了。」我說。

討論

在這個例子中，是由偵探英雄敘述自己的故事。

然而敘述者不見得要是偵探英雄本人，也可以是一旁的副手，例如福爾摩斯故事當中的華生醫師。

我們也可以幫《蒙大拿謀殺案》挑個副手來說故事，女偵探的愛人小馬是個不錯的人選。雖然故事開場時，他並非偵探的副手，但在發展過程中可以擔起這個角色。

假設你逛書店時正好翻到詹姆斯·傅瑞的《蒙大拿謀殺案》，你心想，我聽過這位作者，他寫得不錯，於是你翻開第一章，讀到：

第一章

我叫馬紹．迪倫，是個律師。

我知道這名字很好笑。我父母最愛的電視影集是《荒野大鏢客》，而我們家正好和主角一樣姓迪倫，於是馬紹．迪倫成了我出生證明上的名字。你若不信，可以跑趟蒙大拿的達卡里斯佩法院去查證。

大家多半喊我「小馬」。我本來打算正式改名，但有位印第安長者告訴我這會招來厄運：偉大的神靈只知道我出生時的名字，改名之後很可能認不出我。不過，也許我保留原名的真正理由，是因為沒有人會忘記這種名字。

我現在住在十二號高速公路途中，一處枯塵瀰漫的荒僻小鎮「無境之北」，巧得很，我偏就愛這個地方。

州政府委派我為一名怪異的麋鹿保育人士辯護，在所有人眼中，他就和O.J.辛普森一樣罪證確鑿。他的名字是——聽好了——賓利．巴克萊特，而且還有個妹妹叫夏卡緹。沒開玩笑，夏卡緹算哪門子的名字啊。

說到名字，「夏卡緹」聽起來實在像是日本餐廳裡的一道菜名。我不知道自己會看到什麼樣的人，只曉得她在柏克萊教瑜珈，對某種神祕宗教十分投入。

蒙大拿最熱門的麋鹿狩獵季正式開始的前兩天，她搭著從鹽湖城出發的巴士來到我們鎮上，而我去接她。那是個大雪紛飛的日子，故事應該就是從那一刻開始的。我第一眼便注意到她纖細的體型和一雙彷彿能看穿一切的棕色大眼睛……

你大概也看出用第一人稱敘述的好處了，語言流暢生動，但缺點在於難以帶領讀者進入敘述者不在的現場。這個問題是可以克服的，你需要讓敘述者多花點工夫，免得讀者一下從我們虛構的夢中醒過來。

既然故事在案發之後才開場，那麼敘述者該怎麼說明他沒有目擊的場景呢？方法如下：

當天我便陪著夏卡緹到監獄去找她哥哥談話。賓利穿著橘色囚衣坐在訪客室裡，和剛出生一天的幼駒一樣緊張，告訴我們上星期六他怎麼到鎮上來的。他說，那天雪下個不停，他車窗的除霧線故障，所以視線很差，何況他從愛達荷州一路開過來也累了，眼睛幾乎張不開。

停車時，他不慎碰撞到一輛老舊的小貨車。這地方應該不會有人在意這種事，但賓利卻感到不安，他是動保人士，而在這個小鎮上，動物只有繁殖和在狩獵季成為標靶的兩項權利。

於是賓利下車查看小貨車損壞的狀況，發現不怎麼嚴重，最多賠對方一點錢就可以解決。

他走進老鷹酒吧，問出車主是卑鄙的醉漢卡列柏．賀格。酒客中有人去年見過賓利，於是開口譏笑他最愛和動物性交。卡列柏推了賓利一把，賓利便使出柔道反制，卡列柏昏了過去但沒多久便清醒過來，這時，酒吧裡的人全安靜下來。

賓利離開酒吧後，入住到溪邊瀰漫著霉味，可能還有跳蚤的汽車旅館。這排老舊木造旅館的老闆從前是馬戲團小丑，叫作摩西．蒙哥馬立。根據賓利的說法，他走進旅館要訂房間時摩西正忙著拋可樂瓶玩，後來賓利住進了路邊的一間小木屋。我的委託人表示自己經過長途旅行實在太累，於是沖了熱水澡，換上乾淨的睡衣上床睡覺……

我曉得故事稍微有點變動，但情節在發展時就是如此，細節會一直改變。

你可以藉由這種方式來呈現故事，但為了維持敘述流暢，避免讀者產生「他怎麼知道」的疑問，作者必須使用許多「後來他表示」或是「之前他一定」如何如何的句型，當敘述者說明的情況並非親眼所見時更是明顯。這種寫法固然困難，但文筆高超的作者就是辦得到。

解決這個問題的一種方式，是讓偵探英雄當敘述者，以偵探的親身經歷來塑造虛構的夢。在《蒙大拿謀殺案》當中，夏卡緹也可以用這種方式來說故事：

第一章

有天早上，靈修場的接待員詹小姐打斷了我的銀髮族瑜珈課，要我接聽一通重要電話。中斷課程有違靈修場的規定，不過詹小姐看來頗為煩惱。我班上有六名學員，當時我正在教他們初級的「魚式」。

「什麼事，詹小姐？」我問道。

「妳哥哥打電話來，說他出了事。」

「有沒有說是什麼事？」我接著對學員說：「他晚上的視力並不好，老是會撞到東西，但他是個好人，把人生都獻給了藝術和動物保育工作。」

「妳最好和他說個話。」詹小姐說。她顯然不想在學員面前透露我哥哥出了什麼事。我讓學員先練習伸展姿勢，表示會馬上回來。

我跟著詹小姐走到大廳，接聽電話。

「怎麼了，賓利？」我說：「盡量簡短，我正在上瑜珈課。」

「對不起，夏卡緹，但我出了大事了。」

我聽得出他語氣中的恐懼。

「我被逮捕了，小妹……他們以為我殺了人。」

我覺得天旋地轉。

這樣的寫法有個明顯的優點。記得嗎，羅岱爾說過，讀者閱讀推理小說的理由之一是想獲得對偵探英雄的認同，讓偵探以第一人稱來說故事，很容易達成這項目標。

這種方式也可以讓讀者得到和偵探相同的資訊。讀者看到、聽到偵探的一切所見所聞，這難道不是最公平的做法？讀者接下來還能近距離觀賞貓捉耗子的遊戲，因為我們隨時跟在主角身邊，親自見證他如何發揮聰明才智。

然而，現在的一流推理小說多半以第三人稱來敘述。

第三人稱敘述

作者使用第三人稱的觀點來敘述故事，等於創造了一個無名角色來當故事的敘述者。你身為作者，當然就是這個敘述者，但是你的用字遣詞必須與平常說話的方式有所差別。

> 警察局長喬吉歐·史庫力坐在他的車裡，透過沾滿灰塵的擋風玻璃看著雅典市區的辦公大樓和旅館猶如慢舞般地倒塌，一棟接著一棟，彷彿巨型球道上的保齡球瓶。

這段文字出自席尼·薛爾頓（Sidney Sheldon）一九七三年的《午夜情挑》（The Other Side of Midnight）。我問你，有哪個你認識的人會這樣說話？門都沒有，這是作家的措詞，跟平常說話相差之遠，堪比佛羅里達到冰島的距離。用第三人稱敘述故事時，你得用作家的措詞，而且要刻意對發生在眼前的事件保持距離。你不能這樣寫：

> 那天早上，佛瑞德那個混帳帶槍去上班，他一向很腦殘。

這段敘述表達出非常主觀的看法，除非你要寫喜劇，否則絕對、千萬不要這麼寫。

在正規的推理小說中，敘述者是中立的第三者，不帶偏見地將事實帶到我們面前。這個創造出來（作為敘述者）的角色沒有私人立場或看法，單純是講述故事的誘人旁白。敘述者的語調當然不只一種，我在《超棒小說再進化》中便花了不少篇幅討論了各種聲音調性的差別，但最好的方式，仍然是將敘述者的主觀意見排除在外。

「近距離」的第三人稱

第三人稱有兩種類型，一種是「近距離」，另一種則是「遠距離」。有些書採用近距離第三人稱，有的則選擇另一種，我們甚至看到有人兩者兼用。這兩者的差別，在於如何表達人物的想法。

從近距離第三人稱的角度出發，敘述者會這樣引用角色的想法：

> 佛瑞迪走進超商，看到茱莉站在櫃臺後面。他心想，讚，真是個正妹。

有些作者會改變字體標出人物的想法，有的則會用引號，但最常見的方法就是像前面的例子一樣直接帶入文字當中。改變字體或使用引號已經退流行了。讀者可以透過措詞看出哪些句子引用了書中人物的想法，說真的，我們不必換字體或用引號來標示，因為中立的敘述者本身不可能使用「真是個正妹」這樣的說法。

從近距離第三人稱來說故事時，作者會不時切換書中人物和敘述者的觀點，例如：

佛瑞迪愣愣地盯著茱莉看，沒發現有個男人走進超商，掏出了手槍，然而他聽到了槍響，也感覺到子彈擊中他的背脊（以上為敘述者觀點）。在逐漸失去意識之際，他看到茱莉站在收銀臺邊（切到角色觀點），心想，讚，真是個正妹。

「遠距離」的第三人稱

遠距離第三人稱負責敘述，但不會引用角色的想法。

佛瑞德走進超商，看見櫃臺後面的茱莉，覺得這個年輕女孩很吸引人。

以遠距離第三人稱寫作時，敘述者理當知道書中人物內心的想法，而且必須傳達給讀者。所以在實際寫作中，敘述者經常要切換觀點。

便利商店一開門，佛瑞德便開車過去（敘述者觀點）。他走出車外，沒注意有個男人坐在對街的廂型車裡（敘述心境，這是遠距離第三人稱）。他走進店裡，看到櫃臺後年輕貌美的金髮女郎紮了條長辮子，還有雙淺藍色的眼睛。女郎看著他，他心想：哇，哇，哇（近距離第三人稱）。他當下立刻決定在她值班時，在這個地方逗留久一點（遠距離第三人稱）。

不同角色的觀點切換

有些寫作老師會反覆宣導一項鐵則：你在一幕場景中只能用一個觀點寫作，改變場景時才能改變觀點，也就是同一個場景中，不可以在不同角色的觀點間切換。這完全是胡說八道，如果你想遵循請便，對許多作者來說，這確實是金科玉律。在同一個場景中只採用一個人物的觀點，你比較容易維持作品清楚易讀，但若你手法熟練，在同一個場景裡切換不同角色的觀點並無不可。

一旦和讀者定下契約之後，你就可以採用這個技巧。這麼說吧，如果你在推理小說一開始就讓讀者知道，你有時會在同一個場景內以同一個觀點敘述，有時則否，這就沒有問題。在故事開始之初，你就要確定好自己會採用什麼方式寫作，一旦定下這個契約，最好就別打破。只要盡早讓讀者看到同一場景內有不同角色的觀點變化，你就可以繼續這麼寫。以下舉個例子：

佛瑞迪等瓊安等了幾乎一個小時，開始心浮氣躁，雙手插在口袋裡來回踱步（敘述者觀點）。媽的，女人就是這樣，老愛遲到（這時以佛瑞迪的觀點敘述，我們可以從措詞來分辨），但他心想，你能怎麼辦，女人難相處，但人生也少不了她們（使用「他心想」把讀者帶入人物的觀點）。接著佛瑞迪看到瓊安走下樓，她像瑪麗蓮・夢露一樣拉著裙襬，免得被風吹起。

她停下腳步看著佛瑞迪，納悶自己究竟看上他哪一點，這男人個子矮小，不怎麼聰明，口袋裡永遠沒錢（以遠距離第三人稱陳述她的看法）。但是佛瑞迪會帶她去哈瑞家，她在那裡可以和風趣的男人聊天，總有一天，她會跟著其中哪個男人回家。

「嗨，佛瑞迪！」她喊道。

「呦，親愛的！」他跑過來，張開雙臂擁抱她。抱著她的感覺真好，溫暖又親密（從他的觀點描述）。佛瑞迪這樣的男人就是喜愛一切柔軟、溫暖、可愛的事物（敘述者觀點）。

常見的語調與觀點

在今天，包括類型、主流和文學在內的所有推理小說，用的不是以偵探英雄或副手為敘述者的第一人稱，就是所謂的「限定性第三人稱觀點」。

敘述者知道故事中所有的發展，並選定某幾個角色（通常不超過五人），透過他們的觀點來敘述，敘述者會引用這些「觀點人物」的想法（近距離第三人稱）或對事件的敘述（遠距離第三人稱）。

有時候，限定性第三人稱會跳脫「觀點人物」的觀點，說出證人或受害者這類小角色的看法。

假設你的小說這樣開場：

克呂尼．鮑以斯有三個最愛：他的卡拉威高爾夫球桿、他那雙穿舊的阿爾岡昆鹿皮便鞋，和一隻叫作糖球的貓。一九九九年十月十六日傍晚七點十五分，糖球鑽出貓門，和往常一樣去外頭小解，卻再也沒有回家。到了八點三十分，就在《法網遊龍》演到一半時——克呂尼在世上唯一的癮頭也就只有這個電視節目了——他發現糖球竟然沒和每天一樣躺在他腿上，於是到後院去查看愛貓出了什麼事。他心想，老糖球不可能有辦法跳過圍籬，但就是這樣才讓人擔心。糖球說不定是心臟病發作暴斃了。

克呂尼打開後院的燈，一眼就看到滿是垃圾和廢棄物的後院中間，糖球躺在一疊舊輪胎和生鏽的鍬軆旁邊。克呂尼急忙走過去，但來到糖球身邊卻發現愛貓的腦袋爆開，屍體也已經冰冷。

克呂尼愣住了。他在越南看過這種狀況，子彈正中腦門的傷口就是這種模樣。恐懼湧上心頭，他回頭看屋子的樓梯。這段距離大概有五十呎，而他毫無掩護地站在燈光下，等於是完美的目標。

接著他聽到一個聲響。離開越南後，他便再也沒聽過這種聲音了，是自動武器機匣拉動的聲音。

他放聲尖叫，彎著腰以六十七歲老腿能承受的最快速度跑向後門。

但就是差那麼一點。

這是小角色的觀點，而且他再也不會出現，但是你藉此建立了和讀者之間的契約，讀者知道你會在不同的觀點間切換。

罕見的例外

有時候，你可能會透過數個角色以第一人稱的方式，來寫你的超棒推理小說；比方第一段用「佛瑞迪」，第二段用「琳達」等等，每一段都採用不同敘述者的觀點。如此可以帶來新鮮感，但也會多少降低讀者投入的程度，因為在切換敘述者時，讀者很容易就出戲了。

你也可以讓第一人稱的敘述者用「現在式」說故事，但要維持這個寫法不容易，也需要點技巧。史考特．杜羅在《無罪的罪人》便是這麼寫，而且堪稱傑作。這種寫法可以為你的作品帶來一些文學上的光環和好評，但一般來說容易讓讀者厭煩。我自己嘗試過一兩次，讀者卻不太欣賞，所以我就回歸第三人稱的寫法。以下是範例：

我今天要到便利商店幹一票，早上起床，胃就開始抽痛了。我坐在悶熱的老廚房裡，媽正在幫潔敏阿姨煎鬆餅和香腸，而我繼續擦槍，我已經擦了十九次了。

照理說，「現在式」的寫法應該會在文章中帶來即時感，但是在許多讀者眼中卻非常不協調。

另一種常用的觀點是「客觀觀點」，敘述者只描寫動作，並不知道角色心裡的念頭。

佛瑞迪把車停在超商外頭，坐在車裡摩梭著槍管。他打開槍膛，一口氣填入六發子彈，接著拿布擦擦槍，再把布放回座椅下。他檢視自己的手，說不定他的手在顫抖。隨後，佛瑞迪把槍塞在腰間，喃喃地對自己說「好戲要上場了」，接著走出車外。

因為敘述者不知道角色心裡有什麼想法，所以讀者只能透過敘述來挖掘角色的內心世界。寫得好的客觀觀點可以帶來強烈的真實感，反之則會讓讀者困惑不解，因為角色的動機可能不夠清楚。

等你決定好語調和觀點，也備妥步驟表之後，便可以開始寫初稿了。

19

從初稿、改稿到潤稿

快速寫作的技巧

我見過一位知名的推理小說家，她在過去二十五年出版了超過五十部作品。當時我們一起參加作家研討會，在一場雨夜派對中，她喝下四杯龍舌蘭調酒後，把她快速創作的祕密告訴了我。她要我發下毒誓，絕對不能引用她的話，所以我不能說出她的名字、她贏得的獎項和開的賓士車款。讓我暫且稱她愛莉思．弗林特好了。好，我會把她的祕密說出來，但你可別透露自己是從哪裡聽來的，否則我違背誓言的後果是眼皮會長毛。

愛莉思告訴我，她剛開始寫作時，曾讀過編劇大師埃格里的《戲劇寫作的藝術》，於是遵循書中提到的「三度空間」以及執念原則，塑造出書中的角色，因此在策畫情節時，對兇手的身分和動機早已瞭然於胸。另外，她認為推理小說應該要充滿一連串的線索，指向不同的嫌犯，而其中一人必然是兇手。於是她會再創造大約三個具備動機、手法和作案機會的嫌犯。我告訴她，英雄所見略同。

愛莉思狡猾地眨了眨眼，說她接著會用速記的方式擬出整個劇本，也就是她的情節大綱。好極了！我說我的方法是「步驟表」，兩者概念差不了多少。

接下來，她說祕密就藏在這裡：她的初稿是超高速的產物，就好比飆車時速直達一百哩，油門一路踩到底。她會先寫出部分重要對話，概述所有事件；用這種方法，她大概十天內就可以擬出初稿。

十天！這真是讓我目瞪口呆，我曾經以六個星期寫出七萬字的小說初稿，還自以為超人。十天寫出初稿聽來簡直是不可能的任務。

對此愛莉思的心得是：「速度快不只好玩而已，而且能讓我充滿能量，就像喝下加了大把鹽巴的龍舌蘭調酒。」

她讓我看了一本小說的初稿——不是我後面舉的例子，但情節大致相同。我將她書中的偵探改名為「山姆．巴斯」，並以粗體字標示場景大綱。

快速寫作的範例

山姆到丹妮兒家，先四處張望，然後用開鎖工具開門闖入。在山姆尋找日記時，丹妮兒穿著合身的睡袍走進來，但她手上拿著槍。她打開電燈。

「怎麼著？」她說：「看看我釣到誰了，一尾大魚。」

「嗨，丹妮兒，我在找我的皮夾，一定是之前留在妳這裡了。我不想打擾妳。」

「我看你要找的應該是萊諾的日記。」
他點點頭。「我認罪。」
「知道嗎，我可以朝你開槍，再拿把武器——比方去廚房拿把刀好了——塞在你手上，不會有人質疑我是正當防衛的。」
「日記在妳手上，對吧？」
她仰頭笑了。「臨死還要虛張聲勢。」
「不需要，我知道妳不會開槍。」
「喔，為什麼不會？」
「妳喜歡我這種男人，敏銳又有男子氣概。」
「說得好像刮鬍水廣告。」
他略略逼近。
「告訴你吧，山姆，說不定我們能談個交易，以物易物。」
「交換什麼？」
「戒指？」
「什麼戒指？」

「我知道東西在你手上。」

她說出自己如何得知（這點尚待思考）。

「假如東西在我手上，或者說我拿得到，妳會拿日記和我交換嗎？」

「不會，但是我會讓你保留你最具價值的財產。」

丹妮兒拿槍指著山姆胯下，他看著她，露出微笑。「妳真是瞭解我啊。」

「你給不給？」

「這提議讓我無法拒絕。」

山姆將戒指扔給丹妮兒，她撲上前接，而他也撲上前搶槍，兩人扭打起來，山姆親吻丹妮兒，她似乎也樂在其中。山姆一放鬆，槍就跟著擊發了。

山姆往後退，低頭看自己的襯衫。衣服上有個黑洞，沾了一圈鮮血，小腹像是撕裂般地疼痛。丹妮兒愣愣地看著山姆，接著才看到手上的槍管冒著煙。

「妳怎麼能開槍？」他說：「我愛妳。」

她扔下槍。「喔，山姆，天哪，我做了什麼事？」

她也以行動表示愛意，隨後山姆昏了過去。

討論

大概就是這樣。我有些學生嘗試過這個方法，覺得相當受用。他們光看著步驟表就開始猛敲鍵盤，反正頭幾次的初稿通常會扔掉；既然終歸要進垃圾桶，寫這些大綱也就不必花太多時間。

專業推理作家的工作方式

我有個作家朋友應邀參加某作家研討會，那場研討會中有另外一位知名的主流推理小說家，不但有著六十萬美元預付版稅的身價，而且每次出書都能榮登紐約時報暢銷書排行榜。我那個領三萬美元版稅的朋友對此又敬又畏。不過他們兩人相見甚歡，便一起去吃午餐，沒多久就聊起「改寫」這個話題。

我的朋友視無窮無盡的改寫為畏途，寫了四、五次初稿才完成主要情節是常有的事。而那位知名作家則表示佩服，因為他一般得改寫十五到二十次，然後還得經過他口中的

「修潤」過程，讓文字更出色，思考更好的台詞和對話等等，加總起來至少超過三、四十次。

我那朋友差點從椅子上摔下來。她一直覺得這傢伙的才華無人能及，對這麼有天分的人來說，寫作應該很容易才對。他的文筆流暢，故事結構無懈可擊……。

只要不停地改寫潤飾，直到感覺對了為止，你當然也可以達到這種境界。如果第二次或是第十次初稿就讓你滿意了，那也沒問題；但如果怎麼看都不對，你就得繼續改寫。回頭一次又一次審視自己的作品，是專業推理作家對於品質的把關方式。

懂得自我批判

首先，「改寫」代表你知道自己可以寫得更好，但是沒有達到應有的程度。這並非「不好」，只是說不定可以更好。

要學會如何適當評估自己的作品得花點時間。本書提供了許多創作出好故事、好場景和好文字的要素，讓你得以客觀檢視自己的作品，自問幾個問題：衝突精采嗎？細節縝密嗎？情緒呢？角色的動機是否充分？對話是否生動？

你必須懂得自我批判，而且也不能吝於大幅修改潤飾。

改寫的程序

在《超棒小說這樣寫》中，我示範過如何將草稿改寫成行得通的初稿，然後再繼續改寫成更棒的文稿。不過，我還是收到無數新手作家來信詢問到底該如何改寫，所以決定在這裡透過偵探英雄詢問證人的場景，再次示範改寫的技巧。

我要用「緩步入水」的寫法，從偵探出場開始寫起。

初稿（一）

這個住宅區有一排排樹木，看得出過去一度高雅。我把車停在二一二號前面，這幢偌大的白色建築物的門面有高柱，步道兩側的樹籬修剪成骰子般的方形。我上前按門鈴，一名甜美年輕的亞洲女傭來應門。我遞出名片。

「傅瑞先生？」

「名片上是這樣寫，沒錯。」

「請問找哪一位？」

「史塔佛太太。」

「麻煩你稍等一下好嗎？」

她帶我走進和電影院等候區大小相當的門廳，從這個位置，我可以看到漂亮得好比家飾賣場展示間的起居室。

史塔佛太太出現了，她身材高挑，五十來歲，長得還不難看。

「有什麼我能效勞的事嗎，傅瑞先生？」

「我聽寵物店的人說妳在找一隻西伯利亞牧羊犬。」

「沒錯。」

「我還聽說妳從前養過一隻，但最近剛過世。」

「是的，確實如此。」

「若有人可以幫妳找來一隻，妳願意提供一千美元。」

「你又說對了。」

「我的委託人有隻西伯利亞牧羊犬不見了。」

「喔，天哪，所以呢？」

「我懷疑有人偷了狗來賣給妳，小偷開的是老舊的綠色廂型車。」

「不，不是他。我只從合法的培育場買狗。還有別的事嗎，傅瑞先生？」

「是啊，我猜也是這樣。」

女傭帶我離開。我在前廊上站了一會兒，似乎聽到一聲狗吠。事實上我很確定。

也許我該在晚上熄燈後再跑一趟，四處找找。沒錯，就這麼做。

討論

所有的初稿都一樣。這篇初稿有討我喜歡的元素，也有我想要再改進的部分。首先我覺得故事進展有點慢，而且細節也不夠豐富。史塔佛太太和女傭的個性也都太老套。第一人稱敘述的方式很活潑，但仍有進一步發揮的空間。對話也缺乏新意，這是讓史塔佛太太顯得老套的原因，看看她的台詞，全是制式、預期內的客套話。除了狗吠之外，我沒看到任何線索，而對史塔佛太太住所的描述同樣不夠詳盡，也沒有反映出她的個性。

對話是「你來我往」的方式，不僅太過直接，也沒有變化。一般人傾向用拐彎抹角的方式來解說事情，所以高明的對話通常「不直接」。

那麼我們來改寫一下。

初稿（二）

經過二十分鐘的高速公路車程後，我走進史塔佛老宅的門廳。讓我進門的菲律賓女傭甜美和藹，迎賓的表情顯示出和富家傭主截然不同的調性。沒多久，史塔佛太太走了進來，這名高挑婦人大約五十多歲，抽脂和拉皮的功效讓她的臉蛋身材完美得有如芭比娃娃。女主人身著正式套裝，臉上掛著公事公辦的表情。

「有什麼我能效勞的事呢，傅瑞先生？」

「我聽寵物店老闆莫里斯．秦說妳在找一隻西伯利亞牧羊犬。」

「傅瑞是你真正的姓氏嗎？是德裔還是英裔？」她拿著我的名片仔細打量。

我看到她背後大約有半個宴會廳大小的起居室，裡頭擺滿中國式家飾，是那種讓人看來寧可保持距離的地方。

我說：「我還聽說妳從前養過一隻，但最近剛——離開。」

「我無意冒犯，但請問這和你有什麼關係？」

「若有人可以幫妳找來一隻，妳願意提供一千美元。」

「我已經把報酬提到兩千美元了。」她露出富貴之家高傲的笑容，這些人可能都用千元紙幣擦屁股。

「我的委託人有隻西伯利亞牧羊犬不見了，名字是羅麗塔。」

「傅瑞先生，你覺得我看來像偷狗賊嗎？」

「我懷疑有人偷了狗賣到府上，小偷開的是老舊的綠色廂型車。」

聽我這麼一說，她訝異地眨了眨眼。我看得出她對於我曉得小偷開綠色廂型車感到很驚訝。

「我只從合法的培育場買狗。」她堅定地說：「還有別的事嗎，傅瑞先生？」史塔佛太太的語氣顯得尖銳。我注意過，謊言會讓女人的聲音變得刺耳，而男人的聲音則會往下降八度。

「只有一件事。若妳買了羅麗塔，也許我們能談個條件。我不見得一定要回報委託人。」我只是想讓她合作，我沒打算背叛自己的委託人。

「再見，傅瑞先生，請不要用這些無聊的言詞來打擾我了。」

女傭帶我離開，在我踏出大門時，對我露出理解的笑容。我在門廊上站了一會兒，似乎聽到一聲狗吠。事實上我很確定。

我迅速地觀察大宅是否裝了警鈴，依我看是沒有。這擺明了邀請我再來。

討論

我認為這個版本有進步，對話比較精采了，也用了些比喻。對於大宅的描寫更為仔細，但史塔佛太太仍然刻板，深度不夠，欠缺足以讓她栩栩如生的情緒和細節。好，我們再來一次。

經過二十分鐘的高速公路車程後，我來到加州最富裕的西爾斯伯洛，據說這個地區富裕的程度可以敵過全法國。我來到壯觀的史塔佛大宅敲門，豪宅的大小和風格都像極了白宮。讓我進門的菲律賓女傭甜美和藹，迎賓的表情顯示出和富家僱主截然不同的調性。她拿了我的名片，印了私家偵探頭銜的真名片，沒多久，史塔佛太太便走了進來，這名高挑婦人大約五十多歲，抽脂和拉皮的功效讓她的臉蛋身材完美得有如芭比娃娃。女主人身著正式套裝，臉上掛著公事公辦的表情。

「傅瑞先生，我給你十五秒說明來意。」

「我聽寵物店老闆莫里斯．秦說妳在找一隻西伯利亞牧羊犬。」

「傅瑞是真名嗎？」她拿著我的名片打量。

我看到她背後大約有半個宴會廳大小的起居室，裡頭擺滿中國式家飾，是那種讓人看來寧可保持距離的地方。牆上有一面俄羅斯的皇家旗幟，說不定她視自己為女沙皇。

我說：「我還聽說妳從前養過一隻，但最近剛——離開。」

「我的狗死了，傅瑞先生，不是離開。請問這和你有什麼關係？」

「若有人可以幫妳找來一隻，妳願意提供一千美元。」

「我已經把報酬提高到兩千美元了。」她露出富貴之家高傲的笑容，這些人可能都用千元紙幣擦屁股。

「我的委託人有隻西伯利亞牧羊犬不見了，名字是羅麗塔。」

「傅瑞先生，你覺得我看來像偷狗賊嗎？」

「我懷疑有人偷了狗賣到府上，小偷開的是老舊的綠色廂型車。」

聽我這麼一說，她僵住了。我看得出她對於我曉得小偷開綠色廂型車感到很驚訝。

「我只從合法的培育場買狗。」她說：「還有別的事嗎，傅瑞先生？」史塔佛太太的語氣顯得尖銳。我注意過，謊言會讓女人的聲音變得刺耳，而男人的聲音則會往下降八度。

「只有一件事。若妳買了羅麗塔，也許我們能談個條件。我不見得一定要向委託人回報。」我不確定自己是想讓她合作，或是想拿點她的廁所用紙。

「再見，傅瑞先生，請不要用這些無聊的言詞來打擾我了。」

「妳若想留著狗，最好對我客氣一點。」

「我家園丁是跆拳道黑帶四段高手，傅瑞先生。要我請他過來打斷你幾根骨頭來表現我的誠意嗎？」

「我有黑帶五段認證。」我說。

她嘲笑地轉身背對我。

女傭帶我離開，在我踏出大門時，對我露出理解的笑容。我在門廊上站了一會兒，似乎聽到一聲狗吠。事實上我很確定。

我迅速地觀察大宅是否裝了警鈴，依我看是沒有。這擺明了邀請我再來。

討論

快成功了。我打算增加一點衝突，再稍微潤飾一下，說不定還可以安排其他有意義的細節。

初稿（四）

在高速公路經歷忽而時速高達九十哩，忽而開開停停的二十分鐘車程後，我終於來到加州最奢華的西爾斯伯洛，據說這個地區的財富可匹敵整個法國。我的目的地是位在丘陵地，道路兩側綠蔭扶疏，安寧優雅，舒適無比的葛瑞森莊園。史塔佛大宅是一幢偌大的紅磚白牆豪宅，門面有高柱，步道兩側的樹籬修剪成骰子般的方形。我下了車，拍掉領帶上早已乾硬的芥末醬，沿著步道往前走。樹籬下方奼紫嫣紅的花朵盛開，讓空氣中瀰漫著香味。我這個小小私家偵探也有這麼一天，來到壯觀的史塔佛大宅敲門。

接待我的菲律賓女傭甜美和藹，迎賓的表情顯示出她是個和我一樣的平凡人。她拿了我的名片——印了私家偵探頭銜的真名片，請我稍等，便飄飄然地離開走廊。

我看著低於走廊平面的凹式起居室，這地方和半個凱迪拉克汽車展售場差不多大，裡頭放的全是中國式家飾，讓人敬畏得不敢走進去。一面牆上掛著一幅俄羅斯皇家旗幟，說不定史塔佛太太以為自己是女沙皇。

史塔佛太太從另一個廳室快步走出來，這名高挑婦人應該有五十多歲了。抽脂和拉皮的功效讓她的臉蛋身材完美得有如芭比娃娃，金黃色的頭髮和犯罪現場的封鎖線一樣亮眼。這位女主人身著正式套裝，臉上的表情和葬儀社老闆一樣陰鬱。

「傅瑞先生，我給你十五秒說明來意。」

「我聽寵物店老闆莫里斯．秦說妳在找一隻西伯利亞牧羊犬。」

「傅瑞是真名嗎？」她拿著我的名片打量、折疊，彷彿名片嘗起來不對味。

我說：「我還聽說妳從前養過一隻，但最近剛──離開。」

「我的狗死了，傅瑞先生，不是離開。你的十五秒到了。」

「妳是不是一直想再買隻西伯利亞牧羊犬？」

「這和你有什麼關係？」她把捏皺的名片丟在桌子上。這東西一盒要價十二美元，拿到的人實在該放尊重一點。

「據說若有人可以幫妳買到狗，妳願意提供一千美元的報酬。」我說。

「金額已經提高到兩千美元了。」她露出富賈之家高傲的笑容，這些人可能用千元紙幣擤鼻涕。我注意到她顴骨周邊的皮膚太緊繃，美容名醫可能在塑料上偷斤減兩。

「我的委託人有隻西伯利亞牧羊犬不見了。」我說：「小狗叫羅麗塔。」

「傅瑞先生，你覺得我看來像偷狗賊嗎？」

「我懷疑有人偷了狗賣到府上，小偷開的是老舊的綠色廂型車。」

聽我這麼一說，她瞪大了雙眼。我看得出她對於我曉得小偷開綠色廂型車感到很驚訝。

「我只從合法的培育場買狗。」史塔佛太太的語氣顯得有些尖銳。我注意過，謊言會讓女人的聲音變得刺耳。

「還有別的事嗎，傅瑞先生？」她指指前門，女傭站在門邊準備送客。

「史塔佛太太，我在想，如果妳買了羅麗塔，也許我們能談個條件……。」

她看著我，眨動雙眼。

「我是說，我不見得要回報委託人說狗在妳這裡。」我的語氣友善。在這一刻，我不確定自己是想讓她合作，或是想拿點她的鼻涕紙。我猜羅麗塔一定很喜歡這個新家，他們說不定會拿鮭魚和魚子醬餵狗。

她握拳往桌上一敲，像是夜間法庭的法官敲下槌子。「再見，傅瑞先生，請不要用這些無聊的言詞來打擾我了。」

「妳若想留著狗，最好對我客氣一點，妳懂我的意思吧？」

「我剛才已經請你離開了。」她指著門，女沙皇頒布律令了。

「史塔佛太太，如果我說的話讓妳不舒服，我很抱歉，我很想讓妳留下那隻狗。但換個角度看，我手頭會變得更緊。如果我找到那隻小甜心，秦先生還會多付點獎金給我。」

我沒打算走向前門，站在原地不動。

這時她突然不屑地笑了一聲，嘴唇連動都沒動。「我不和鼠輩打交道。」她說。

我瞪著她，但目光也沒太狠，只是想明白表示若她不打開皮夾掏出幾張綠油油的鈔票打發我，我絕對會找點麻煩。

「我家園丁是跆拳道黑帶四段高手，傅瑞先生。」她說：「要我請他過來打斷你幾根骨頭，讓你知道別找我麻煩嗎？」

「我有黑帶五段認證。」我說。

她嘲笑地轉身背對我，像行進中的樂團指揮隨著鈸聲踏步。這時我才看到站在門口的園丁，這個金髮大塊頭肌肉糾結，咧開嘴笑，就像黑帶四段高手準備扁人的模樣。

我虛張聲勢，愉快地朝他揮揮手，儘管心跳已經高達每分鐘一千兩百六十八下，但為了表示自己沒嚇到，我刻意慢步走向前門。女傭帶我離開，在我踏出大門時，對我露出理解的笑容。她身上有現烤蘋果蛋糕的香味。我在門廊上站了一會兒，似乎聽到悶聲狗吠，不快樂的吠聲。沒錯，我很確定。

我敢用身上最後一毛錢打賭，那絕對是羅麗塔在呼喊主人。

離開大宅時，我迅速地觀察這地方是否裝了警鈴。門裡沒有控制板，沒有鐵絲網，沒有監視器。我再觀察屋子外觀，什麼都沒有。這不是明擺著邀請我再來嗎？

討論

懂了吧，寫作就是改寫。感謝神奇的電腦，你可以重讀初稿再不斷地改寫。修潤是連小地方都要細膩處理，你得不停地自問是否有比眼前更好的說法，更犀利的對白，更恰當的比喻，更深刻的描述？如果作家得花十年、二十年或三十年的經驗才能賺到百萬稿酬，嘿，也許這就是他身價如此高的原因。

你寫了書就得賣出去，這是寫作這行的一環。這就是下一章，也是最後一章的重點。

20

邁向作家生涯的第一步：與經紀人和編輯打交道

在寫作研討會上，常有作家跑來找我，說《超棒小說這樣寫》讓他們獲益匪淺，在書中圈畫出許多重點，一讀再讀，但是感謝我在《超棒小說再進化》中提出〈橫亙在作家生涯的七大致命錯誤〉的人並不多。現在想想，我當時給的建議可能不太容易消化，只是呼籲大家懷抱信心縱身一跳，去做就對了，結果害大家覺得這也太恐怖了。套句《希臘左巴》（Zorba the Greek）的台詞，想要放膽一跳，你得「要有一點瘋狂因子」才可能付諸實行。

我不打算重述我們作家對人類的生命有多重要，又為什麼要對讀者背負責任，交出最好的作品。但是我要說說身為推理作家的幾件事。

每個想學習寫作技巧的人都會參加研討會或寫作班，遲早會遇上真材實料、又懂得傳道解惑的好老師。所有作家在學習階段都會閱讀大量的寫作書，努力遵循每項規則，結果發現運用這些技巧，就像同時拋接十幾顆球一樣困難。更慘的是，你一開始了不起只能成功拋接一顆球而已。沒錯，學習本來就是件苦差事。閱讀寫作書、聽老師講解對於寫作的幫助，就好比你想靠著看書、聽車友吹噓經驗來學騎腳踏車。你可以研究技巧到頭昏眼花的地步，但學習只有一個王道，就是真正動手去做。

我學習外語一向不太順利，但聽說學外語就是要「熟記、熟記再熟記」，並且反覆練習。你會有好幾年的時間，只會講「請問廁所在哪裡」這種基本會話，想與人流利交談還差得遠呢。

學過外語的人告訴我這檔事很奇怪，反正你就是繼續努力，三不五時掏出單字卡看，抓著別人對話，然後有一天你就真的會講了！可以像當地人一樣閒聊，明明前一天還辦不到，但事情突然就這麼發生了。一夜之間你成了雙語人士，而且終身不忘。

我發現寫作是階段性的學習，也會有許多次「突然發生」的關鍵時刻。

學習寫作技巧時，你會逐漸注意到自己正在讀的書、正在看的電影有什麼缺點——這些觀察會讓你那些非作家的朋友為之抓狂，但是突然間，你可以隨興創作出一個很完整的故事。當然了，故事仍然需要改寫，但是你知道自己成功跨越了門檻，而且就算寫不出傳世鉅作，也能寫出精采動人的的超棒劇情故事。

如果你透過模仿找出自己的文字風格，並練習製作步驟表，便可以縮短學習的時間。接著經過改寫和修潤，總有一天奇蹟會出現，你會寫出能夠投出去的文稿。

在改寫過程中，若你發現自己默默將稿子改回之前的初稿，那麼你就成功了。或者等你的新書出版後，聽到讀者在問你要在哪裡辦慶功宴，這同樣是成功的證明。

這麼一來，你絕對得找個經紀人。

在我的寫作教學生涯中，看過許多羽翼未豐的作家，一路成長到需要找個經紀人的程度。我心想，哇，機會來了，這位作家前景看好，寫出了超棒小說，理當要能出版、賺大錢，並且登上紐約時報的暢銷書排行榜。

然而發展通常都不如預期，沒能實現。原因當然不是我看走眼，而是這些技巧優秀的作家忘了一件事：在寫出超棒推理小說之後，你還要把書當成商品來行銷。

聽我這麼說你可能會覺得驚訝，但大多數的超棒推理小說作家只會把作品寄給少數經紀人試水溫，若不幸吃了閉門羹，就直接將稿子放進抽屜，永不見天日。這種事我看過好幾百次，才華洋溢的作家以優美的文筆寫出精采的故事，但遭到一兩次退稿以後，一部好小說便束之高閣。

我實在受不了這種事。

如果你想加入推理寫作的行列，你必須以專業推理作家的方式來思考；而且你要學習的對象可不是泛泛之輩，而是那些具備殺手架勢的專業推理作家。

具備殺手架勢，表示你的功力必須與時俱進。寫作最美好的一點，就是你即使能將各種技巧運用自如，也不可能臻至完美，因為永遠有尚待學習的新技巧。我參加、主持寫作班的經驗也有二十五年了，仍然有許多需要學習的地方，也有必須突破的寫作障礙。

我會固定閱讀跟寫作技巧或行銷有關的書籍雜誌。有時候我會去聽演講，百分之九十九的時間我都無聊至極，因為我對內容熟到不能再熟，但是突然間，彷彿五雷轟頂一樣，講者的某一席話會帶給我嶄新的觀念或寫作技巧。

具備殺手架勢，表示你會不時推出新作。我在《超棒小說再進化》的〈橫亙在作家生涯的七大致命錯誤〉提過，最悲慘的境況是無法產出新作品。說起來好像廢話一樣，但你要知道，寫不出東西就絕對沒書可賣。我認識的成功推理作家多半會設下每日的「產量」目標，比方每天說一千兩百字好了，也就是大約五到六頁的初稿。經過大刀闊斧的刪減和改寫，你每天實際的產量可能是三頁，以這樣的速度來算，一年大約可以產出兩到三本書。

以下我分享幾個小祕訣：

在特定地點寫作，要先確認這地方夠安靜，不會有人打擾。一旦就位之後，你等於登上月球一樣和外界斷絕通訊，就這麼簡單。除非房子失火，否則你不允許任何人以任何理由打擾你，若有必要，你可能得找個住家以外的地方。

盡可能每天在同一個時間寫作，而且聽相同的音樂，光線也不要改變，確認將電腦和鍵盤調整到你工作起來最舒適的狀況。這個空間不必大，但一定要安靜。如果你找不到安靜的地方，不妨買一套音響再戴上耳機。

你還要昭告天下：推理寫作不是嗜好也不是職業，而是你的生命。沒有人會走進開刀房打斷外科醫生的手術，對吧？不能因為你的「開刀房」是在自己家裡，就容許別人在你工作時任意打擾。如果你不能對同住一個屋簷下的人堅守立場，強調「不得打擾」的規則，那你乾脆搬出去，或是再怎麼樣也要另外找個寫作空間，就算買輛休旅車也行。我的寫作空間是我自己的船，如果要出門旅行，我會選擇開裡頭有張書桌的老露營車。

具備殺手架勢，表示你會有個稱頭的文學經紀人。我最常聽到的問題是：要如何找到好的經紀人？

我的回答是：寫出一本超棒的推理小說！

沒錯，找人行銷之前，你要先有商品可賣。

好，在你完成你的超棒推理小說之後——我說的是徹底完成——就該從創作天才的模式轉換為行銷狂人。

如果你寫出超棒的推理小說卻少了超棒的經紀人，那麼你必須正視這回事，趕緊出去找一個來。

如果你沒有經紀人，或從來沒接觸過出版業，也不瞭解流程，那麼這項任務會比較艱辛。如果你曾參加研習營或寫作班，你一定聽過許多作者的慘痛經驗，他們會告訴你遇到差勁、狡詐或懶惰的經紀人這類悲慘故事。但作家畢竟是以說故事維生，他們說的話難免誇張。

經紀人不是神祕不可捉摸的魔法精靈，而是以銷售為業的人。他們賣書的方式和房仲賣房子一樣，都是抽取佣金。如果經紀人認為你的書值得賣，便會接下「案子」（這是他們的行話），而抽取的佣金足以彌補他們花在其他案子的時間和精力。

經紀人當然也喜歡書，但重點在於書能賣錢——本來就是嘛，大家都得過日子。所以要找到好的經紀人，就要先學會像經紀人思考。經紀人賺錢的門道是把書賣給出版社。多數經紀人喜歡賣小說勝過非小說，因為小說有趣，但非小說類書籍比較容易賣。

你的工作是說服經紀人，說接下你的「案子」一定比其他送上門的書更賺錢，包括非小說書籍在內。你必須讓經紀人相信你深具才華，文采過人，加上工作認真，日後會寫出更多讓他拿到優渥佣金的作品，而且會以你為傲，因為你是傑出的推理小說作家。

如何誘得一位經紀人

一般來說，經紀人會透過三種方式尋找新客戶：

1. 透過現有客戶或判斷力值得信任的熟人介紹。
2. 到作家研討會或研習營，與作者面對面接觸。
3. 接到能引起他們興趣的自薦信，並看過書稿，他們的心得是：哇，這真是頂尖作家寫的超棒推理小說，後續一定會推出更多暢銷好書。

如果你不認識任何作家，第一種方式（找人推薦）很難實踐。如果你有認識的人就別不好意思，先問他們是否喜歡自己的經紀人，若答案是肯定的，那麼就詢問他們是否願意推薦你。

我常聽到這種回應：「呃，詹姆斯，我覺得這樣問好尷尬喔……。」具備殺手架勢的人談生意時不會有這種反應。我的建議是，如果請熟人幫個小忙都這麼彆扭，你乾脆改行算了。具備殺手架勢的作家會去找所有願意聽的人，管他是陌生人還是熟人，反正都一視同仁。

第二個選項，是去參加作家研討會或研習營。你可以在圖書館找到這些活動的清單，而《作家文摘》（Writer's Digest）每年也都會詳細列表。去參加標明會有經紀人出席的場次，你要先做好功課，查明哪些經紀人擅長代理哪類書籍，找出適合代理你作品的人選，看看對方代理了哪些作者，然後先熟悉這些作家的作品。

當你見到這位經紀人時，你就可以說：「我曉得你代理愛莉思某某，她是我最喜歡的作者，我愛死了她……。」等等，諸如此類的話。

介紹自己作品的最佳方式，是自比某位知名暢銷作家。

你可以告訴經紀人：「真高興認識你。我曉得你代理愛莉思某某，她策畫情節的功力一流，一向是我學習的對象，而我的讀者也覺得我辦到了。但我的風格和她不同。大家都說我的文風比較像蘇依某某，你知道她的新書在紐約時報的暢銷書排行榜上，已經連續五十七週排名第一了……。」

我聽過新進作家告訴我：「什麼？我？拿我自己和愛莉思某某、蘇依某某相比？我一定會窘斃了。」我通常誠心建議他們最好早早轉換跑道。

你是藝術家，是工匠，也是銷售人員；你踏進賣書這個行業，還要找個伙伴來相挺。如果連你都不夠相信自己，不能稍微為自己吹噓一番，那麼絕對不會有人來替你敲鑼打鼓。對案子的熱情會從經紀人傳到編輯身上，再傳到行銷部門，而這股熱情必須由你開始。

若你以這種態度去找經紀人，跟對方說：「嗯，我不知道自己寫得好不好，我媽讀過，說還不錯……。」朋友啊，你注定失敗，你給自己的書下了魔咒。

我有些學生天分有限，文筆掌握不算傑出，但他們很懂得自我推銷，相信我，這一推就可以推得長長久久。

隨時推銷你的案子

有些經紀人會在作家研討會上問：你書裡寫的是什麼？你必須準備好簡短有力的書介，除了精采的重點之外，還要有商業吸引力。以下我舉個例子：

我的書《蒙大拿謀殺案》是一系列推理小說的第一本，主角夏卡緹・巴克萊特是個追求靈修的妙齡女郎，在舊金山灣區教授冥想課程。她的哥哥賓利是動保人士，在蒙大拿一個狩獵麋鹿的小鎮遭到逮捕，被控殺害一名獵人。夏卡緹來到「無境之北」，真正的兇手和貪腐的警長聯手羅織賓利入罪。夏卡緹無視於小鎮居民對她的侮辱、施暴和後來的謀殺威脅，決心平反哥哥的罪名。而她愛上哥哥的律師小馬卻讓情況更為複雜，不但有礙她的調查，對靈修之路更是一大阻礙。

你應該發現我提到「一系列推理小說的第一本」，由於經紀人希望書賣得愈多愈好，所以「系列」這兩個字具有神奇的力量。

毛遂自薦

第三種找經紀人的方式，就是直接發信詢問。我一向都教學生這麼做，而且事實也證明有用。

郵件內容要包含一頁的自薦信，三到五頁的故事概要，以及小說前十到十五頁的試讀稿。（編按：以上僅供參考，建議讀者投稿時務必遵循國內各出版社的徵稿辦法。）同時還要貼好回郵，在收件人處填妥你自己的姓名和地址，別忘了在故事概要和試讀稿上標明「毋須退還」的字樣。

在自薦信中，你要讓經紀人知道：

◆你寫了一本推理小說，是系列小說的第一本。
◆你想請這位經紀人代理你的作品。
◆你為何能勝任推理小說創作。
◆你作品的商業價值。
◆對方為何應該代理你的作品。

現在假設我是新手推理作家，第一本完成的作品是《蒙大拿謀殺案》，我會在信上這麼寫：

親愛的史密斯女士：

我近日完成一本推理小說《蒙大拿謀殺案》，書中主角夏卡緹．巴克萊特與一般業餘偵探有所不同，是個充滿愛心，寬宏溫和又甜美的瑜珈教練，追求的是靈修之道，這樣的專注力正適合從事偵探工作。夏卡緹的哥哥是動保人士，遭指控殺害一名麋鹿獵人，案發地點在蒙大拿州的無境之北，這個小鎮的警長貪污腐敗，民風狹隘保守，而且連夏卡緹的哥哥都認罪了。但他不是兇手，夏卡緹不顧自己安危，決心證明他的清白。

由妳代理的馬坎．諾德里是我極為敬佩的作家。他的作品《死亡探戈》是我近年來讀過最精采、最扣人心弦的小說。我希望妳能撥冗翻閱《蒙大拿謀殺案》，我認為妳會滿意。也許我不如馬坎．諾德里傑出，但以新人作家而言，我絕對是箇中好手，附件中的劇情摘要足以證明。我過去在芝加哥創意寫作學院與莎拉．康寧漢配合過六年時間，而過去連續五年，我也參加了約翰·諾克斯的夏季研習營課程。

動物保育是當今的熱門話題，媒體常有報導。針對這個議題，我認為自己透過這本小說為支持與反對動保的雙方都提出值得思考的觀點。我小時候每年秋天都會陪我父親去打獵，因此瞭解為了避免疾病傳播或飢荒問題，野生動物的數量必須有合理的控制。不過，我就學期間也曾參與反活體動物實驗的示威活動，我堅決反對為了非必要的目的而虐待動物。

目前我正在籌備下一本小說，夏卡緹的鄰居慘遭斷頭，兇手還將頭顱棄置在水族箱裡，警方鎖定的對象是夏卡緹的朋友彼得，這名嫌犯有嚴重的學習障礙，完全不知道自己置身險境。

期待得到您的回覆。

XXX敬上

與編輯合作，為新書做宣傳

作家和戰場上的士兵一樣，要奮勇殺敵並設法保住自己的性命，而編輯就像是鎮守總部的將軍，負責做出戰略決策。

以士兵的角度來看，你會期待將軍提供更多的槍枝火藥和坦克大砲，但將軍要考慮的範圍很廣，不是單管你作戰的區域而已。他能提供部分資源，但沒辦法讓你事事如願。

那麼，哪些作家可以拿到更多的資源呢？是討人厭、愛抱怨、哀哀叫的作家，還是友善、配合度高又願意幫忙的作家？

你猜對了，就是討人厭、愛抱怨又哀哀叫的那些人。

我開玩笑的。

你要聽從編輯的指示，協助他們來幫你。編輯會要你填寫落落長的表格，再從中研究如何推銷你的作品，所以你要好好思考，仔細填寫表格。如果編輯要你去百貨公司簽一整天的書，請你照辦就好；如果他們要你去聯絡本地報紙安排專訪，也請乖乖去聯絡。

此外，你也可以自己主動做點事，例如請知名作家在書封上寫推薦語，或是寫信給各大報的書評人，請他們評論你的書。

你和編輯是伙伴關係，既然編輯買下你的作品，權利便屬於出版社，如此一來，你就成了資淺的合夥人，所以別妄自尊大，別提出過分的要求。記住，編輯和你一樣想好好賣掉你的書。

這樣的伙伴關係，偶爾會因為編輯要求作者改寫而產生問題。編輯以專業角度提出來的批評多半會讓你的作品更上一層樓，但有的要求作者可能會反對。以本書為例，假設我的編輯要我寫得更學術一點，減少玩笑話，謹遵文法，改掉輕鬆的風格等等，那我該怎麼辦？

我可能會願意稍微收斂一點，但我覺得這樣的語氣最恰當，而且這本書的風格就是要輕鬆易讀，若是太正式或太學術都會嚇跑新手作家，所以我會就這幾個重點據理力爭。

其他部分我可能不會有太多意見。若編輯要我刪減內容，就算覺得沒必要，我也會乖乖照辦，展現合作精神。我的經驗是，我的第一反應往往是不贊同，但編輯多半是為了作品好，而且修改之後真的變得更好。

多數編輯對自己提出的要求都保持相當的彈性，他們知道作者的自尊和雪花一樣纖細脆弱。他們想跟你和睦相處的意願絕對不亞於你，所以別太咄咄逼人。

最後幾句話

在我提到要為英雄加點怪癖的章節中，我還沒有解釋那個老派過氣的偵探路易是怎麼開始蒐集蝴蝶標本的。其實我還沒有想出來，因為……我懶。

同樣的，我在討論不同的寫作風格時，也沒有說明到底哪一段文字是出自海明威之手。你可能很想知道，想得要命，可是我偏不說。我覺得這樣最好，為本書保留一點推理的樂趣。

參考書目

《瑪黑區謀殺案》（Murder in the Marais），卡拉・布萊克（Cara Black））著，一九九九年。

《貝爾維爾區謀殺案》（Murder in Belleville），卡拉・布萊克（Cara Black）著，二〇〇〇年。

《松堤耶區謀殺案》（Murder in the Sentier），卡拉・布萊克（Cara Black）著，二〇〇二年。

《巴斯底區謀殺案》（Murder in the Bastille），卡拉・布萊克（Cara Black）著，二〇〇三年。

《私探辦案之完全傻瓜指南》（The Complete Idiot's Guide to Private Investigating），史蒂夫・布朗（Steve Brown）著，二〇〇二年。

《郵差總按兩次鈴》（The Postman Always Rings Twice），詹姆士・凱因（James M. Cain）著，一九三四年。

《千面英雄》（Hero with a Thousand Faces），約瑟夫・坎伯（Joseph Campbell）著，

一九四八年。
《再見，吾愛》（Farewell, My Lovely），雷蒙・錢德勒（Raymond Chandler）著，一九四〇年。
《謝幕》（Curtain），阿嘉莎・克莉絲蒂（Agatha Christie）著，一九七五年。
《死亡的理由》（Cause of Death），派翠西亞・康薇爾（Patricia Cornwell）著，一九九七年。
《沉默的搖籃》（The Silent Cradle），瑪格麗特・卡斯伯（Margaret Cuthbert）著，一九九八年。
《戲劇寫作的藝術》（The Art of Dramatic Writing），路易・埃格里（Lajos Egri）著，一九四六年。
《戲劇的技術》（Technique of the Drama），古斯塔夫・弗雷塔格（Gustav Freytag）著，一八九四年。
《推理寫作》（Writing Mysteries: A Handbook by the Mystery Writers of America），蘇・葛拉芙頓（Sue Grafton）編，一九九二年。
《馬爾他之鷹》（The Maltese Falcon），達許・漢密特（Dashiell Hammett）著，

一九三〇年。
《阿蒙的右手》（The Right Hand of Amon），洛琳・韓尼（Lauren Haney）著，一九九七年。
《向後看的臉孔》（A Face Turned Backward），洛琳・韓尼（Lauren Haney）著，一九九九年。
《邪惡的正義》（A Vile Justice），洛琳・韓尼（Lauren Haney）著，一九九九年。
《沉默的詛咒》（A Curse of Silence），洛琳・韓尼（Lauren Haney）著，二〇〇〇年。
《將軍之夜》（Night of the Generals），漢斯・基斯特（Hans Hellmut Kirst）著，一九六三年。
《指染之軀》（A Body to Dye For），格蘭特・麥可斯（Grant Michaels）著，一九九〇年。
《愛你至死》（Love You to Death），格蘭特・麥可斯（Grant Michaels）著，一九九二年。
《死亡近在眼前》（Dead on Your Feet），格蘭特・麥可斯（Grant Michaels）著，一九九四年。
《女伶的面具》（Mask for a Diva），格蘭特・麥可斯（Grant Michaels）著，一九九六年。
《告別時刻》（Time to Check Out），格蘭特・麥可斯（Grant Michaels）著，一九九七年。

《死透》（Dead as a Doornail），格蘭特．麥可斯（Grant Michaels）著，一九九八年。

《寫作當代推理小說》（Writing the Modern Mystery），芭芭拉．諾維爾（Barbara Norville）著，一九八六年。

《教父》（The Godfather），馬里奧．普佐（Mario Puzo）著，一九六九年。

《英雄》（The Hero: A Study in Tradition, Myth and Drama），拉格蘭男爵（Lord Raglan）著，一九五六年。

《寫作私探小說：美國私家偵探小說作家手冊》（Writing the Private Eye Novel：A Handbook by the Private Eye Writers of America），羅伯特．蘭迪西（Robert J. Randisi）編，一九九七年。

《推理小說》（Mystery Fiction: Theory and Technique），瑪麗．羅岱爾（Marie Rodell）著，一九四三年。

《第一死罪》（The First Deadly Sin），勞倫斯．山德斯（Lawrence Sanders）著，一九七三年。

《午夜情挑》（The Other Side of Midnight），席尼．薛爾頓（Sidney Sheldon）著，一九七三年。

《推理小說之要素》（The Elements of Mystery Fiction: Writing a Modern Whodunit），威廉．塔普立（William G. Tapply）著，一九九五年。

《無罪的罪人》（Presumed Innocent），史考特．杜羅（Scott Turow）著，一九八七年。

《作家之路》（The Writer's Journey: Mythic Structure for Storytellers and Screenwriters），克里斯多夫．佛格勒（Christopher Vogler）著，一九九二年。

《凱恩號事變》（The Caine Mutiny），赫爾曼．沃克（Herman Wouk）著，一九五一年。

國家圖書館出版品預行編目(CIP)資料

超棒推理小說這樣寫 / 詹姆斯.傅瑞(James N. Frey)著 ; 蘇瑩文譯.
-- 初版. -- 臺北市 : 雲夢千里文化, 2015.12
面； 公分
譯自 : How to write a damn good mystery : a practical step-by-step guide from inspiration to finished manuscript

ISBN 978-986-89802-8-0(平裝)

1.推理小說 2.偵探小說 3.文學評論

812.7　　104022858

寫吧 05
超棒推理小說這樣寫
從人性、動機、情節出發，建構偵探與兇手的頂尖對決
How to Write a Damn Good Mystery:
A Practical Step-by-Step Guide from Inspiration to Finished Manuscript

作　　者：詹姆斯・傅瑞（James N. Frey）
譯　　者：蘇瑩文
總 編 輯：康懷貞
責任編輯：黃婉華
行銷企劃：林詩惠
封面設計：蔡南昇

發 行 人：康懷貞
出版發行：雲夢千里文化創意事業有限公司
地　　址：106 台北市大安區羅斯福路三段 253 號 6 樓之 1
電　　話：（02）2362-1153
傳　　真：（02）2362-1173
服務信箱：somewhere.else123@gmail.com
學生團購另有優惠，歡迎來信／來電洽詢

總 經 銷：大和書報圖書股份有限公司
地　　址：242 新北市新莊區五工五路 2 號
電　　話：（02）8990-2588
傳　　真：（02）2299-7900

ISBN ： 978-986-89802-8-0
出版日期：2015 年 12 月 初版 1 刷
定　　價：380 元

雲夢千里
somewhereelse.tw